rororo

Deborah Eisenberg, geboren 1945 in Chicago, studierte Latein, Griechisch und Anthropologie. In der Reihe der rororo-Taschenbücher erschienen bereits ihre Stories «Im Paradies des Regengottes» (Nr. 13625). Zuletzt erschienen ihre Geschichten «Rosie besorgt sich eine Seele» (2000). Deborah Eisenberg lebt in New York.

Deborah Eisenberg

Reisen mit leichtem Gepäck

Stories

Deutsch von
Nikolaus Hansen

Rowohlt Taschenbuch Verlag

Neuausgabe
14.–18. Tausend Mai 2000
Veröffentlicht im Rowohlt Taschenbuch Verlag GmbH,
Reinbek bei Hamburg

Die amerikanische Originalausgabe erschien 1986
unter dem Titel «Transactions in a Foreign Currency»
bei Alfred A. Knopf, Inc., New York

Umschlaggestaltung C. Günther / W. Hellmann
(Illustration: Hendrik Dorgathen)
Druck und Bindung Clausen & Bosse, Leck
Printed in Germany
ISBN 3 499 22799 1

Für Wall, natürlich

Inhalt

Treibgut

Neulich abend saß ich mit einem Freund bei einem Drink, als mich der Anblick zweier Frauen am Nachbartisch mitten im Satz innehalten ließ. Beide Frauen waren sehr jung und fast unerträglich modisch. Sie tranken Bier direkt aus der Flasche und strahlten einen aufgesetzten, ja hilflosen Mut aus, als hätte man sie gezwungen, an irgendeinem verwirrenden Wettbewerb teilzunehmen, und alle Blicke wären nur auf sie gerichtet.

«Erde an Charlotte», sagte mein Freund. «Alles okay?»

«Bestens», sagte ich, und das stimmte auch, aber für einen Augenblick, der mir endlos erschien, war ich in eine vergessene Phase meines Lebens versetzt worden, in der auch ich versucht hatte, mich nach den unsicheren Anforderungen ferner Autoritäten zu richten.

Ich war damals gerade nach New York gekommen, nachdem ich mich von einem Mann namens Robert getrennt hatte. Anfangs war mit Robert alles gut gelaufen. Wir lebten in Buffalo, im Parterre eines großen Hauses, und während er an der dortigen Universität lehrte und in seinem Arbeitszimmer las oder an seiner Dissertation arbeitete, versuchte ich, in unserem kleinen Fleckchen Garten Pflanzen großzuziehen und half zeitweilig einem Professor für politische Wissenschaften bei seinen Recherchen. Abends kochten wir gemeinsam oder zusammen mit anderen Paaren von Roberts Fakultät, und hin und wieder gingen wir zum Tanzen oder ins Kino, und ich dachte, Robert sei glücklich.

Doch nach einiger Zeit schien Robert das Interesse an mir zu verlieren, und indem er sich zurückzog, wurde ein Teil von dem, was ich gewesen war, aus mir herausgerissen. Je mehr er sich von mir zurückzog, kam es mir darauf an, daß er mich liebte, und es gab schließlich nichts, was ich nicht getan hätte, um ihm zu gefallen. Obwohl ich immer und immer wieder versuchte herauszufinden, wie ich hätte sein sollen, schienen meine Fähigkeiten, das einschätzen zu können, zusammen mit ihm verlorengegangen zu sein. Während also Robert immer anspruchsvoller und wählerischer zu werden schien – sich leicht über Dinge ärgerte, die ich sagte oder tat –, schien ich immer gröber und gewöhnlicher zu werden, und selbst meine athletische Größe, die Robert bewundert hatte, als wir uns kennenlernten, empfand ich angesichts der Verflüchtigung seiner Zuneigung wie eine grundlose Übertreibung, und mein langes blondes Haar, auf das ich einst stolz gewesen war, kam mir abgeschmackt und kindlich vor – ein weiterer Beweis dafür, wie wenig ebenbürtig ich mich Robert erwiesen hatte. Und nach einiger Zeit befiel mich eine Lähmung, die sich rasch wie eine Infektion auf sämtliche Bereiche meines Lebens ausdehnte.

Eines Tages saßen Robert und ich im Wohnzimmer und lasen, als ich bemerkte, daß er sein Buch hatte sinken lassen und mit einem leichten Stirnrunzeln vor sich hin starrte. «Woran denkst du?» fragte ich, ehe ich mich bremsen konnte.

«An nichts», sagte er.

«Entschuldigung», sagte ich. «Tut mir leid.»

«Warum hast du dann gefragt, Charlotte?»

«Entschuldigung», sagte ich.

«Und warum fragst du überhaupt immer? Immer», sagte er.

Ich sagte nichts.

«Weißt du was?» sagte er. «Du bist wie dieses Blob. Erinnerst du dich an den Film, *Blob – Schrecken ohne Namen*? Du bist empfindungsfähiges Protoplasma, aber du bist so undifferenziert, wie empfindungsfähiges Protoplasma nur sein kann. Du bist sogar bar jeglicher Klassifizierungsmerkmale.»

«Robert», sagte ich.

«Hattest du jemals irgendein Ziel?» sagte er. «Hattest du jemals einen Wunsch? Hast du dir jemals irgend etwas anmerken lassen, was sich angemessenerweise als Reaktion bezeichnen ließe?»

Mit meinen Ohren geschah etwas Sonderbares, und ich hörte meine Stimme sagen: «Du willst immer, daß ich anders bin. Du willst, daß ich irgendein anderer Mensch bin, aber wenn du mir nicht sagst, was du willst, wie kann ich da wissen, was ich tun soll?»

«Mein Gott», sagte Robert. Er sah mich mit zusammengekniffenen Augen an.

Der Augenblick gefror zu einem Bild, und ich spürte ein heftiges Kribbeln auf dem Nasenrücken. Wenn ich mich nicht schnell abwandte, das wußte ich, würde Robert mich schlagen.

Behutsam, als wollte ich vermeiden, ein Tier aus einer Hecke aufzuschrecken, ging ich hinaus und fuhr zu einem Drugstore, wo ein öffentliches Telefon war, und schließlich erreichte ich meine Freundin Fran.

«Bleib, wo du bist», sagte sie. «Rühr dich nicht von der Stelle. Ich mach ein paar Anrufe, und dann melde ich mich wieder bei dir.»

Ich saß auf dem kleinen Holzhocker und wartete. Ein hübsches Mädchen mit dunklem Haar kam in den Laden, und ich beobachtete, wie sie sich am Tresen einen Lippenstift aussuchte und sehr zufrieden mit sich zu sein schien.

Ich fragte mich, was mit mir geschehen würde. Nach einiger Zeit meldete sich Fran mit der Nummer einer Frau namens Cinder, die in New York lebte und für ihr Apartment eine Mitbewohnerin suchte.

«Toll», sagte Cinder, als ich sie am Apparat hatte. «Ich bin verzweifelt. Das Mädchen, das hier gewohnt hat, ist vor ein paar Wochen mit der Hälfte meiner Sachen verschwunden. Nun also meine ehemaligen Sachen. Ich war so blöd, mir einen Vollblutjunkie aufzuhalsen. Und natürlich blieb die ganze Miete für letzten Monat an mir hängen. Ich weiß genau, es hat was zu bedeuten, daß du heute angerufen hast, weil ich gerade drauf und dran war, eine Anzeige aufzugeben, was ich echt hasse, weil sich dann nämlich diese Typen melden, die sagen, ihr Name sei Shirley und ob sie vorbeikommen könnten, um dir das Ohr vollzuscheißen oder das Arschloch zu zerfetzen, solche Sachen.»

«Also, ich hab deinen Namen von Franny Straub», sagte ich. «Ihre Freundin Lauren war zusammen mit dir in einem Design-Kurs.»

«Schon gut», sagte Cinder.

«Hör mal», sagte ich. Ich war ganz krank vor Sorge. «Dürfte ich heute abend einziehen?»

«Klar», sagte Cinder. «Du könntest nicht zufällig die Miete in bar mitbringen, oder?»

Ich war vorher noch nie in New York gewesen, und ich erinnere mich noch genau, was für einen Eindruck die U-Bahn an jenem Abend auf mich machte. Wie glänzend und festlich sie aussah, wie ein riesiger chinesischer Drachen, als sie durch ihre schimmernde Höhle ratterte und zischte. Obwohl es schon sehr spät war, waren die Wagen voller Menschen. Wie sie da alle beisammensaßen, war ihr Ausdruck in jener unterirdischen Verschnaufpause zwischen ihren verschiedenen Einstiegs- und Zielorten entspannt. Ich hatte das Gefühl, der einzige Neuling zu sein.

Cinder kam herunter und half mir, meinen Koffer nach oben zu schleppen. Sie bewegte sich mit flinker Präzision, und ihr blondes Haar war so kurz wie bei einem Teddybär. «Cinder», sagte ich. «Das ist ein interessanter Name.»

«Eigentlich Lucinda», sagte sie. «Aber – du verstehst schon.» Sie öffnete zwei Flaschen Bier und gab mir eine. «Also, he, willkommen im neuen Zuhause, wie mein Lehrer in der siebten Klasse am ersten Tag auf der Junior High School zu uns Schülern sagte, womit er uns allen eine *Sterbens*angst einjagte. Du hast also grade 'ne schlimme Sache hinter dir, was?»

«Ja», sagte ich, während ich mich erfolglos nach einem Glas umsah. «Na ja, nicht ganz.» Ich wußte nicht, wie ich dieser vortrefflichen Person mein Scheitern mit Robert erklären sollte.

«Schon gut», sagte sie, «morgen werden wir reden und reden und reden, aber jetzt muß ich noch was erledigen, und außerdem willst du vielleicht schlafen. Wenn du weggehst, bevor ich auf bin, leg die Miete einfach auf den Küchentisch.»

Cinder gab mir ein winziges Zimmer, aber die meiste Zeit verbrachte ich mit ihr und irgendwelchen Männern, mit denen sie sich traf, und mit ihrem Freund Mitchell in der Küche. Auch der größte Teil meiner Habseligkeiten war in der Küche, wo es Borde und einen Schrank und eine Badewanne gab, in der man Sachen unterbringen konnte, und Cinder hatte mir gesagt, ich könnte an die Wände hängen, was ich wollte. An einen Ehrenplatz mit Blick auf den Küchentisch hängte ich ein Foto von Robert, das ich irgendwann bei uns im Garten gemacht hatte. Er lächelte – der freie, schlichte, gehobene Augenblick eines Lächelns, das ich nie wieder sah.

Das Apartment lag im East Village, und obwohl die Gegend längst nicht mehr berüchtigt war, hatte sie für mich etwas Schillerndes. Cinder und Mitchell schienen sich dort wohl zu fühlen. Mitchell bewegte sich mit einer Unterwasserträgheit, die er einer glücklichen Kombination von Anmut und Drogen verdankte, und sein schwarzes Haar hatte einen herrlichen Pomadeglanz. Obwohl er und Cinder so vollkommen unterschiedliche Erscheinungen waren, trugen sie beide penibel ausgetüftelte Kombinationen von Kleidern, deren einzelne Elemente von der fernen Vergangenheit bis weit in die Zukunft reichten. Wenn sie zusammen waren, steigerte sich ihre individuelle Wucht exponential, wie bei Zwillingen, was auf eine Ähnlichkeit zurückzuführen war, die, wie ich heute weiß, im Stil lag – zusätzlich zu jenen Ähnlichkeiten natürlich, die allen grellen und selbstgewissen Schönheiten zugrunde liegen.

In ihrer Gegenwart fühlte ich mich plump und häßlich, aber ich hoffte, daß die Kraft ihrer Selbstsicherheit mich beschützen, daß mein eigenes Gesicht und mein eigener Körper von ihr lernen würde, und daß bald die Dinge und die Menschen auf meinem Weg sich genauso ändern würden, wie sie es für Cinder und Mitchell taten. Es sah so aus, als würde ich in ihrer Nähe allmählich tauglich für Robert werden.

Doch es vergingen beinahe fünf Monate, während derer ich in Cinders Küche unter Roberts Bild herumsaß, ohne daß mein Gesicht und mein Körper sich veränderten. Und dann entdeckte ich eines Tages, daß ich in der Tat für etwas vollkommen anderes als für Robert tauglich geworden war.

Alles schien sich an jenem einen Tag zu verändern, aber in Wirklichkeit, glaube ich, hatten sich die Dinge schon im Laufe vieler vorangegangener Tage verändert, und vielleicht ist alles, was im nachhinein wie eine Vorbereitung wirkt, zunächst Treibgut, bedeutungsloses Fragment, bis sich genug Treibgut angesammelt hat, um bei genauer Betrachtung eine Konstruktion zu ergeben. Wie dem auch sei, der Tag begann wie üblich, indem ich Uptown in jenes Büro ging, wo ich einen Job als Sekretärin gefunden hatte, und gegen Mittag rief Cinder an. Sie war in ihrem Laden, einem winzigen Ding um die Ecke von der Wohnung, in dem sie Klamotten verkaufte, zum Teil gebrauchte, zum Teil von ihr selbst entworfene und geschneiderte, und sie war schrecklich in Rage, weil sie gerade eine große Auseinandersetzung mit John Paul gehabt hatte, einem Mann, mit dem sie sich gelegentlich traf. «Kannst du vorbeikommen?» sagte sie. «Ich brauche dich.»

Es freute und wunderte mich immer, daß ich es war, der Cinder sich anvertraute und um deren Hilfe sie bat, aber als ich an jenem Tag in den Laden kam, war Mitchell bereits da, er lag auf dem Sofa, und Cinder lachte. «Charlotte!» sagte Cinder. «Ich weiß, was das hier jetzt für einen Eindruck macht, aber ich war ein totales Wrack, als Mitchell herkam – stimmt's, Mitchell? –, und er hat mich im wahrsten Sinne des Wortes wieder zusammengeleimt. Aber weißt du, was wir machen sollten? Ich sterbe vor Hunger. Wir sollten ein paar Piroggen holen. He, ich bin zu einer interessanten neuen Erkenntnis über Männer gelangt. Je mehr du ihretwegen zunimmst, desto attraktiver sind sie. Mein Gott. Warum kann ich nicht eins von diesen kleinen zappeligen Dingern sein, die keinen Bissen mehr runterkriegen, wenn etwas schiefgeht. Ich wünschte, ich wäre graziös und schlank wie du, Charlie.»

«Du bist graziös und schlank», sagte ich. «Ich bin dürr und lang, wie ein Dinosaurierskelett im Museum.»

«Dinosaurierskelett.» Mitchell rückte mich langsam in die Mitte seines Blickfelds, und ich wurde unsicher. «Es ist lange, lange her, daß ich das letzte Mal an so ein Ding gedacht habe», sagte er.

«Mitchell, Liebling», sagte Cinder, während sie sich rittlings auf seine Knie setzte, um ihm die Schultern zu massieren, «wie könnte ich dich dazu bringen, nach nebenan zu gehen und uns ein paar Piroggen zu holen? Drei Portionen, mit einer Zusatzladung Crème fraîche. Ich habe einen *Bärenhunger.*»

«Das Zeug, mit dem ich dich zusammengeleimt habe, hat meine flüssigen Mittel aufgesogen», sagte er.

«Ich habe Geld», sagte ich und gab ihm einen Zehner.

Als Mitchell gegangen war, erzählte mir Cinder von ihrem Streit mit John Paul. «Er rief an und sagte, er könnte morgen abend nicht mit ins Konzert gehen, und ich fragte warum, und er sagte, er hätte zu tun, aber ich meine, beim besten Willen, wie kann ich ihm das glauben, Charlie? Also sagte er, stimmt, es gibt da dieses Mädchen, und dann bin ich Dummkopf einfach wahnsinnig sauer geworden, und natürlich hat er am Ende gesagt, er fände, wir sollten uns nicht mehr sehen. Ich meine, Charles, seine *Mädchen*, weißt du, interessieren mich wirklich einen Dreck. Gott bewahre, mir steht es wahrlich nicht zu, mich über solcherlei Sachen zu beklagen. Nur daß er mir das Gefühl gibt, ich sei eine... senile, keifende, häßliche alte *Ehefrau*. Und das schlimmste ist, ich glaube, das Ganze hat, unbewußt, meine ich, eine Menge mit Rache zu tun. Ich meine, jede Wette, im Grunde geht es um Arthur.»

«Arthur?» sagte ich.

«Oh, du erinnerst dich bestimmt», sagte sie. «Der Typ, den ich auf der Party kennengelernt habe, auf der ich letzte Woche mit John Paul war. Oh, fabelhaft», sagte sie zu Mitchell, der mit einer riesigen Ladung Piroggen hereinkam. «Aber ich begreife wirklich nicht, wie er sich über eine Sache wie Arthur derart aufregen kann. Der Typ war langweilig, er war dumm, und er sah nicht, mal besonders gut aus. Ich weiß in Wirklichkeit gar nicht, warum ich mich auf ihn eingelassen habe. Nur, um mir ein bißchen Selbstbestätigung zu verschaffen, nehme ich an. Nimm von den Piroggen, Charlie.» Sie hielt mir eine hin, aufgespießt auf einer Plastikgabel.

«Nein, danke», sagte ich.

«Echt nicht?» sagte Cinder. «Hmm. Mitchell?»

«*Nichts zu essen*», sagte Mitchell.

«Spitze. Und was wollen wir mit dem ganzen Mist anfangen?» Hilflos sah sie auf die Piroggen. «Jedenfalls, mir macht es nichts aus, daß John Paul Frauen mag. Ich weiß, daß er Frauen mag.»

«Frauen mag» schien mir eine ungenaue Beschreibung zu sein. Zwischen John Paul und Frauen spielte sich etwas ab, das konnte sogar ich erkennen, was nicht allzuviel damit zu tun hatte, was er von ihnen hielt. Neulich abend, als er und Cinder und ich in der Küche herumstanden und redeten, legte er seine Hand auf meinen Arm, weit oben, wo bei Sklaven die Kettenringe sitzen. Später, in meinem Zimmer, als ich mich auszog, um ins Bett zu gehen, sah ich mir die Stelle im Spiegel an, ehe ich mich wieder erinnerte, was dazu geführt hatte, daß sie so brannte.

«Ach, mach daß du wegkommst», sagte Cinder zu einer Kakerlake, die auf den Piroggen herumkrabbelte. «Mein Gott. Der Laden ist ein schrecklicher Saustall.»

«Oh – haben Sie geöffnet?» sagte ein Mädchen in einem sehr kurzen Rock, das zögernd in der Tür stand.

«Klar doch», sagte Cinder. «Kommen Sie rein. Sehen Sie sich um. Nehmen Sie was von den Piroggen.»

«Also, ich glaube, ich möchte nicht, wirklich.» Das Mädchen sah verstohlen auf den Teller. «Ich mache gerade Diät. Mein Gott», sagte sie und kam näher, «die sind ja schrecklich blaß. Was ist das überhaupt?»

«Die haben einen Geschmack, an den man sich gewöhnen muß», sagte Mitchell, legte sich zurück und schloß wieder die Augen.

Das Mädchen musterte uns der Reihe nach.

«Also, ich würde sagen, man muß sich an jeden Geschmack gewöhnen, wirklich, oder etwa nicht?» sagte ich nervös. «Das ist eine verwirrende Beschreibung. Für mich jedenfalls.»

«Ich bin noch nie einem Geschmack begegnet, an den ich mich nicht nach spätestens einer Mikrosekunde gewöhnt habe», sagte Cinder und starrte das Mädchen unverblümt an, das unter ihrem prüfenden Blick von einem Fuß auf den anderen trat. «Übrigens, warum machen Sie eine Diät? Sie brauchen nicht abzunehmen, stimmt's, Mitchell?»

Das Mädchen sah hinüber zu Mitchell. Der hob die Lider von seinen grünen Fremdlingsaugen und starrte sie eine Weile an, ehe sich auf seinem Gesicht der Ansatz eines Lächelns breitmachte. Da begann auch sie zu lächeln, biß sich aber auf die Lippe und sah zu Boden.

«Alles zum halben Preis heute», sagte Cinder.

«Toll», sagte das Mädchen gleichgültig. Sie sah wieder Mitchell an, dann kehrte sie uns den Rücken zu und begann, mit rhythmischer Präzision die Bügel über den Ständer zu schieben. Warum haben wir sie so gemustert, fragte ich mich. Ich fühlte mich schrecklich unwohl.

«Das Pfauenblaue würde Ihnen sensationell gut stehen», sagte Cinder.

«Wirklich?» sagte das Mädchen. «Dies hier?»

«Was dachten Sie denn?» sagte Cinder. «Bei Ihren Beinen? In der Umkleidekabine ist das Licht kaputt, aber Sie können es einfach da drüben überziehen.»

«Sehen Sie? Ganz fabelhaft», sagte Cinder wenig später. Neben dem leuchtenden Blau des Kleides schimmerten die Beine des Mädchens honiggelb, als seien sie noch nie zuvor dem Licht ausgesetzt gewesen.

«Es ist schön», sagte das Mädchen, während es sich dabei beobachtete, wie es sich dem Spiegel näherte. «Aber es ist sehr – ich weiß nicht, ob ich so was wirklich tragen kann.»

«Was Sie dazu brauchen, ist so was wie die hier», sagte Cinder und hängte dem Mädchen einen von ihren eigenen Ohrringen ans Ohr.

«Hmm», sagte das Mädchen zustimmend zum Spiegel, mit dem sie ein intimes Einvernehmen hergestellt hatte.

«Weißt du was, Cinder», sagte Mitchell, «du solltest selbst diese Farbe tragen.» Das Abbild von Cinders Gesicht schwebte hinter dem gespiegelten Mädchen.

«Mir gefällt das Kleid», sagte das Mädchen. «Es ist wirklich toll. Das einzige Problem ist, daß ich etwas suche, was ich zum Abendessen mit den Eltern meines Freundes anziehen kann.»

«Ich hatte auch einen Freund», sagte Cinder. «Bis ungefähr vor einer Stunde.»

«Tatsächlich?» sagte das Mädchen. «Sie haben sich gerade von ’nem Typen getrennt?»

«Getrennt», sagte Cinder. «Phantastisch.» Sie erzählte dem Mädchen ihre Geschichte mit so reichen Ausschmükkungen, als würde sie sie zum erstenmal erzählen. «Er sagt, er macht sich nichts aus mir», sagte Cinder.

«Er hat gesagt, er würde sich nichts aus dir machen?» fragte ich.

«Na ja, das hat er zumindest gemeint», sagte Cinder.

«Aber vielleicht hat er was ganz anderes gemeint», sagte ich.

«Ich weiß, was er gemeint hat, Charlotte. Ich kenne den Typen. Wenn du in jemanden verliebt bist, weißt du, was er dir sagen will.»

«Das ist schrecklich», sagte das Mädchen und sah Cinder mit großen runden Augen an. «Das ist *mir* mal passiert.»

«Dann verstehen Sie das also», sagte Cinder.

«Mein Gott», sagte das Mädchen. «Das tue ich wirklich.»

Cinder machte einen Schritt zurück und sah sie lange an. «Ich möchte wirklich, daß Sie dieses Kleid nehmen», sagte sie schließlich. «Sie wären eine phantastische Werbung für meine Klamotten. Aber sehen wir den Tatsachen ins Auge. Ich meine, die Eltern Ihres Freundes! Die werfen Sie in Sekundenschnelle zur Hintertür hinaus, gefesselt und geknebelt.»

«Na ja», sagte das Mädchen und sah in den Spiegel.

«Sieh mal.» Cinder wandte sich mir zu. «Würdest du dieses Kleid zu einem Besuch bei den Eltern deines Freundes anziehen, Charlie?»

«Was ist mit Ihnen?» sagte das Mädchen zu Mitchell. «Wie würden Sie reagieren, wenn ich in diesem Kleid auftauche?»

«Ich würde Amok laufen», sagte Mitchell, der regungslos auf dem Sofa lag, die Augen geschlossen. «Ich würde vollkommen ausrasten.»

«Sehen Sie, vielleicht nehme ich es doch», sagte das Mädchen mit einem erneuten prüfenden Blick in den Spiegel. «Jeff wär es egal. Und seine Eltern sind im Grunde ohnehin ziemlich ekelhafte Leute. Seine Schwester hatte sogar gerade einen Zusammenbruch. Sie hat versucht, ihren Mann mit ihrer Nagelschere zu erstechen, und sie haben sie wegbringen lassen. Wie auch immer, wenn ich es nicht zu dem Abendessen anziehe, kann ich es doch bei anderen Gelegenheiten tragen.»

«Oh, verdammt», sagte Cinder. «Mir fällt gerade was ein. Es ist das mit dem schiefen Saum.»

«Wo denn?» sagte das Mädchen. «Mir fällt nichts auf.»

«Na ja, ich möchte nicht, daß jemand damit herumläuft. Hören Sie, kommen Sie nächste Woche wieder. Ich werde noch ein paar machen, und bis dahin hab ich auch dieses phantastische Bronzebraune fertig, das wird Ihnen echt prima stehen.»

«Na ja, dieses Blaue gefällt mir aber wirklich gut», sagte das Mädchen.

«Ja, aber das läuft nicht, tut mir leid», sagte Cinder.

«Was für ein süßes Ding», sagte Cinder, nachdem das Mädchen gegangen war. «Und war sie nicht hübsch? Ich hoffe wirklich, daß ihr nichts zustößt.»

«Süß!» sagte Mitchell und schnaubte verächtlich. «Nein!» kreischte er und wand sich, als Cinder auf das Sofa sprang, um ihn zu kitzeln. «Viel zu stoned!»

«Du bist ein solcher Zyniker», sagte Cinder. «Stimmt's, Charlie?»

«Ja», sagte ich. «Cinder – woher wußtest du, daß das Mädchen in dem Kleid gut aussehen würde?» fragte ich.

«Nun, das ist interessant», sagte sie und ließ Mitchell los, um ihre ganze Aufmerksamkeit der Frage zuzuwenden. «Sieh mal, ich weiß so was immer. Ich irre mich nie darin, wie Leute aussehen und wie sie in anderen Sachen aussehen werden. Vorausgesetzt natürlich, sie sind es wert, daß man sie überhaupt eines Blickes würdigt. Und die schreckliche Wahrheit ist, daß ich diese Fähigkeit habe, weil ich ein so eifersüchtiger Mensch bin!»

«Wie meinst du das?» sagte ich.

«Nein, es ist wahr», sagte sie. «Wirklich. Meine Eifersucht ist ein Werkzeug, mit dem ich andere Menschen betrachte, und im Augenblick ist John Paul meine besondere, sagen wir, Linse. Ich betrachte andere Frauen durch seine Augen, und ich weiß, was er an ihnen attraktiv finden würde. Das ist schrecklich. Ich bin seiner Art zu sehen hilflos ausgeliefert.»

«Aber, Cinder», sagte ich. «Das ist eine wundervolle Begabung!»

«Das ist keine Begabung, Charlotte», sagte sie, «das ist ein *Gebrechen.*» Sie sah wütend aus.

«Cinder», sagte ich nach einer Weile. «Könnten wir – irgendwann mal mich zurechtmachen? Daß ich aussehe – ich weiß nicht, wie das Mädchen?»

«Oh, du willst doch nicht so aussehen wie das Mädchen, Charlie, Liebling. Mitchell hat recht. Sie war ein langweiliges kleines Ding. Außerdem willst du doch nicht so aussehen wie alle anderen auch. Du bist du.»

«Ich weiß», sagte ich. «Aber könnten wir mich nicht ein bißchen aufpolieren?»

«In dir steckt ungeheuer viel, weißt du, Charlie», sagte Cinder. «Ich könnte mich stundenlang mit dir beschäftigen. Sicher, einverstanden, wir machen alles, von oben bis unten – Kleider, Gesicht, Haar –»

«Mach bloß nichts an ihrem Haar.» Mitchells Stimme schwebte mit einer außerirdischen Blässe in unsere Unterhaltung. «Es ist weich.»

«Weich, ja, aber es muß geschnitten werden oder so», sagte Cinder.

«Wie ein Vogel», fügte Mitchell matt hinzu.

«Er schläft», sagte Cinder.

«Cinder», sagte ich, «könnte ich das blaue Kleid mal anprobieren?»

«Oh, laß uns nicht heute damit anfangen, Charlie», sagte sie. «Ich bin fix und fertig. Mitchell, würdest du mit mir ausgehen, damit ich mich betrinken und wie ein Scheusal aufführen kann? Dann kannst du ja die Situation ausnutzen, sofern du das nötige Stehvermögen hast.»

Mitchells Augen blieben geschlossen. «Na, auch egal», sagte Cinder. «Es war nur ein Scherz.»

«Also, auf Wiedersehen.» Ich stand auf. «Wir sehen uns später zu Hause.»

«Braucht ihr noch eine Extraportion Kakerlaken bei euch im Büro?» fragte Cinder. Auf dem Teller mit Piroggen zu unseren Füßen wimmelte es.

Als ich wieder im Büro war, saß ich einfach nur da, und meine Gedanken wanderten immer wieder zurück in den Laden. Warum war ich so traurig? Immerhin hatte Cinder gesagt, ich sei interessanter als das strahlende Mädchen.

«Hände weg!» sagte plötzlich eine Stimme hinter mir.

«Oh, hallo, Mr. Bunder», sagte ich und bemerkte, daß meine Hände in meinem Haar steckten. Es *war* weich.

«Sie sehen aus, als wären Sie, sagen wir, in einer Erdumlaufbahn.» Als sich Mr. Bunder auf einer Ecke meines Schreibtisches niederließ, spannte sich der Stoff seiner Hose über seinem Schenkel. Es sah äußerst unbequem aus, aber ich konnte nicht aufhören hinzusehen.

«Unkonzentriert, fürchte ich», sagte ich.

«Hören Sie.» Er lehnte sich zu mir herüber. «Wollen Sie was trinken?»

«Jetzt gleich?» fragte ich. Er hatte einen rosigen, flimmernden Ausdruck im Gesicht, als hätte er gerade etwas getrunken.

Wir ließen uns nebeneinander in einer Nische nahe bei der Bar nieder. «Sie machen sich also Sorgen um Ihre Mitbewohnerin, was», sagte er.

«Ja», sagte ich. «Na ja, nicht ganz.» Wie schwierig es war herauszubekommen, wie man irgend jemandem irgend etwas sagen konnte! «Na ja, also, obwohl», sagte ich, «sie hat so fürchterliche Kopfschmerzen, aber ich glaube, die kommen von den Verspannungen in ihrem Rücken. Sie ist sauer wegen eines Mannes, mit dem sie sich ab und zu getroffen hat.»

«Na ja, vielleicht komm ich mal vorbei und seh nach dem Rechten. Ich beherrsche eine irre Rückenmassage.» Mr. Bunder knuffte mich gegen den Arm. «Aber ernsthaft», sagte er. «Da draußen laufen eine Menge Quadratschädel rum. Die schnappen sich mit Vorliebe irgendwelche armen kleinen Mädchen – gibt ihnen schweren Aufwind in der Ego-Abteilung. Dann sehen sie eine, die sie vielleicht ein bißchen besser finden. Irgendeine Superbiene, die einfach an der Bar sitzt und sich die Lippen leckt. In dieser Stadt gibt es wunderschöne Frauen, die betteln gehen. Dutzende.» Er fuhr fort, sich im Raum umzusehen. Ich fragte mich, ob ich zu weit von ihm weg säße und er beleidigt wäre. Andererseits saß ich vielleicht zu nah bei ihm, und es war ihm peinlich.

«Ich hol uns noch zwei davon», sagte er. «Sie mögen Oliven, was?» Er hielt mir seine Olive vor den Mund, und ich aß sie, wie ein Seehund. Für einen Augenblick fühlte ich mich schrecklich hungrig, aber dann dachte ich an die Kakerlaken auf den Piroggen, und mein Appetit verflog.

«Und was hat Sie so nach New York verschlagen?» fragte er.

«Na ja...» sagte ich. Was hatte mich nach New York verschlagen? «Ich habe mich von jemandem in Buffalo getrennt.»

«Geplatzte Ehe, was?» sagte Mr. Bunder. «Schlimme Sache.»

«O nein. Es war keine Ehe. Wir haben es einfach probiert miteinander.» Ich durchwühlte meine Gedanken nach etwas, das Mr. Bunder interessieren könnte. «Er war Dozent.» Mr. Bunder blinzelte. «Also, nicht daß das irgend etwas damit zu tun hätte», sagte ich. «Aber wir paßten nicht sehr gut zueinander.»

«Wahrscheinlich nicht», sagte Mr. Bunder. Er seufzte, sah umher und klopfte mit seinem Glas auf den Tisch.

«Waren Sie jemals verheiratet?» fragte ich, um höflich zu sein.

«War ich?» sagte Mr. Bunder. «Ja, ich war. Ich bin auch jetzt noch verheiratet.» Ich fragte mich, ob ich gehen sollte. Mr. Bunder schien sich nicht allzugut zu amüsieren.

«Wissen Sie», sagte er und richtete sich auf. «Sie sehen ein bißchen aus wie diese – wie heißt sie noch gleich? – Meryl Streep. Wußten Sie das? Um den – den Mund oder so. Olive! Olive!» Er hielt mir seine Olive vor die Nase, aber ich war in dem Moment gerade damit beschäftigt, ein kleines Kügelchen Wasser auf dem Tisch um mein Glas herum von der einen Seite auf die andere zu schieben, ohne daß das Kügelchen sich auflöste.

«Was ist los?» sagte er. «Brauchen Sie noch einen Drink?»

«Nein, danke, ich bin schon betrunken», sagte ich, überrascht. «Ich schwitze.»

«Großartig», sagte Mr. Bunder. «Na ja, vielleicht wollen Sie zu Hause weiterschwitzen. Nach Ihrer kleinen Mitbewohnerin sehen. Ich setze Sie in ein Taxi, bevor Sie umkippen.»

«Danke, Mr. Bunder», sagte ich draußen.

«Nennen Sie mich Dickie, ja?» sagte er. «Wenn ihr

Mädchen ‹Mr. Bunder› sagt, hab ich immer das Gefühl, ihr redet mit meinem Vater.»

Ich hatte Schwierigkeiten, an Mr. Bunder vorbeizukommen, um in das Taxi zu steigen, das er für mich herangewunken hatte. Oder vielleicht hatte er die Absicht, ebenfalls einzusteigen. «Wollten Sie irgendwohin mitfahren?» fragte ich.

«Danke, Schätzchen», sagte er, «aber ich glaube, ich werde mich hier noch ein wenig rumtreiben. Mal sehen, ob eine der Damen an der Bar interessiert ist an einer Portion erster Sahne.»

Es war nett, daß Mr. Bunder mich mitgenommen hatte. Er mußte bemerkt haben, daß auch ich einsam war. Ich hatte Mitleid mit ihm, als ich ihn allein in das Restaurant zurückgehen sah. Er machte einen so rosigen und zarten Eindruck in seinem kratzigen kleinen Anzug, und von hinten sahen seine Bewegungen abgehackt aus, als würde er in Bewegung gesetzt von einander widerstrebenden Impulsen, wie ein Trüffelhund, der nach der Mittagspause wieder zur Arbeit gehen muß.

«Wo bist du gewesen, Charles», sagte Cinder zu mir. «Ich war vollkommen verzweifelt.»

«Ich habe mit Mr. Bunder etwas getrunken», sagte ich.

«Mr. Bunder!» sagte sie. «Gibt es immer noch Leute, die ihre Kinder Mister nennen? Ach, natürlich. Er ist einer von diesen Kuhfladen, für die du arbeitest, stimmt's?»

«Ja», sagte ich. «Na ja, ich meine... Oh – Cinder, hat ‹erste Sahne› irgendwas zu bedeuten?»

«Was? Woher soll ich das wissen?» sagte sie. «Mein Gott, wo schnappst du bloß solchen widerlichen Mist auf? Aber schon gut, hör zu. Ich brauche dringend deine Hilfe. Wenn du eine halbe Stunde später gekommen wärst, hättest du mich vielleicht in einer Blutlache liegend angetroffen, mit einer Machete zwischen den Rippen.» Sie sah mich eine Weile verwirrt an. «Zwischen den Rippen? Sagt man das? Klingt irgendwie verkehrt. ‹Zwischen den Rippen›, ‹in den Rippen› – hört sich ‹zwischen den Rippen› nicht so an, als hätte man nur zwei Rippen? Das ist das gleiche, wie wenn die Leute sagen, ‹zwischen den Zähnen› – ‹ich hab etwas zwischen den Zähnen› –, und es hört sich an, als hätten sie nur zwei Zähne. Ich glaube, man sollte sagen, ‹Ich hab etwas *in* den Zähnen.› Na ja, nein, das funktioniert auch nicht, stimmt's, weil man tatsächlich nur etwas – oh, sonderbar – *zwischen zwei Zähnen* haben kann!»

«Cinder», sagte ich, «was ist passiert?»

«Was?» sagte sie. «Oh.»

Scheinbar hatte sie wieder John Paul angerufen, und er war einverstanden vorbeizukommen, aber dann war ihr eingefallen, daß sie schon eine Verabredung mit jemand anderem hatte.

«Oh», sagte ich und sah sie an. «Und warum rufst du nicht John Paul an und sagst ihm, du hast dich geirrt – sagst ihm, du kannst ihn heute abend nicht treffen?»

«Charlotte», sagte Cinder. «Wir reden von John Paul.»

«Na ja...» sagte ich. «Was ist mit dem anderen Typen? Könntest du den anrufen?»

«Hmm. Daran hab ich noch gar nicht gedacht», sagte sie. «Aber ich weiß sowieso nicht, wie ich ihn erreichen soll. Ich kenne nicht mal seinen Namen.»

«Du kennst seinen Namen nicht?»

«Es ist irgendein Typ, den ich auf der Straße kennengelernt habe», sagte sie. «Irgendein Puertoricaner oder so.»

Während wir uns ansahen und angestrengt nachdachten, klingelte es.

Ich kauerte mich neben Cinder an die Tür, wo sie durch

einen Spalt auf den Flur schaute. Sie zerrte mich zurück, aber ich hatte einen sehr jungen Mann gesehen, dunkel und elegant, in einem frischen Hemd. «Mist», flüsterte Cinder.

«Wie viele Jahre, bis jemand älter ist als jemand anderes?» schrieb ich auf einen kleinen Block, den wir für Einkaufszettel benutzten.

«Vier wenn man Mann, zwei wenn man Frau», schrieb Cinder zurück. «Aber was soll's?»

Wir saßen mucksmäuschenstill unter Roberts fotografiertem Glück, während die Schritte draußen vor der Tür auf und ab wanderten und es wieder klingelte, und dann, während Cinder und ich uns entsetzt anstarrten, hörten wir die Schritte eines Zweiten die Treppe hinaufkommen. Aber es war Mitchell, der sprach, nicht John Paul, und Cinder und ich atmeten beide hörbar aus.

«Hallo», sagte Mitchell. «Kann ich Ihnen irgendwie helfen?»

«Ich bin ein Freund von Cinder», sagte der Fremde. «Ich wollte sie heute abend treffen, aber sie scheint nicht zu Hause zu sein.»

«Komisch», sagte Mitchell, während Cinder ein Keuchen hinter ihren Händen erstickte. «Sie hat gesagt, sie wäre den ganzen Abend da.»

«Na ja, wenn Sie sie sehen», sagte die andere Stimme, «sagen Sie ihr, Hector war hier.»

Ich blinzelte hinaus und beobachtete, wie die Männer in Richtung Treppe gingen. Wie nett Männer miteinander umgehen, wie zart und vertrauensvoll, dachte ich gerade, und in dem Moment brach hinter Cinders Händen eine Explosion von Heiterkeit hervor, und vollkommen synchron hielten die beiden Männer inne und wandten sich wieder zur Tür um. «Was war das?» sagte Hector.

Nach einem Augenblick absoluter Regungslosigkeit auf beiden Seiten der Tür begannen die beiden Männer, die Wahrscheinlichkeiten von Raubüberfällen, undichten Gasleitungen und Überdosen zu diskutieren, und Mitchell beschloß, über das Dach und die Feuerleiter hinunter in Cinders Zimmer zu klettern. «Wenn ich Ihnen nicht in ungefähr fünfzehn Minuten die Tür öffne», sagte er zu Hector, «schlagen Sie sie einfach ein, würde ich sagen, oder so was.»

Cinder und ich krabbelten schweigend zurück in ihr Zimmer. «Was für eine Katastrophe», sagte sie.

«Ja», sagte ich. «Das ist es.»

«Aber Mitchell ist einfach süß, wirklich», sagte sie, «daß er so mir nichts dir nichts übers Dach klettert. Das ist ganz schön schwierig. Er hat es schon mal gemacht, als ich bei irgendeiner albernen Party meine Schlüssel im Klo runtergespült hatte.»

«Wie hast du denn das gemacht?» fragte ich.

«Na ja», sagte sie. «Ich meine, es war nicht mit Absicht. Aber er ist der Typ, der so was bringen würde.»

«Ich glaube nicht, daß er für mich über irgendwelche Dächer klettern würde», sagte ich.

«Mitchell ist nicht nett zu dir?» sagte sie. «Mein Gott. Wenn ich je erleben sollte, daß er nicht nett zu dir ist, schlag ich ihn kurz und klein. Oh, ich meine, ich weiß, daß er manchmal ein ziemlicher Rotzkopf sein kann», sagte sie, «wie die meisten wirklich gut aussehenden Männer. Das ist nicht wie bei Frauen, weißt du. Wir werden dazu erzogen, damit umgehen zu können, daß wir schön sind, aber diese wirklich schönen Typen wachsen auf wie Treibhauspflanzen, und ihnen wird nicht beigebracht, was sie mit all den Sachen anfangen sollen. Ihnen ist einfach nur superbewußt, was es alles an Möglichkeiten gibt, weißt du, an Schädigungen, und sie werden irgendwie hölzern. Viele von ihnen können nicht einmal mit einer Frau sprechen, die nicht selbst absolut traumhaft ist. Das ist irgendwie so wie bei reichen Leuten oder bei Leuten, die berühmt sind – die möchten, daß ihre Freunde auch reich oder berühmt sind, damit jeder jeden auf einer bestimmten Ebene versteht und niemand sich Gedanken über die Motive irgendeines anderen machen muß.»

Gewöhnlich machte es mir Spaß, etwas von Cinder zu lernen, aber heute fühlte ich mich nach allem, was sie sagte, immer nur noch schlechter. Es war nicht fair von ihr, fand ich, Mr. Bunder einen Kuhfladen zu nennen, ohne ihn zu kennen. Natürlich hätte sie ihn auch dann einen Kuhfladen genannt, wenn sie ihn gekannt hätte. Auch Robert hätte ihn einen Kuhfladen genannt. Na ja, nur daß Robert finden würde, «Kuhfladen» sei ein blöder Ausdruck für einen Menschen. Und außerdem, fällt mir zufällig ein, würde Robert auch Cinder kein bißchen mögen. Und Cinder würde Robert nicht mögen. Na ja, Mr. Bunder war immer nett zu mir.

«Und Männer wie Mitchell machen sich Sorgen über Sorgen, weißt du?» sagte Cinder. «Sie haben Angst, daß sie entweder infiziert oder entlarvt werden, wenn sie einer Frau zu nahe kommen, die nicht schön ist. Sie haben Angst, daß ihre Schönheit das einzige ist, was sie haben, und daß das sowieso in Wirklichkeit keinen Wert hat und diese von ihrer wahren inneren Angewidertheit nach außen ein falsches Bild vermittelt, daß sie sie verlieren werden – lauter solche Sachen. John Paul ist Gott sei Dank nicht so! Er liebt es einfach, schön zu sein. Er findet, daß er es *verdient*, schön zu sein, und es ist, als hätte er ein großes Geschenk für jeden, der zufällig in der Nähe ist – Besoffene an der Ecke, Frauen mit Kinderwagen, der Gemüsemann.»

Der kleine Anspruch, den John Paul auf meinen Arm erhoben hatte, brachte sich wieder in Erinnerung, und zwar genau in dem Moment, als Mitchell mit einem gewaltigen Bums durchs Fenster kam. «Oh, bleibt ruhig sitzen», sagte er. «Ich wollte nur mal vorbeischauen.»

«Es tut mir wirklich leid, Mitchell», sagte Cinder. «Ich erklär dir alles später, aber jetzt geh bitte auf der Stelle da raus und schnapp dir den Knaben, bevor er irgendwelche echten Dummheiten macht.»

«Wann wollte John Paul hier sein?» fragte ich, nachdem Cinder Mitchell weggeschickt hatte.

«Ziemlich bald. Jetzt, um es genau zu sagen. Aber er kommt immer zu spät», sagte sie. «Das heißt, vielleicht kommt er auch überhaupt nicht.»

«Oh, ich bin sicher, daß er kommt», sagte ich. Ich hätte gern einen Arm um Cinder gelegt, wie sie es so unbekümmert tat, wenn ich von Robert redete, aber ich konnte nur neben ihr sitzen, die Hände im Schoß.

«Weißt du», sagte sie, «ich glaube, ich hab gerade die Antwort darauf gefunden, warum Männer mich so mies behandeln. Es ist das Karma. Ich glaube wirklich, das ist es.»

Ich selbst wußte auch ein paar Sachen über Männer, dachte ich. Ich wußte zum Beispiel, daß Männer, die einem sagen, man sieht ein bißchen aus wie Meryl Streep, einen nicht attraktiv finden, aber meinen, andere würden es vielleicht tun. Und ich wußte, daß Männer, die sagen, man sieht aus wie ein Vogel oder ein Dinosaurierskelett, nicht meinen, daß irgend jemand einen attraktiv finden könnte.

«Du hast Glück, daß du so nett bist», sagte Cinder. «In deinem nächsten Leben werden dich die Männer echt gut behandeln.»

«Weißt du was?» sagte ich nach einer Weile. «Ich glaube, Mitchell und Hector sind in der Küche.»

«Mein Gott», sagte Cinder. «Du hast recht! Was um alles in der Welt macht Mitchell, dieser Wahnsinnige!»

«Weiß er, daß John Paul vorbeikommen wird?» fragte ich.

«Gute Frage. Ich glaube, ich hatte keine Gelegenheit, es zu erwähnen.» Sie sog Luft zwischen ihren Zähnen ein. «Also, Charles», sagte sie. «Jetzt liegt alles an dir.»

«Nein!» sagte ich. «Was meinst du? Ich kann nicht!»

«Du mußt, Charlotte», sagte Cinder.

Ich schloß vorsichtig Cinders Tür hinter mir und erklärte den beiden Männern, die gemütlich am Tisch saßen und Bier tranken, daß Cinder absolut allein sein müsse. «Sie sagt, sie hätte ein Gefühl, als – als – würde ihr eine Machete im Kopf stecken.»

«Vielleicht ein Gehirntumor», sagte Mitchell und trank einen Schluck von seinem Bier.

«Sollen wir einen Arzt rufen?» sagte Hector zu mir. Aus der Nähe sah er kompakter aus als vorhin draußen im Treppenhaus. Er mußte zwanzig oder einundzwanzig sein. «Oder sie ins Krankenhaus bringen?»

«Nein», sagte ich. «Ich meine, das kommt andauernd vor. Das einzige, was ihr dann hilft, ist Ruhe.»

«Na ja, wird wohl das beste sein. Hören Sie –» sagte Hector. Er schrieb etwas auf ein Stück Papier und gab es mir. «Hier ist meine Telefonnummer. Könnten Sie ihr bitte sagen, sie möchte mich irgendwann anrufen, wenn es ihr bessergeht?»

Unten auf der Straße nickte Mitchell zum Abschied und machte sich auf den Weg, während ich mit Hector in die entgegengesetzte Richtung ging. Ich wollte Hector gute Nacht sagen, aber wir waren in der Mitte des Blocks, so daß, wenn ich ihm gute Nacht sagen würde, ich trotzdem weiter zusammen mit ihm gehen müßte, was einen sonderbaren Eindruck machen würde, oder ich müßte umkehren und in die Richtung zurückgehen, aus der wir gerade gekommen waren, was ... na ja, auch einen sonderbaren Eindruck machen würde. Ich beschloß also, ihm an der Ecke gute Nacht zu sagen.

An der Ecke wandte sich Hector an mich. «Woll'n Sie was essen?»

Was essen! Ich lief hier mit ihm rum, um ihn aus der Wohnung zu kriegen! «Ich glaube nicht», sagte ich. Ich drehte meinen Kopf zu ihm. «Trotzdem danke... ich hab wirklich Hunger.»

«Na», sagte Hector, «dann kommen Sie. Ein Stück die Straße runter ist ein ganz guter Laden.»

Was aßen Puertoricaner, fragte ich mich, während ich neben Hector herging, aber das Restaurant, das wir betraten, war ein italienisches, mit einander überlappenden Bildern von Häfen und Blumen und Sängern an den Wänden und Decken, und Flaschen mit Glasstöpseln und dunklem rotem Wein auf den Tischen, an denen große Männer und gutaussehende, glitzernde Frauen saßen, die alle redeten und lachten. Man hatte irgendwie den Eindruck, jeder Tisch sei ein kleines Boot, das auf dem Stimmengewirr des Vergnügens schaukelte.

Hector und ich bekamen einen eigenen Tisch, und Hector sorgte dafür, daß uns Gläser für den Wein, eine riesige Platte mit Gemüse gebracht wurden, und ich hatte das Gefühl, auch wir lichteten unseren Anker und fuhren wie die anderen hinaus in jene offene Weite.

Doch dann starrte ich auf eine goldene Kette, die Hector trug. Wie kam es, daß ich hier mit diesem Menschen saß, fragte ich mich. Aber die Glieder lagen flach um seinen Hals, so geschmeidig und vertrauensselig wie ein Streifen im Fell eines sonderbaren Tieres. «Das mit Cinder tut mir leid», sagte ich.

Hector sah von mir weg. «Jeder hat irgendwann mal Kopfschmerzen.»

Was meinte er damit? «Tatsächlich», sagte ich, «habe ich jetzt selbst Kopfschmerzen. Es muß daran liegen, daß ich heute nachmittag betrunken war.»

«Heute nachmittag?» sagte Hector.

«Es war ein Versehen», sagte ich.

«Oh», sagte er. «Und das war also Cinders Freund?»

«Um Gottes willen, nein», sagte ich. «Mitchell ist einfach ein Freund. Übrigens, ich habe nie richtig darüber nachgedacht, aber ich glaube, er ist ziemlich angetan von Cinder. Aber wissen Sie was?» Die Wörter formten sich von selbst, ehe ich eine Chance hatte, sie zu überdenken. «Ich glaube nicht, daß er sich für Frauen interessiert. Ich meine dafür, etwas mit ihnen anzufangen.» Warum hatte ich das gesagt? Hector würde über Cinder reden wollen, nicht über Mitchell.

«Ich hatte einen Vetter, der war so», sagte Hector. «Er mochte Mädchen sehr gern, aber er wollte keine Freundinnen. Er mochte auch keine anderen Jungs, wie es viele Jungs tun. Aber er trug andauernd Weiberfummel. Hübsche Kleider, seidene Unterwäsche, wissen Sie? Er war sehr nett. Alle mochten ihn, aber er war so ziemlich der Sonderbarste in unserer Familie.»

Der Kellner schob unser Gemüse beiseite, um Platz zu machen für gewaltige Teller mit Spaghetti und Wurst.

«Was ist aus ihm geworden?» fragte ich. «Aus Ihrem Vetter.»

«Oh, ihm geht's gut», sagte Hector. «Er ist aus der Sache rausgewachsen. Für ihn war das Ganze nur eine Phase seiner Teenagerzeit. Aber er geht immer noch nicht viel mit Mädchen aus. Hee, dieses Zeug ist gut, stimmt's? Er ist jetzt Sportlehrer in Pittsburgh.»

Wir ließen uns viel Zeit mit unseren Spaghetti, während

mir Hector mehr von seiner Familie erzählte. Es klang, als hätten sie sich alle gern. Und er erzählte mir von einem Kurs für Informationstheorie, an dem er teilnahm. «Studieren Sie?» fragte er mich.

«Ich bin schon fertig. Ich bin viel älter als Sie.» Ich sah Hector offen an. Ich wollte sichergehen, daß er verstand, daß ich nicht versuchte, ihn glauben zu machen, ich sei so alt wie er; daß die Tatsache, daß er erheblich jünger war als ich, für mich keine Rolle spielte. Schließlich war es Robert, für den ich nicht gut genug war.

«Nachtisch und Kaffee?» fragte der Kellner, bevor Hector antworten konnte. «Oder ist Ihnen der Appetit vergangen?»

«So ist es.» Hector deutete auf meinen Teller, als der Kellner ihn abräumte. «Sie haben ordentlich zugelangt, für ein Mädchen.»

Als wir fertig waren, fragte Hector: «Nun, gehen Sie gern tanzen?»

Für einen kurzen Augenblick okkupierte Robert den Luftraum vor mir. Er saß, die Füße auf dem Schreibtisch, zurückgelehnt da und lächelte. «Geschmeichelt?» fragte er.

«Oh, nein!» sagte ich.

«Schade», sagte Hector. «Ich kenne einen guten Laden in Uptown.»

«Nein.» Schnell stand ich auf. «Ich meinte nicht, daß ich nicht tanzen gehen wollte – ich meinte, daß ich nicht nicht tanzen gehen wollte.» Ich atmete schwer, während ich ihn ansah – als wäre ich gerannt, um ihn einzuholen.

«Das haben Sie also gemeint, wie?» sagte er. «Wahnsinn.» Aber er grinste, während er aufstand, und er streckte sich und ließ dabei in kameradschaftlicher Weise einen Arm um mich fallen.

Oh, es war ein gutes Gefühl zu tanzen. Ich war nicht mehr tanzen gegangen, seit Robert und ich angefangen hatten, uns miteinander unglücklich zu fühlen. Hector kannte viele Leute in dem Lokal, in das wir gegangen waren, und wir blieben stehen und redeten mit ihnen. Sie sprachen Spanisch mit Hector, aber sobald er eine beschützende Hand auf meine Schulter legte und auf englisch antwortete, schalteten auch die anderen auf Englisch um, außer einem winzigen dunklen Stern von einem Mädchen, das mit seiner rauhen Babystimme weiter Spanisch mit Hector redete. «Ihr Vetter in Queens hat einen '62er Corvette, den ich haben will», erzählte mir Hector. «Und sie sagt, er denkt ernsthaft darüber nach, ihn mir zu verkaufen.»

Er kaufte Cola für uns und leerte seine in einem Zug, während ich beobachtete, wie er den Kopf zurücklegte und seine Kehle arbeitete. «Nehmen Sie keine Drogen?» sagte ich.

«Ich laß im allgemeinen die Finger von dem Zeug.» Er sah sehr ernst aus. «Anscheinend kann man unter Stoff eine Menge Sachen machen, aber das ist eine Illusion, wissen Sie. Ich hatte einen guten Freund, der hat viel genommen, er ist gestorben. Alle dachten, er sei ein sehr glücklicher Typ. Man trifft Leute, man redet mit ihnen – ihre Gesichter sagen das eine, man weiß nie, wie es im Inneren aussieht.» Einen Augenblick lang schien sein Gesicht zu erglühen, aber dann lächelte er unruhig in den Raum hinein und legte seine vertrauensvolle Ernsthaftigkeit ab. «Wie dem auch sei», sagte er, «ich möchte in Form bleiben.» Das Gold um seinen Hals zwinkerte, und ich sah schnell weg.

«Entschuldigen Sie mich», sagte ich. «Ich bin in einer Minute zurück.» Ich bahnte mir einen Weg durch die Tänzer und setzte mich in der Nähe der Wand hin. Als ich die

Augen schloß, fühlte ich mich für einen Moment ganz allein, doch als ich sie öffnete, sah ich mitten hinein in die ganze, riesige Menge, direkt dorthin, wo Hector stand und aufmerksam dem winzigen dunklen Mädchen zuhörte. Er sah würdig und brüderlich aus, als sie zu ihm hinauflächelte, aber dann, plötzlich, entflammte er in einem Lachen reiner Zuneigung.

In der Damentoilette hielt ich mir ein nasses Papierhandtuch gegen die Stirn, während um mich herum ein Rudel Mädchen drängelte und kicherte. In Form bleiben, dachte ich. Was das wohl heißen sollte! War von mir erwartet worden, daß ich ihn bewunderte? Wer war Hector denn schon? Was zum Teufel glaubte er, was ich da mit ihm anstellen würde? Meinte er, ich sei von ihm angezogen? Und warum hatte ich während des Essens so mit ihm geschwatzt? Er war nichts weiter als irgendein Typ, den meine Mitbewohnerin auf der Straße aufgegabelt hatte! Ich trug, wie mich der Spiegel erinnerte, immer noch dasselbe scheußliche Bürokleid, das ich getragen hatte, als ich Lichtjahre zuvor an diesem Tag neben Mr. Bunder gesessen hatte. Hector gehörte zu dem Mädchen, das mit ihm flirtete, oder zu Cinder, nicht zu mir, und ich wußte das ebenso gut, wie er es jemals würde wissen können, und wenn er Cinder oder wegen Cinder etwas beweisen wollte, dann hatte er sich zweifellos die falsche Person ausgesucht, um es zu beweisen.

Als ich den Ausgang erreichte, warf ich einen Blick zurück und sah Hector in der Menge, wie er sich in meine Richtung vorkämpfte. Und obwohl ich ihn wegen der Musik nicht hörte, konnte ich sehen, daß er meinen Namen rief. Ich stand draußen in der kühlen Luft und schloß langsam die Tür zu dem pochenden Raum und sah wie ein Wissenschaftler, der das Ende eines Experiments beobachtet, daß Hectors Ausdruck von Überraschung überging in

Bestürzung, überging in … was? War er wütend? Beleidigt? Erleichtert?

In der U-Bahn stellte ich mir vor, daß Hector jetzt neben mir säße. Wenn wir gemeinsam zurückgefahren wären, erschöpft vom Tanzen, hätten wir ausgesehen, als gehörten wir zusammen. Sein ruhiger, abschätzender Blick hätte meinem entsprochen, während er sich zurück gegen die Wand des Wagens gelehnt hätte, und unsere Arme wären sich so nah gewesen, daß ich die Hitze, die von seinem abstrahlte, an meinem viel blasseren, dünneren gespürt hätte.

Ein Schwarm von Mädchen turnte an einer der Haltestangen im Wagen. Sie waren schmächtig und dunkelhaarig wie das Mädchen, mit dem Hector geredet hatte, und wie jenes Mädchen hatten sie lange, glitzernde Nägel. Ihre Handgelenke waren zauberhaft zerbrechlich und ihre Füße, in glänzendem Leder, glichen kleinen Hufen. Ich hatte nie darum gebeten, mich mit solchen Mädchen messen zu wollen, dachte ich wütend.

Als ich zurück in die Wohnung kam, wollte ich allein sein, aber Mitchell war in der Küche und schob etwas mit einem Strohhalm auf einem kleinen Taschenspiegel herum, während Cinder in dem pfauenblauen Kleid auf dem Boden lag.

«Das Kleid mit dem schlechten Saum!» sagte ich.

«Möchte Madame noch einen Rüssel voll?» fragte Mitchell und hielt Cinder den Spiegel hin.

«Um Gottes willen, nein.» Cinder drehte sich herum und ächzte. «Was ist das überhaupt für Zeug?»

«Droge du jour», sagte Mitchell. «War im Angebot.»

«Oh, Mitchell, mein Gott», sagte sie. Mitchell hatte recht gehabt. Sie sah in dem Kleid sogar noch besser aus als das Mädchen im Laden.

«Charlie», sagte sie und wandte sich mir zu. Ich konnte sehen, daß sie geweint hatte. «Hör zu. Ich will dich was fragen. Erzählen dir die Männer immer, daß du im Bett einfach toll bist? Daß du die beste bist?»

Es verging nur ein winziger Augenblick, bis ich wußte, was ich zu antworten hatte. «Immer», sagte ich. «Immer sagen sie das.»

«Sie sind so krank», sagte sie. «Was für ein Haufen kranker Hirne.»

«Ich glaube, du hattest einen schlechten Abend mit John Paul», sagte ich, obwohl ich wirklich nichts darüber hören wollte.

«Könnte man so sagen», sagte sie. «Siehst du das Zeug auf dem Boden? Das war meine entzückende Tonschale. Ich wünschte wirklich, du wärst hiergewesen, Charlie. Ich hätte dich gebraucht.»

«Ich wurde anderswo von dir gebraucht», sagte ich. «Erinnerst du dich an Hector?»

«Hector?» sagte sie. «Was hast du mit Hector angestellt?»

«Was ich mit Hector angestellt habe? Ich habe dir einen Gefallen getan, das ist es, was ich mit Hector angestellt habe!»

«Charlie», sagte Cinder. «Was ist los? Bist du sauer auf mich?»

«Ich bin nicht sauer auf dich», sagte ich. «Nur bitte nenn mich nicht so. Das ist ein Männername. Mein Name ist Charlotte.»

«Ach komm», sagte Cinder. «Laß es raus. Erzähl Cinder, was das für ein Haar ist, das dir da quer im Arsch sitzt.»

«Mir sitzt kein Haar quer im Arsch», sagte ich. «Was immer das heißen soll. Mir sitzt in keiner Hinsicht ein Haar quer im Arsch. Ich habe lediglich Hector hier rausgeschafft, damit du dich mit John Paul treffen konntest, und du sagst nicht mal: ‹Danke, Charlotte. Ich weiß das wirklich sehr zu schätzen.›»

«Danke, Charlotte. Ich weiß das wirklich sehr zu schätzen», sagte Cinder. «Charlie – Verzeihung. Charlotte. Hör mal. Du bist meine beste Freundin. Was hätte es für einen Sinn, wenn ich jedesmal, wenn du etwas für mich getan hast, sagen würde: ‹Oh, ich danke dir, Charlotte.› Du tust tausenderlei Sachen für mich.»

«Na ja», sagte ich.

«Genau wie ich tausenderlei Sachen für dich tue. Ich meine, du weißt, daß ich Dinge für dich tue, weil ich dich mag und weil ich es will, nicht weil ich das Gefühl habe, ich müßte, oder weil ich möchte, daß du mir etwas schuldig bist. Also mußt du nicht sagen: ‹Danke, Cinder, daß ich bei dir wohnen durfte, als ich nicht wußte, wo ich bleiben konnte... Danke, Cinder, daß du mich überall mit hinschleppst und mich all deinen Freunden vorstellst.› Ich weiß, daß du mir gegenüber Dankbarkeit empfindest, so wie ich dir gegenüber Dankbarkeit empfinde. Aber das ist nicht der Punkt.»

«Na ja, ich weiß», sagte ich. Welcher Punkt? «Aber trotzdem.»

«Und überhaupt», sagte sie, «ich hab dich gebeten, den Typen aus der Wohnung zu schaffen, aber ich hab dich nicht gebeten, den Rest deines Lebens mit ihm zu verbringen. Was habt ihr eigentlich getrieben?»

«Wir haben zu Abend gegessen», sagte ich.

«Zu Abend gegessen! Na großartig!»

«Ich weiß nicht, was daran großartig ist», sagte ich. «Menschen essen täglich zu Abend. Außerdem mußte ich irgendwas mit ihm machen. Und dann –» ach, was soll's, dachte ich – «sind wir tanzen gegangen.»

«Oh, nicht zu glauben!» sagte Cinder. «Ich seh es vor

mir. Einer von diesen Schuppen, voll mit kleinen Latinomädchen in hautengen Jeans und Stöckelschuhen, die Jungs von oben bis unten mit Schmuck behängt...»

«Das ist –» sagte ich. «Das ist –» Ich versuchte, das Gefühl auszusprechen, das sich unter meiner Haut kräuselte, das Gefühl von Gold auf Hectors Haut, als er seine Cola trank und mit dem Mädchen lachte, aber das Gefühl verdorrte, und mir blieb nur ein leeres Bild.

«Einer von diesen Schuppen, wo alle so super aufgeblasen tanzen, einer von diesen Schuppen mit vergammeltem Radio-Rock...» sagte Cinder.

«Einer von diesen Schuppen, wo alle zweisprachig sind», sagte ich. «Außerdem wolltest du schließlich selbst mit ihm weggehen.»

«Weggehen schon, ja, aber nicht, zum Beispiel, notwendigerweise in die Öffentlichkeit. Ich meine, mein Gott, Charlie – Charlotte – du warst so nett zu ihm!»

«Eigentlich», sagte ich, und ein Gedanke ließ mich erstarren, wo ich stand, «war er nett zu mir.» Ich sah Cinder entsetzt an und hatte die Verzweiflung in Hectors Gesicht vor Augen, als ich die Tür vor ihm und dem Raum voller Tänzer schloß. «Er war nett zu mir, und ich hab ihn einfach stehenlassen.»

«Na ja», sagte Cinder. «Er wird's überleben.»

«Vielleicht hab ich seine Gefühle verletzt», sagte ich. «Es war gemein, was ich getan habe.»

«Na ja, es war nicht wirklich gemein», sagte Cinder. «Außerdem hast du recht. Ich war es, mit der er ausgehen wollte, nicht du.»

Mein Gehirn begann in meinem Schädel zu rotieren, und sein ganzer Inhalt polterte durcheinander. «Ich werde ihn anrufen und mich entschuldigen», sagte ich und wühlte in meiner Tasche nach dem Stück Papier mit seiner Nummer.

«Mein Gott», sagte Cinder und sah mich an. «Er hat dir seine Nummer gegeben?»

«Um die Wahrheit zu sagen –» sagte ich. Und dann brachte ich ein paar Sekunden kein weiteres Wort heraus. «Er hat mir seine Nummer für dich gegeben. Er wollte, daß du ihn anrufst.»

«Charlotte», sagte Cinder und rollte sich auf die andere Seite. «Er hat dir gefallen.»

«Er ist ein ausgesprochen netter Mann», fauchte ich. «Er hat mir weder gefallen noch mißfallen.»

«Mann?» sagte Cinder. «Er hat wahrscheinlich gerade erst irgendwelche Pubertätsriten hinter sich, wo er eine Wildsau mit dem Speer erlegen mußte oder so was.»

«Sei nicht albern», sagte ich. «Er studiert Computertechnik. Und weißt du was, Cinder? Du bist ein Rassist –»

«Rassist!» sagte sie. «Also, wie kommst du jetzt *darauf*?»

«Es stimmt», sagte ich, «du glaubst, daß du solche idiotischen Sachen über ihn sagen kannst, weil er Puertoricaner ist. Du nimmst ihn nicht ernst, weil er Puertoricaner ist –»

«Nicht deshalb, weil er Puertoricaner ist!» sagte sie.

«Nicht deshalb, weil er Puertoricaner ist», äffte Mitchell sie nach, und Cinder und ich schwenkten herum beim Klang seiner Stimme. «Nicht deshalb, weil er Puertoricaner ist. Weil er *wie* ein Puertoricaner ist. Er ist Kubaner.»

«Kubaner!» sagten Cinder und ich wie aus einem Munde.

«Zumindest hat er mir das erzählt», sagte Mitchell, «als wir auf Cinder gewartet haben.» Seine Augen wanderten von Cinder zu mir und wieder zurück, während wir ihn anstarrten. Sein Gesicht sah weiß und glitschig aus wie eine Badezimmerkachel. «Hector», sagte er. «Ihr meint den Typen, der vorhin hier war. Den Kubaner.»

«Den Kubaner!» rief Cinder triumphierend. «Ganz genau – den Kubaner, Charlie. Wer ist jetzt hier der Rassist, he?»

«Warum stehst du nicht vom Fußboden auf?» sagte ich. «Das Kleid wird ganz dreckig.»

«Ach komm, Charlotte», sagte Cinder, aber sie stand auf, und für einen kurzen Augenblick machte sie einen schrecklich verunsicherten Eindruck. «Ich versteh wirklich nicht, warum du dich deswegen so aufregst. Es ist einfach nur *komisch.*»

Komisch, dachte ich. Es war komisch.

Aber so furchtbar komisch war es auch wieder nicht. «An dem Kleid ist absolut nichts verkehrt, stimmt's?» sagte ich. «Außerdem –» Ich holte tief Luft. «Hector fand nicht, daß ich aussehe wie ein Dinosaurierskelett –»

«Dinosaurierskelett?» sagte Cinder. «Wovon um alles in der Welt redest du, Charlotte? Warum sollte irgend jemand finden, daß du wie ein Dinosaurierskelett aussiehst? Ich weiß wirklich nicht, was mit dir los ist. Du benimmst dich, als würden alle versuchen, dich umzubringen. Du sitzt da, mit offenem Mund und einem Finger in der Nase, als würdest du nichts wissen und könntest nichts verstehen und könntest nichts unternehmen und als wolltest du die ganze Zeit, daß ich dir erzähle, was Sache ist. Aber in Wirklichkeit willst du das überhaupt nicht. Es interessiert dich gar nicht wirklich, was ich denke. Es interessiert dich nicht, was Mitchell denkt. Du erweckst nur gerne bei anderen den Eindruck, als seist du total bemitleidenswert, und dann fühlen sich alle ganz und gar entsetzlich und du mußt niemandem wirklich Aufmerksamkeit schenken. Du bist wie eines von diesen Viechern, die mit dem Kopf nach unten an den Bäumen hängen und so tun, als seien sie tot, damit keiner sie abknallt! Du bist eine fürchterliche Freundin!»

Ich starrte Cinder an.

Bei Gott, ja.

Aber es war zu spät, als daß ich noch etwas daran ändern konnte, daß ich eine schlechte Freundin war. Ich starrte und starrte in Cinders unglückliches kleines Gesicht, und dann schnappte ich meinen Koffer aus dem Schrank und fing an, irgendwelche Sachen aus den Regalen hineinzuwerfen. Oh, und Mr. Bunder – Hector, Cinder hatte recht. Ich floß über vor Scham.

«Charlotte –» sagte Cinder, aber es gab nichts mehr, was ich noch wissen mußte, und ich schaufelte meine Sachen aus den Regalen und warf sie in meinen Koffer, als sei ich von einer höheren Macht besessen. «Charlotte – es tut mir leid. Ich meinte lediglich, daß du eine schlechte Meinung von dir selbst hast. Du solltest über dich viel besser denken.»

«Du solltest lieber nachsehen, ob mit Mitchell alles in Ordnung ist», sagte ich und ließ den Blick schweifen, um zu sehen, ob ich noch etwas vergessen hatte. «Ich glaube nämlich nicht.»

«Mitchell», sagte Cinder, «ist alles in Ordnung mit dir?»

«Ich hab im Augenblick nur keine Lust zu reden», sagte Mitchell.

«Oh, großartig», sagte Cinder. «Was für ein phantastischer Abend. Der eine Freund tobt herum wie Joan Crawford, und der andere ist gebraten wie eine kleine Knusperflocke. Komm schon, Charlotte. Regen wir uns wieder ab und räumen deine Sachen zurück. John Paul kann jeden Moment auftauchen, um sich zu entschuldigen, und er kann Unordnung nicht ausstehen.»

Und, Herr im Himmel – beinahe hätte ich mein Foto von Robert vergessen. Überhaupt, was hatte es da oben verloren – als wäre er Direktor irgendeiner großen Firma?

Ich zerrte es mit beiden Händen von der Wand, und es riß in der Mitte durch. «Oh, Charlotte», sagte Cinder. Aber zu meiner Überraschung machte es mir nichts aus. Robert hatte ohnehin nie so ausgesehen wie auf dem Bild. Es war eher, wie ich wollte, daß er aussähe, aber er hatte nicht so ausgesehen.

«Alle mal herhören», sagte Cinder. «Benehmen wir uns wie normale Menschen, okay? Entspannen wir uns und trinken ein Bier oder so. Bier, Mitchell?» fragte sie und hielt ihm eine Flasche hin, aber er schien auf Signale aus weiter Ferne zu lauschen.

«Charlotte», sagte sie. «Bier?» Aber auch ich war anderweitig beschäftigt, und ich drehte mich nicht um, als sie sagte: «Scheiße. Na dann, Prost», um zuzusehen, wie sie selbst die Flasche kippte, damit es so aussah, als sei alles vollkommen unter Kontrolle. Na ja, sie konnte versuchen, daß es so aussah, sie konnte versuchen, daß alles so aussah, wie sie wollte, daß es aussah, aber ich wollte in diesem Augenblick nur, daß alles aussah, wie es wirklich war, wie immer das sein mochte. Ganz genau erinnere ich mich an jenen Augenblick, als ich breitbeinig über meinem Koffer stand, mit einer Hälfte des Fotos von Robert in jeder Hand, die Beine zitternd und mein Herz rasend in düsterem Triumph, als sei ich gerade, in der Gunst eines Augenblicks, weit hinausgeschleudert worden aus einer tödlichen Gefahr.

Wie es mit Chris war

Wenn ich zwischen all den anderen Patienten im Wartezimmer sitze, nehme ich mir jedesmal vor, Dr. Wald zu fragen, was genau los ist mit meinen Augen, aber wenn ich allein in sein Untersuchungszimmer gehe, ist es dunkel, nur ein Lichtkreis an der Wand, und der Doktor steht mit dem Rücken zu mir und legt silberne Instrumente auf einem Tuch zurecht. Der große Stuhl ist leer und wartet darauf, daß ich mich hineinsetze. Ich habe jedesmal das Gefühl, vom Wachsein direkt in einen Traum gesunken zu sein, wie es einem manchmal nachts passiert, und ich gehe zu dem Stuhl, ohne etwas zu sagen.

Der Doktor bereitet alles vor, um mir durch einen Apparat in die Augen zu sehen. Ich lege Stirn und Kinn gegen die Metallstützen und sehe in den winzigen Ring blauen Lichts, während der Doktor schnell mit irgend etwas in mein Auge tupft. Mein Kopf fängt an, sich taub anzufühlen, und ich muß ihn zurückziehen. «Entschuldigung», sage ich. Ich schüttle den Kopf und lege ihn wieder gegen das Metall. Dann starre ich in das blaue Licht und versuche, meinen Kopf stillzuhalten.

«Atmen», sagt Dr. Wald. «Atmen.» Aber immer wieder fühlt sich mein Kopf taub an, und ich ziehe ihn zurück, und Dr. Wald muß warten, bis ich mich wieder gegen den Apparat gelehnt habe. «Nervös heute, Laurel?» fragt er teilnahmslos.

An einem Sonnabend in der Zeit, als ich schon zu Dr. Wald ging, spazierten Maureen und ich bei unserer alten Schule herum. Mit zusammengepreßten Knien schaukelten wir auf den kleinen Schaukeln, während um uns herum die trockenen Blätter durch die Luft wehten. Maureen erzählte mir, daß sie mit Kevin schliefe. Kevin ist ein Jahr über uns, und mir war er, als wir im September auf die High School kamen, viel älter vorgekommen. «Wie ist es?» fragte ich.

«Prima.» Maureen zuckte mit den Schultern. «Übrigens, auf wen stehst du denn gerade? Mir ist aufgefallen, daß du in letzter Zeit wenig über Dougie geredet hast.»

«Auf niemand», sagte ich. Maureen bremste ihre Schaukel und sah mich mit einer hochgezogenen Augenbraue an, also erzählte ich ihr – obwohl es mir, kaum hatte ich den Mund aufgemacht, schon leid tat –, daß ich jemanden in der Stadt kennengelernt hatte.

«In der Stadt?» sagte sie. Natürlich war sie verärgert. «Wie hast du denn jemanden in der Stadt kennengelernt?»

Es wäre reiner Zufall gewesen, erzählte ich ihr, weil ich zum Augenarzt ging, und überhaupt wäre es keine große Sache. Das erzählte ich jedenfalls Maureen, aber ich erinnerte mich so genau an das erste Treffen mit Chris, als wäre es ein Stein, den ich in der Hand halten könnte.

Es war gleich nach meinem ersten Termin bei Dr. Wald. Ich war nach der Schule mit der Bahn in die Stadt gefahren, und als ich beim Doktor fertig war, hätte ich eigentlich ein Taxi zur Tanzschule meiner Schwester Penelope auf der Ostseite des Parks nehmen und dort Schularbeiten machen sollen, bis Penelopes Unterricht vorbei war und Mutter uns abholte. Freunde meiner Eltern fragen mich manchmal höflich, ob ich auch Tänzerin werden möchte.

Gegenüber der Praxis des Doktors sah ich ein Lokal, das Jake's hieß. Durchs Fenster betrachtete ich den langen, glänzenden Tresen und die Spiegel und runden Tische, und ich hatte das Gefühl, ich würde niemals so ein Lokal betreten, aber dann dachte ich daran, wie schrecklich ich es fand, vor Penelopes Übungsraum zu sitzen, und wie schrecklich ich die Praxis des Doktors fand, und ich öffnete die Tür und ging einfach hinein.

Ich setzte mich an einen Tisch an der Wand und bestellte eine Cola. Ich betrachtete all die Leute um mich herum. Sie hatten bunte Flüssigkeiten in ihren Gläsern, und ich dachte, wie glücklich sie sein mußten – lebensfroh und frei und irgendwie so, als wäre alles ein Spiel.

Ich beobachtete den Barkeeper, der gestikulierte und redete. Er machte eine große Show daraus, wie er ein paar Leuten, die ich erst nur von hinten sehen konnte, eine Geschichte erzählte. Ein Mann hatte glänzende glatte Haare, die sich wie ein Vorhang bewegten, wenn er lachte, und ein anderer hatte blondes gelocktes Haar, und zwischen den beiden stand ein Mädchen mit einem flauschigen Pullover. Die Männer – oder Jungs (das konnte ich nicht sagen, und ich weiß es noch immer nicht) – trugen Hemden mit Nähten auf dem Rücken, die sich vom Gürtel bis zu den Schultern heraufzogen. Ich betrachtete ihre Hemden, und ich betrachtete im Spiegel hinter der Bar, wie aus ihren schönen goldbraunen Gesichtern das Lachen verschwand. Ich sah sie im Spiegel an, und besonders fiel mir der mit dem glänzenden Haar auf, und ich beobachtete, wie seine Augen zu Halbmonden wurden, als würde er einer weiteren Geschichte zuhören, doch dann sah ich, daß er lächelte. Er lächelte in den Spiegel vor sich, und genau in diesen Spiegel starrte ich, starrte ihn an, und er lächelte mich an, in den Spiegel hinein.

In der nächsten Woche mußte ich wieder zu Dr. Wald,

wegen einer Reihe von Untersuchungen, und als ich fertig war, ging ich, obwohl ich vorgehabt hatte, in Penelopes Tanzschule Hausaufgaben zu machen, dann doch geradewegs zu Jake's. Die beiden Männer standen wieder an der Bar, doch sie hatten ein anderes Mädchen bei sich. Ich tat so, als würde ich sie nicht bemerken, als ich zu dem Tisch ging, an dem ich schon das letzte Mal gesessen hatte.

Ich trank eine Cola, und als ich zur Bar ging, um zu bezahlen, drehte sich der mit den glänzenden Haaren direkt vor mir herum. «Abteilung für Notzucht mit Klamotten», sagte er und befreite den zusammengeknüllten Mantel aus meinen Armen. Er schüttelte ihn und lächelte mich an. «Ich heiße Chris», sagte er, «und das ist Mark.» Sein Freund wandte sich mir zu wie ein Soldat, der auf dem Posten ist, während mich das Mädchen, das bei ihnen war, nur flüchtig ansah und sich dann umdrehte, um mit jemand anderem zu reden.

Chris half mir in den Mantel, und dann knöpfte er ihn zu, wie bei einem kleinen Kind. «Wie heißt du?» sagte er.

«Laurel», sagte ich.

Chris nickte langsam mit dem Kopf. «Laurel», sagte er. Und als er das sagte, fühlte ich einen Schlag gegen mein Gesicht und die Hände und die Stirn, als sei ich flach aufs Wasser geprallt.

«Und du triffst dich also mit dem Kerl, oder wie?» fragte mich Maureen.

«Maureen», sagte ich. «Er ist nichts weiter als ein Typ, den ich kennengelernt habe.» Maureen sah mich wieder an, aber ich hielt ihrem Blick stand. Wir drehten unsere Schaukeln auf und ließen uns von ihnen herumwirbeln.

«Was ist eigentlich mit deinen Augen los?» sagte Maureen. «Kannst du nicht einfach eine Brille tragen?»

«Na ja, der Doktor meint, er kann im Moment noch nicht genau sagen, was nicht in Ordnung ist», sagte ich. «Er will mich unter Beobachtung halten, weil es sein könnte, daß irgendwas mit meiner Netzhaut passiert.» Aber da merkte ich, daß ich überhaupt nicht begriffen hatte, was das eigentlich bedeutete, und außerdem merkte ich, daß ich echte, aber absolut echte Angst hatte.

Maureen und ich wanderten hinüber zum Schulgebäude und sahen durchs Fenster der vierten Klasse, und ich dachte, wie sonderbar es doch war, daß ich einmal in diese winzigen Stühle gepaßt hatte und ein paar Jahre später Penelope in sie hineingepaßt hatte und jetzt mein kleiner Bruder Paul in sie hineinpaßte. In einem Aquarium auf dem Fensterbrett war eine schwächliche alte Schildkröte, genau wie die, die wir gehabt hatten. Ich fragte mich, ob es noch dieselbe war. Ich glaube, die sind irgendwie prähistorisch und werden zum Teil hundert oder zweihundert Jahre alt.

«Ich wette, deine Mutter ist total hysterisch», sagte Maureen.

Ich lächelte. Maureen findet es lustig, wie meine Mutter ständig erwartet, daß in ihrem Leben (*ihrem* Leben) alles perfekt sein muß. «Letzte Woche mußte ich sie mitnehmen», sagte ich.

«Iiih», sagte Maureen mitfühlend, und ich erinnerte mich, wie schrecklich es gewesen war, neben Mutter zu sitzen und zu warten. Wann immer Mutter sich bewegte – um die Beine überzuschlagen oder ihren Rock glattzustreichen oder eine Zeitschrift zu nehmen –, wehte der saubere Duft ihres Parfums zu mir herüber. Mutters Parfum verschaffte ihr eine hübsche kleine Insel in dem muffigen Büro. Wir redeten kein Wort, und es schien eine

Ewigkeit zu dauern, bis eine Asiatin mich in ein kleines weißes Zimmer führte und das Licht ausknipste. Die Frau hatte ein ernstes Gesicht, wie ein Engel, und sie trug über ihren Kleidern einen weißen Krankenhauskittel. Sie schien nicht gut Englisch zu sprechen. Sie setzte mich vor ein Ding, das an der Wand hing und aussah wie eine Karte mit weißen Planeten, die jemand auf schwarzen Untergrund gemalt hatte.

Die Frau fuhr mit einem Zeigestock über die Karte, und das Ende des Zeigestocks glimmte. «Du sagst, wenn du Licht siehst», sagte sie. In die Stille hinein hörte ich mich wieder und wieder «Jetzt» sagen, wenn ich hier und dort auf der Planetenkarte das Licht aufblitzen sah. Schließlich schaltete die Frau das Licht im Zimmer ein und lächelte mich an. Sie rollte die Karte auf und legte sie zusammen mit dem Zeigestock in ein Regal.

«Woher kommen Sie?» fragte ich sie, um den Klang meiner «Jetzt» sagenden Stimme abzuschütteln.

Sie zögerte, und ich schämte mich, weil ich das Gefühl hatte, etwas Unpassendes gesagt zu haben, aber schließlich schien die Bedeutung der Frage zu ihr durchgedrungen zu sein. «Japanerin», sagte sie. Sie legte ihren Handrücken auf mein Haar. «Sehr hübsch», sagte sie. «Sehr hübsch.»

Dann sah sich Dr. Wald meine Augen an, und anschließend wurden Mutter und ich in sein Sprechzimmer geführt. Wir saßen vor dem riesigen Schreibtisch und warteten, und endlich kam der Doktor herein. Einen kurzen Augenblick lang sah er Mutter an. Dann setzte er sich hin und erklärte mit ernster, moderatorenhafter Stimme, die ich noch nie vorher bei ihm gehört hatte, er wolle mich einmal im Monat sehen. Er sagte zu meiner Mutter, daß es möglicherweise – möglicherweise auch nicht – «Grund zur Sorge» gebe, und er sprach direkt zu ihr, mit einem leichten Stirnrunzeln, während sie hinab auf ihre gefalteten Hände sah. Männer tun immer so wichtig, wenn sie mit ihr reden, und sie und der Doktor sahen doppelt ernst drein, als würden sie sich gegenseitig daran erinnern, daß sie über mich redeten, und nicht übereinander. Während Mutter meine Termine auf die letzte Woche jeden Monats festlegte (donnerstags, wegen Penelopes Tanzstunden), schien die mürrische Sprechstundenhilfe zu überlegen, wieviel wohl Mutters Kleider kosteten.

Als Mutter und ich vor Penelopes Tanzschule parkten, kam Penelope gerade mit einigen der anderen Mädchen heraus. Sie trugen Jeans, hatten aber alle ihr Haar noch fest nach oben zu einem Knoten zusammengebunden, und Penelope hatte diesen schwebenden, friedlichen Blick, den sie immer nach dem Unterricht bekam. Mutter lächelte ihr zu und winkte, doch dann sah sie plötzlich mich an. «Arme Laurel», sagte sie. Tränen traten ihr in die Augen, und daraufhin kamen auch mir die Tränen, aber bei mir waren es Tränen unerwarteter Wut. Ich sah, wie froh Mutter darüber war, diesen Moment mit mir zu teilen, aber in Wirklichkeit dachte ich, während wir einander ansahen, daß ich zwar an diesem Nachmittag ihretwegen nicht zu Jake's hatte gehen können, daß ich aber immerhin von nun an einmal im Monat herfahren und Chris sehen könnte.

«Und die ganze Woche lang», erzählte ich Maureen, «sagte meine Mutter, ich hätte es von der Familie meines Vaters geerbt, und mein Vater antwortete, in seiner Familie gäbe es nur grünen Star, und seine Gene hätten mit Netzhäuten nichts zu tun.»

«Ehrlich?» fragte Maureen. «Ist mit deinem Vater was nicht in Ordnung?»

Maureen redet andauernd über meinen Vater und sagt immer, wie «attraktiv» er sei. Wenn sie wüßte, wie er über sie redet! Wenn sie vorbeikommt, setzt er sich hin und erzählt ihr Witze. Als sie vor ein paar Wochen kam, um mich zu besuchen, nahm er sie mit hinaus nach hinten, wo er ihr etwas zeigen wollte, und ich mußte ganz lange warten. Aber wenn sie nicht bei uns ist, tut er so, als sei sie eine x-beliebige Fremde. Einmal hat er zu mir gesagt, sie sei ordinär.

Natürlich hatte ich keinen Grund, davon auszugehen, daß Chris beim nächstenmal, wenn ich zum Doktor ginge, wieder bei Jake's sein würde, aber er war dort. Er und Mark lehnten an der Bar, als hätten sie sich nie von der Stelle bewegt. Ich ging zu meinem kleinen Tisch, und während ich meine Cola trank, fragte ich mich, ob Chris mich überhaupt bemerkt haben konnte. Dann fiel mir ein, daß er sich vielleicht gar nicht mehr an mich erinnerte.

Ich war mit dem Eis auf dem Grund meines Glases beschäftigt, als Chris sich neben mich setzte. Ich hatte nicht einmal mitbekommen, wie er von der Bar weggegangen war. Er stellte mir eine Menge Fragen – über meine Familie, wo ich wohnte und wie es kam, daß ich bei Jake's war.

«Ich gehe zu einem Arzt ganz hier in der Nähe», sagte ich zu ihm.

«Psychiater?» fragte er.

Ich sagte nichts weiter als nein, aber ich spürte die roten Flecken, die sich auf meinem Gesicht ausbreiteten.

«Ich bin siebenundzwanzig», sagte er. «Kommt dir das nicht komisch vor?»

«Na ja, manche Leute sind eben so alt», sagte ich.

Ich hoffte, daß Chris annehmen würde, ich sei viel älter, als ich in Wirklichkeit war. Das glaubten die meisten

Leute, weil ich groß war. Und es führte öfters zu Problemen, denn sie waren enttäuscht von mir, weil ich mich nicht erwachsener verhielt (selbst wenn sie genau wußten, wie alt ich war, zum Beispiel meine Lehrer). Aber Chris sagte folgendes: «Ich bin viel, viel älter als du. Wahrscheinlich fast doppelt so alt.» Offenbar wollte er mir klarmachen, daß er genau wußte, wie alt ich war. Er wollte, daß ich es merkte, und er wollte, daß ich es seltsam fand.

Als ich gehen mußte, führte Chris mich hinüber zur Bar, damit ich Mark begrüßte, der sich mit einem Mädchen unterhielt.

«Sieh mal», sagte das Mädchen. Sie hielt eine Locke von mir neben Marks Haar, und man konnte nicht sagen, welche fahle Locke wem gehörte. Auch Marks Augen sahen, wie ich feststellte, aus der Nähe betrachtet genauso aus wie meine.

«Wir könnten Geschwister sein», sagte Mark, aber seine Stimme klang wie vom Tonband, und für einen Augenblick vergaß ich, wie die Dinge verteilt sind, und ich dachte, auch Mark müßte Probleme mit seinen Augen haben.

Seitdem ging ich immer gleich zu Jake's, wenn ich beim Doktor fertig war, und wenn ich an der Bar vorbeikam, konnte ich nicht anders, als einen flüchtigen Blick in den Spiegel zu werfen, um Chris' Gesicht zu sehen. Ich setzte mich an meinen Tisch, trank meine Cola und horchte auf sein Lachen, und wenn ich es hörte, fühlte ich mich vollkommen ruhig, wie man sich fühlt, wenn man Fieber hat und einem jemand die Hand auf die Stirn legt. Und manchmal kam Chris herüber, setzte sich zu mir und redete.

Zu Hause und in der Schule dachte ich an all die vielen Mädchen, die mit Chris und Mark zusammen waren. Ich dachte der Reihe nach über jede einzeln nach, als wären sie kleine Porzellanfiguren, die ich aus einem Glaskasten nehmen und betrachten könnte. Ich dachte darüber nach, wie sie aussahen, und ich dachte über die Mädchen in der Schule und über Penelope nach, und ich sah in den Spiegel.

Ich sah bei Maureen in den Spiegel, während Maureen sich die Fingernägel lackierte, und ich versuchte, in mir meine Schwester zu erkennen. Wir sind beide blaß und lang, aber Penelope ist hübsch, wie alle immer sagen, und ich sah einfach unfertig aus, das stand fest.

«Ein bißchen Make-up könnte dir nicht schaden», sagte Maureen und schüttelte ihre Hände zum Trocknen, «aber du siehst gut aus. Du kannst froh sein, weil du so groß bist. Das bedeutet, daß dir Klamotten gut stehen werden.»

Ich war sehr gern bei Maureen. Maureen ist Einzelkind, und ihr Vater lebt in Kalifornien. Auch ihre Mutter ist oft weg, und wenn sie weg ist, bleibt Carolina, das Hausmädchen, bei Maureen. An jenem Abend war Carolina da, und sie erlaubte uns, zum Abendessen Pizza ins Haus zu bestellen.

«Maureen ist mein Mädchen. Sie ist mein Mädchen», sagte Carolina nach dem Abendessen und nahm Maureen in die Arme. Maureen sieht fast immer ziemlich entschlossen aus, aber wenn Carolina das tut, wird ihr Gesicht ganz ausdruckslos.

Später fragte ich Maureen wegen Chris. Ich hatte Angst, über ihn zu reden, weil ich befürchtete, er könnte sich dann in nichts auflösen, aber ich brauchte dringend Maureens Rat. Ich sagte ihr, es sei wie im Französischunterricht, wo es zwei Wörter für «you» gibt. Manchmal, wenn Chris «you» zu mir sagte, würde ich rot werden, als hätte er ein besonderes Wort benutzt. Und ich brachte es kaum fertig, «you» zu ihm zu sagen. Manchmal, wenn ich mit Chris redete, schien es mir vollkommen unvorstellbar, daß ein Mensch einfach auf einen anderen zugehen und «you» sagen kann.

«Hat das irgendwas mit ihm zu tun?» fragte ich. «Oder liegt das nur an mir?»

«Das liegt an dir», sagte Maureen. «Das zählt nicht. Das ist, wie wenn du dich im Bus neben einen Fremden setzt und du weißt, daß dein Knie seines berührt, aber du tust so, als wäre gar nichts los.»

Natürlich hatte Maureen mit allergrößter Wahrscheinlichkeit recht. Warum auch nicht? Trotzdem dachte ich, wäre es möglich, daß sie sich vielleicht doch irrte, und als ich Chris das nächste Mal traf, geschah etwas, was mich glauben ließ, daß dem so war.

Mein Sehvermögen hatte im Laufe jener Woche sehr nachgelassen, und als Dr. Wald meine Augen untersuchte, stand er nicht auf. «In letzter Zeit stärker den Eindruck, alles verschwommen zu sehen?» fragte er.

Mir wurde glühendheiß, als er das sagte, und ich hätte am liebsten gelogen. «Eigentlich nicht», sagte ich. «Doch, ein bißchen.»

Er gab mir irgendwelche Tropfen in die Augen und schickte mich ins Wartezimmer, wo ich mir in *Redbook* ein paar Übungen zur Straffung des Busens ansah, bis die Tropfen zu wirken anfingen und die Schrift auf der Seite verschwamm. Mir war vorher nie aufgefallen, daß praktisch niemand im Wartezimmer auch nur so tat, als würde er lesen. Eine Frau hatte einen Verband über den Augen, und die meisten anderen Leute starrten oder blinzelten einfach vor sich hin. Ein kleiner Junge schob gleichgültig ein steifes Plastikpferd auf dem Boden vor sich her, ohne auch nur hinzusehen.

Der Doktor untersuchte meine Augen mit diesem hellen Licht, das mir noch hinten im Kopf einen Stich gab. «Gut», sagte er. «Wir sehen uns in – was war es gleich? – einem Monat wieder.»

Ich stand schon draußen auf der Straße, ehe ich merkte, daß ich immer noch nichts sehen konnte. Mein Sehvermögen war wie ein Stück locker gewebter Stoff, der auseinandergezogen wird. Auf der Straße schien sich alles von mir wegzubewegen, und alle Ampeln sahen aus wie riesige, mit einem Heiligenschein umgebene Kugeln, die hin und her baumelten und dann plötzlich in einer unsichtbaren Tasche in der Luft verschwanden. Die Geräusche bildeten einen einzigen riesigen Lärmbrei – Hupen und Bremsen und schreiende Menschen –, und um die Straße zu überqueren, mußte ich in einen Strom von Menschen eintauchen und mich überall mit hintreiben lassen, wohin sie gingen.

Als ich schließlich bei Jake's landete, zitterten meine Beine entsetzlich, und ich ging direkt an die Bar zu Chris, der zuhörte, wie sein Freund Sherman eine Geschichte erzählte. Ohne mich auch nur anzusehen, schloß Chris seine Hand um mein Handgelenk, und ich stand einfach neben ihm, mein Handgelenk in seiner Hand, und hörte ebenfalls zu.

Sherman erzählte, wie er und seine Band vergangene Nacht in irgendeinem Club gespielt hatten und in der Pause, als er mit seiner Freundin Candy zusammensaß, ein Mann an ihren Tisch gekommen war. «Der Typ ist vollkommen fertig», sagte Sherman, «und auch Candy und ich sind nicht gerade in allerbester Verfassung. Aber der Typ schwenkt die ganze Zeit einen Ring, und im Prinzip scheint die Sache die zu sein, daß es der Ehering seiner Frau ist. Er ist früher nach Hause gekommen, und seine Frau ist nicht da, aber der Ring ist da, und er ist sicher, daß seine Frau unterwegs ist und irgendwo rumbumst. Und der Typ erzählt mir die Geschichte wieder und wieder von vorne, und ich kann ihn nicht dazu bringen, das Maul zu halten, aber schließlich bemerkt er Candy, und er sagt: ‹Das deine Alte?› ‹Yeah›, sage ich zu ihm. ‹Hübsche Puppe›, sagt der Typ, und er gibt mir den Ring. ‹Behalt ihn›, sagt der Typ. ‹Ist für dich – nicht für die Nutte, die du da bei dir hast.›»

Eines der Mädchen an der Bar streckte die Hand aus und berührte den funkelnden Ring, der an einer Kette um Shermans Hals hing. «Hübsch», sagte sie. «Willst du ihn nicht haben, Candy?» Aber das Mädchen, das sie angesprochen hatte, blieb reglos auf seinem Barhocker sitzen, die Beine übergeschlagen, und lächelte auf seinen Drink hinunter.

«Wie findest du das?» sagte Chris, als er mich zu meinem Tisch begleitete und sich zu mir setzte. Ich sagte nichts. «Sherman kann ziemlich ekelhaft sein. Aber das ist nicht so wichtig», sagte Chris.

Die Geschichte erinnerte mich an die Leute in der Schule – daran, daß wir noch nicht wissen, wie unser Leben wirklich sein wird. Sie gab mir das Gefühl, als könnte aus jeder Kleinigkeit eine wichtige Sache werden, und ich fing an zu weinen, weil ich nie zuvor bemerkt hatte, daß ich in meinem ganzen Leben immer einsam gewesen war, bis zu diesem Moment, als Chris bemerkt hatte, wie sehr mich die Geschichte durcheinandergebracht hatte, und er etwas gesagt hatte, damit ich mich besser fühlte.

Chris tauchte eine Papierserviette in ein Glas mit Wasser und wischte mir übers Gesicht, aber ich umklammerte einen Bleistift in meiner Tasche so fest, daß er zerbrach, und da fing ich wieder an zu heulen.

«Na, na», sagte Chris. «Sieh mal. Er ist nicht tot.» Er nahm eine andere Papierserviette und kritzelte mit den beiden Hälften des Bleistifts darauf herum. «Alles in Ordnung, siehst du? Das ist die Art, wie sie sich vermehren. Habt ihr das nicht in der Schule gelernt? Hier», sagte er. «Wir legen sie einfach hier drunter, und schon haben wir zwei sehr glückliche kleine Bleistifte.»

Und dann, nach einiger Zeit, als ich lachte und redete, stand er plötzlich auf. «Tut mir leid, daß ich dich so plötzlich allein lassen muß», sagte er, «aber ich habe Mark versprochen, ihm bei einer Sache zu helfen.» Und ich sah, wie Mark mit einem Mädchen an der Bar stand und zu uns herübersah. «Fertig», rief Chris zu ihnen hinüber. «Süße», sagte er zu der Kellnerin, die neben ihm auftauchte, «bring dieser Dame was zu trinken und setz es auf meine Rechnung. Danke.» Und dann ging er hinaus, zusammen mit Mark und dem Mädchen.

Aber seltsamerweise hatte ich gar nicht den Eindruck, als habe Mark auf Chris gewartet. Ich glaube nicht, daß Chris Mark irgend etwas versprochen hatte. Ich glaube, Mark und das Mädchen hatten nur zu uns herübergesehen, um einfach zu gucken, denn ich konnte erkennen, wie überrascht sie waren, als Chris ihnen etwas zurief. Außerdem standen die drei noch eine Zeitlang auf dem Bürgersteig und redeten, bevor sie zusammen weggingen. Und in dem Moment dachte ich einen Augenblick lang, daß Maureen sich irrte, was Chris und mich anging. Nicht als Chris mein Handgelenk hielt und nicht als Chris verstand, wie durcheinander ich war, und nicht als Chris mir die Tränen trocknete, sondern als Chris ging, das war der Moment, als ich dachte, daß Maureen sich irrte.

Meine Zensuren wurden erheblich schlechter, und mein Vater beschloß, mir jeden Abend nach dem Essen bei den Schularbeiten zu helfen. «Also gut», sagte er, während er hinter meinem Stuhl stand und sich über mich beugte. «Denk nach. Wenn du aus dieser Frage eine Gleichung machen willst, wie mußt du das anfangen? Wir haben schon besprochen, wie das geht, Laurel.»

Aber ich haßte es, wenn er so hinter mir stand, und ich konnte nichts weiter tun, als von meinem Rücken Strahlen auszusenden, damit er ein Stück zurücktrat. Schade, daß ich nicht Maureen war. Ihr hätte es gefallen.

Für mich wies jeder Tag nach vorn oder zurück auf den letzten Donnerstag des Monats, doch diese Donnerstage kamen und gingen, ohne daß sich irgend etwas wirklich änderte, weder beim Doktor noch bei Jake's, bis zum Frühling. Alle in meiner Klasse hatten den größten Teil des Jahres damit verbracht, sich mit dem Unterricht und Parties und Prüfungen und Sportwettkämpfen verrückt zu machen, aber für mich bedeuteten all diese Dinge nur eines – einen gräßlichen Nebel, der mich von allen Seiten umgab, während ich wartete.

Und dann kam ein Donnerstag, an dem Chris, kaum war ich bei Jake's durch die Tür getreten, seinen Arm um mich legte. «Ich muß 'ne kleine Besorgung machen», sagte er. «Willst du vorher noch 'ne Cola?»

«Ich muß um sechs meine Schwester bei ihrer Schule abholen», sagte ich. Falls er mich nicht gefragt haben sollte, ob ich mit ihm komme wollte, würde es einfach so aussehen, als hätte ich irgendeine Bemerkung gemacht.

«Ich bring dich hin», sagte Chris. Er stand hinter mir und legte mir beide Arme um die Schultern, und ich konnte genau spüren, wo er mich berührte. Chris' Freunde machten gleichgültige Gesichter, als würde nichts geschehen, und auch ich versuchte auszusehen, als würde nichts geschehen.

Ein Mädchen, das gerade hereinkam, als wir aus der Tür gingen, hielt Chris fest. «Gehst du?» sagte sie.

«Ja», sagte Chris zu ihr.

«Und wann kann ich dich sprechen?» fragte sie.

«Ich komm später noch mal vorbei, Süße», sagte Chris, aber er ging einfach weiter. «Mein Gott, was für eine Zicke», sagte er kopfschüttelnd zu mir, und ich schämte mich ohne Grund.

Die Art, wie Chris sein schnelles kleines helles Auto fuhr, ließ mich denken, es sei ein Teil von ihm und ich auch. Ich hatte das Gefühl, wir wären zusammen in einer Muschel und könnten alles sehen, was draußen war, und wir fuhren und fuhren, und Chris drehte die Musik laut. Und plötzlich sagte Chris: «Ich würde dich gern viel öfter sehen. Es ist zu schade, daß du nicht häufiger in die Stadt kommen kannst.» Ich wußte nicht, was ich sagen sollte, aber offenbar schien er auch nicht zu erwarten, daß ich etwas sagte.

Wir parkten in einem Teil der Stadt, wo die Häuser riesig und gedrungen waren. Chris drückte auf einen Klingelknopf, und wir liefen Holztreppen hinauf, bis wir vor einem Mann in weiter weißer Hose und aufgeknöpftem Hemd standen.

«Joel, das ist Laurel», sagte Chris.

«Hallo, Laurel», sagte Joel. Er schien meinen Namen irgendwie komisch zu finden, und er sah mich an, wie mich erwachsene Männer, so hatte ich festgestellt, oft ansahen – als wäre ich unfähig, ihrem Blick standzuhalten.

Drinnen verschwanden Chris und Joel hinter einer Tür und ließen mich in einem riesigen Raum mit weißen Sofas und schwebenden Mobiles zurück. Der Raum war tadellos aufgeräumt, abgesehen von einem seidenen, rotgoldenen Kimono, der auf dem Boden lag. Ich hob den Kimono auf, rieb ihn an meiner Wange und zog ihn über meine

Sachen. Dann ging ich zum Fenster und sah hinaus über die Stadt, die sich endlos hinstreckte. In einem Gebäude auf der anderen Straßenseite bewegten sich Figuren langsam hinter schmutzigem Glas. Sie stellten etwas her, nehme ich an.

Nach einer Weile stürmten Chris und Joel zurück in den Raum. Chris' Augen glänzten, und er grinste wie ein Verrückter.

«He», sagte Joel und packte die Enden des Kimonos, den ich trug. «Das Ding steht dir besser als mir.»

«Wie könnte es anders sein?» sagte Chris. Joel machte einen Schritt zurück, als Chris von hinten seine Arme um mich legte.

«Ich nehme das übel, ich nehme das übel! Aber ich leugne es nicht!» sagte Joel. Chris küßte meinen Hals und meine Ohren, und er und Joel kicherten.

Ich fragte mich, was geschehen würde, wenn Chris und ich zu spät kämen und Mutter mich in Chris' Auto vorfahren sähe, aber wir schlängelten uns durch den Verkehr und schossen die Avenues herunter und hielten zehn Minuten vor der Zeit in der Nähe von Penelopes Tanzschule. Dann, anstatt irgendwas zu sagen, saß Chris einfach da, eine Hand noch am Steuer, die andere auf dem Schalthebel, und er sah mich nicht einmal an. Als ich ihn versuchsweise am Ärmel berührte und er sich trotzdem nicht bewegte, warf ich mich mehr oder weniger auf ihn und fing an, in sein Hemd zu heulen. Ich saß auf seinem Schoß, ganz und gar verknäult, und küßte ihn und küßte ihn, und meine Hände bewegten sich wie von selbst.

Plötzlich dachte ich an all die Menschen draußen um das Auto herum, die ihre drallen kleinen Hunde Gassi führten, und ich dachte, daß meine Mutter jeden Moment vorfahren könnte, und ich setzte mich rasch auf und öffnete die Augen. Alles sah ein wenig anders aus, als es in meinem

Kopf ausgesehen hatte – ein wenig kleiner und weiter weg –, und mir wurde klar, daß Chris vollkommen reglos dagesessen hatte, und er starrte einfach geradeaus.

«Auf Wiedersehen», sagte ich, aber Chris rührte sich immer noch nicht und sah mich auch nicht an. Ich konnte nicht begreifen, was mit Chris geschehen war.

«Warte», sagte Chris, immer noch ohne mich anzusehen. «Hier ist meine Telefonnummer.» Er schüttelte sich und schrieb sie langsam auf.

An der Ecke drehte ich mich um und sah, daß Chris noch immer dort war. Er hatte sich zurückgelehnt und starrte durch die Windschutzscheibe.

«Was meinst du, warum hat er mir seine Telefonnummer gegeben?» fragte ich Maureen. Wir waren auf einer Party in Peter Klingemans Keller.

«Ich nehme an, er möchte, daß du ihn anrufst», sagte Maureen. Sie hatte ganz offensichtlich keine rechte Lust, sich zu unterhalten. Kevin stand neben ihr, seine Hand unter ihrer Bluse, und sie war irgendwie unruhig. «Nimm's mir nicht übel, Laurel, aber er kommt mir, ehrlich gesagt, ein bißchen komisch vor», meinte Maureen. Wieder schämte ich mich. Ich wollte weiter mit Maureen reden, aber Kevin zog sie fort ins Fernsehzimmer der Klingemans.

Dann setzte sich Dougie Pfeiffer neben mich. «Ich glaube, Maureen und Kevin haben eine echt gute Beziehung», sagte er.

Ich fragte mich gerade, wie ich jemals in der Achten in ihn verknallt gewesen sein konnte, als ich merkte, daß es an mir war, etwas zu sagen. «Ist dir schon mal aufgefallen», sagte ich, «wie manche Leute ‹in der Achten›, und andere ‹in der achten *Klasse*› sagen?»

«Laurel», sagte Dougie, und er packte mich und schob mir seine Zunge in den Mund. Dann zog er seine Zunge zurück und ließ mich los. «Mein Gott, es tut mir leid, Laurel», sagte er.

Es interessierte mich im Grunde nicht, was er mit seiner Zunge machte. Ich dachte daran, daß sein Körper unter seinen Kleidern nichts als eine Art Umriß war, wie bei einer Kinderzeichnung, und ich dachte an den langen Reißverschluß von Chris' Lederjacke, und an einen kleinen Riß, den ich einmal in seiner Jeans bemerkt hatte, und an das Gewebe des Hemdes, in das ich hineingeheult hatte.

Ich trug Chris' Telefonnummer überall mit mir herum, und schließlich fragte ich meine Mutter, ob ich am Donnerstag nach der Schule in die Stadt fahren und sie nach Penelopes Unterricht treffen könnte.

«Nein», sagte Mutter.

«Warum nicht?» sagte ich.

«Wir brauchen darüber nicht weiter zu reden, Laurel», sagte meine Mutter.

«Ich darf doch auch reinfahren, um zu Dr. Wald zu gehen», sagte ich.

«Trotzdem», sagte Mutter. «Und überhaupt, du kannst doch nicht einfach... in New York herumspazieren.»

«Ich muß ein paar Sachen einkaufen», sagte ich idiotischerweise.

Mutter setzte an, etwas zu sagen, doch dann hielt sie inne und sah mich an, als wüßte sie nicht mehr genau, wer ich war. «Ach, was soll's?» sagte sie, aber nicht speziell zu mir.

Ich bemerkte, daß zwischen Mutters Augen stets eine kleine Falte war, und plötzlich hatte ich das Gefühl, sie durch ein Fenster zu sehen. Ich ging hinauf in mein Zimmer und heulte und heulte, aber später konnte ich nicht einschlafen, weil ich die ganze Zeit an Chris dachte.

Am Donnerstag rief ich ihn an.

«Wie spät ist es?» sagte er mit seinem ätzenden Lachen. «Ich bin gerade aufgewacht.» Er erzählte mir, er sei am Abend zuvor auf einer Party gewesen, und als er gehen wollte, war sein Auto gestohlen. Er war bekifft, und er dachte, das Vernünftigste sei, zu Marks Wohnung zu gehen, die meilenweit von seiner entfernt war, aber unterwegs fand er sein Auto, das irgendwo auf der Straße geparkt war. «Ich hätte es melden sollen, aber ich dachte, he, was für eine tolle Gelegenheit, also hab ich es einfach zurückgeklaut.»

Chris sagte kein Wort davon, daß wir uns treffen sollten.

«Ich muß heute in die Stadt, um ein paar Sachen zu erledigen», sagte ich.

«Ja», sagte Chris. «Ich hab selbst 'ne Menge auf'm Zettel heute.»

Na, damit war die Sache offensichtlich erledigt, sofern ich nicht etwas Drastisches unternahm. «Ich dachte, ich komm einfach mal vorbei, falls du auch in der Gegend bist», sagte ich. Mein Herz klopfte dermaßen, daß es mich fast umhaute.

«Großartig», sagte Chris. «Das ist wirklich nett.» Aber es klang nicht begeistert, und ich war nicht im geringsten überrascht, als ich zu Jake's kam und er nicht da war. Ich war bei meiner dritten Cola, als Chris hereinspazierte, aber an der Bar fing ihn ein Mädchen ab, das jede Menge Armbänder trug, und er setzte sich zu ihr.

Ich wagte nicht, meine Cola auszutrinken oder nach der Rechnung zu fragen. Mir blieb nichts anderes übrig, als reglos sitzenzubleiben und zu tun, was Chris mich zu tun zwang. Schließlich ging das Mädchen an der Bar, nachdem sie Chris einen langen, feuchten Kuß gegeben hatte, und er kam herüber und setzte sich zu mir.

«Mein Gott. Hast du das Mädchen gesehen, mit dem ich zusammengesessen habe?» sagte er. «Die spinnt total. Es gibt nichts, was sie nicht in den Mund nehmen würde. Vor ein paar Wochen war ich auf einer Party, und ich geh durch irgendeine Tür, weil ich den Lokus suche, und da liegt Beverly, auf dem Boden, splitternackt. Und weißt du, was sie macht?»

«Nein», sagte ich.

«Sie sagt ‹Verzeihung›, und anstatt sich etwas überzuziehen, langt sie nach oben und macht das Licht aus. Schnell geschaltet, was?» Er lachte. «Hast du alles geschafft, was du zu erledigen hattest?» fragte er mich.

«Ja», sagte ich.

«Prima», sagte Chris. «Ich renn heute echt durch die Gegend wie ein aufgescheuchtes Huhn. Süße», sagte er zu einer Kellnerin, «schreib das auf meine Rechnung, ja?» Er zeigte auf meine wäßrige Cola.

«Sandra hat dich gesucht», sagte die Kellnerin. «Hat sie dich gefunden?»

«Ja, danke», sagte Chris. Er gab mir einen Kuß auf die Wange, und das war das erste Mal, daß er mich überhaupt küßte, außer bei Joel, und dann ging er.

Ich wußte, ich hatte irgendeinen Fehler gemacht, aber ich fand nicht heraus, welchen. Das konnte ich nur von Chris erfahren, aber es würde zwei Wochen dauern, bis ich ihn wiedersah. Jeden Abend sah ich aus dem Fenster auf den roten Schein der Stadt, weit hinter all den ruhigen kleinen Häusern und Gärten, und jeden Abend, wenn ich im Bett lag, spürte ich, wie dieser Schein näher und näher kam, wie er direkt über meinen geschlossenen Augen schwebte, und Chris mittendrin. Während ich schlief, entfernte er sich wieder; aber am Morgen, wenn ich aufwachte und meine Schulsachen anzog, war ich ihm einen Tag nähergekommen.

Nach meinem nächsten Termin bei Dr. Wald war Chris nicht bei Jake's. Zum erstenmal, seit ich zu Jake's ging, ließ sich Chris überhaupt nicht blicken.

Auf dem Nachhauseweg mußte ich alle Kraft aufwenden, um nicht vor Mutter und Penelope loszuheulen. Und ich fragte mich, was ich von diesem Nachmittag an tun sollte.

«Und wie steht's mit Dr. Wald?» sagte mein Vater, als wir uns an den Abendbrottisch setzten.

«Ich habe ihn nicht gefragt», sagte ich.

Mein Vater schwieg einen Moment, um meinen kleinen Scherz zu würdigen.

«Ich wollte eigentlich wissen», sagte er, «wie es meiner entzückenden Tochter geht.»

Natürlich versuchte er nur, mir etwas Nettes zu sagen, aber er hätte sich ein einziges Mal für etwas Aufrichtiges entscheiden können. Ich dachte, mir würde schlecht werden, wenn er später wieder hinter meinem Stuhl stände. «Penelope ist deine entzückende Tochter», sagte ich und warf mein Besteck auf den Tisch.

Als ich oben war, horchte ich hinunter. Ich wußte, daß Penelope erstarrt war, wie sie erstarrt, wenn jemand in meiner Gegenwart sagt, wie hübsch sie ist. Aber niemand sagte etwas über mich, das ich verstehen konnte.

Später dachten Penelope, Paul und ich uns eine Geschichte aus, wie wir es oft getan hatten, als wir noch kleiner waren. Paul schlief plötzlich mittendrin ein, mit winzigen Tränen in den Augenwinkeln, und ich packte Penelope in ihr Bett. Als ich die Decke glattstrich, wanderte ein Schatten der Erleichterung über ihr Gesicht.

An jenem Sonnabend ging Mutter mit mir und ohne Penelope oder Paul in die Stadt zum Einkaufen. «Ich dachte, wir kaufen dir ein Geschenk», sagte Mutter. «Etwas Hübsches.» Sie lächelte mich verkniffen, irgendwie komisch an.

«Danke», sagte ich. Es war ein gutes Gefühl, mit ihr zusammen loszufahren, aber ich war zugleich auch traurig, weil Mutter versuchte, mich in den sauberen, glänzenden, edlen, taghellen Teil von New York zu bringen, wo Penelopes Tanzschule lag. Wann würde sie endlich akzeptieren, daß dort kein Platz für mich war? Ich fragte mich, ob Mutter mir etwas sagen wollte, aber wir fuhren schweigend dahin; nur einmal zeigte Mutter auf eine Dame in einem großen, weißen, pompösen Pelzmantel.

Bei Bonwit suchte Mutter ein teures Kleid für mich aus. «Was meinst du?» sagte sie, als ich es anprobierte.

Ich freute mich, daß Mutter es ausgesucht hatte, denn es war sehr hübsch, und es war weiß, und es war teuer, aber ich sah im Spiegel nur mager und verstört darin aus. «Es gefällt mir», sagte ich. «Aber findest du nicht, daß es komisch an mir wirkt?»

«Nun, ich finde es in Ordnung, aber du mußt selbst entscheiden», sagte Mutter. «Du kannst es haben, wenn du möchtest.»

«Aber sieh doch, Mutter», sagte ich. «Sieh doch. Findest du es gut?»

«Wenn es dir nicht gefällt, brauchst du es nicht zu nehmen», sagte sie. «Es ist dein Geschenk.»

Zu Hause nach dem Abendessen probierte ich das weiße Kleid wieder an und betrachtete mich im Spiegel, und ich fand es vielleicht schon ein bißchen besser.

Ich ging hinunter ins Wohnzimmer, wo Mutter ausgestreckt auf dem Sofa lag, die Füße bei meinem Vater auf dem Schoß. Als ich hereinkam, fuhr er auf, während meine Mutter sich nicht rührte. «Mein Gott», sagte mein Vater. «Das ist ja Lucia.»

Meine Mutter kicherte. «Auftritt der Braut oder der Wahnsinnigen?» sagte sie.

Oben legte ich das Kleid zusammen und verpackte es wieder in dem Karton, damit die von Bonwit es abholen konnten. In der Nacht betrachtete ich tanzende Muster in der Dunkelheit, und mir graute es davor, wieder zu Dr. Wald gehen zu müssen.

Dem Doktor schien bei meinem nächsten Termin nichts Ungewöhnliches aufzufallen. Aber ich hatte noch den kurzen Weg hinüber zu Jake's vor mir. Ich brach förmlich zusammen vor Erleichterung, als ich Chris an der Bar stehen sah, und er streckte den Arm aus, als ich vorbeiging, und zog mich lächelnd zu sich heran. Er redete mit Mark und einigen anderen Freunden, und er stellte mich vor sich hin und massierte von hinten meine Schultern und Schläfen. Ich versuchte, Mark, der mich mit seinen blassen Augen anstarrte, zur Begrüßung zuzulächeln, aber er starrte einfach weiter und hörte Chris zu. Ich schloß die Augen und lehnte mich zurück gegen Chris, der seine Arme um mich verschränkte. Als Chris mit seiner Geschichte fertig war, lachten alle außer mir. Chris blies einen leichten Luftstrom in mein Haar, so daß es sich bewegte. «Kleine Spritztour gefällig?» sagte er.

Wir fuhren eine Weile herum, kreuz und quer durch die Stadt, und Chris rammte Kassetten in den Recorder. Dann parkten wir, und Chris drehte sich und sah mich an.

«Was willst du machen?» fragte Chris mich.

«Jetzt?» sagte ich, aber er sah mich nur an, und ich wußte nicht, was er meinte. «Nichts», sagte ich.

«Hattest du in letzter Zeit den Eindruck, ich sei anderweitig in Anspruch genommen, Süße?» fragte er.

«Ich glaube, vielleicht ein bißchen», sagte ich, obwohl ich nie richtig darüber nachgedacht hatte, was für einen Eindruck er auf mich machte. Er machte einfach den Eindruck, er selbst zu sein. Aber er sagte mir, jawohl, er sei anderweitig beansprucht worden. Er hatte sich Geld geliehen, um ein Audio-Geschäft aufzuziehen, aber gleichzeitig mußte er noch einem Vetter mit irgendwas helfen. Ich begriff nicht, wovon er redete, und es war mir im Grunde auch egal. Ich dachte darüber nach, daß er mich nun endlich «Süße» genannt hatte. Das machte mich so glücklich, so glücklich, auch wenn er alle «Süße» nannte, und ich die einzige Laurel gewesen war.

Chris redete und redete, und ich beobachtete seinen Mund, während die Worte herauskamen. «Ich weiß, daß du dich fragst, was mit mir los ist», sagte er. «Ich mache mir Gedanken, weil du so jung bist. Ich bin ein schwieriger Mensch. An mir ist vieles sonderbar. Ich steh auf dich, mußt du wissen. Ich steh auf dich, aber ich kann mich einfach nicht mit dir verabreden.»

«Warum komme ich nicht Freitag in einer Woche zu dir und übernachte bei dir», sagte ich. «Geht das?»

Chris kniff die Augen zusammen. «Phantastisch, Süße», sagte er vorsichtig. «Das wäre also abgemacht.»

Ich verabredete mit Maureen, daß ich sagen würde, ich bliebe über Nacht bei ihr. «Trag keine Unterwäsche», erklärte mir Maureen. «Das macht die Typen echt scharf.»

Chris und ich trafen uns bei Jake's, aber wir blieben nicht lange. Wir fuhren kreuz und quer durch die Stadt, hielten an verschiedenen Stellen. Chris kannte überall

Leute, und wir setzten uns an die Bar und redeten mit ihnen. Mit ein paar von den Leuten, die wir trafen, gingen wir in ein Apartment, wo alle herumlagen und Kassetten anhörten. Und irgendwann landeten wir in einem Club und beobachteten die Menge, die sich im Rhythmus der Musik unter aufflammenden Scheinwerfern wie Wellen veränderte.

Chris berührte mich die ganze Zeit nicht, kein einziges Mal, nicht einmal aus Versehen.

Einmal zwischendurch machten wir irgendwo halt, um etwas zu essen. Ich hatte keinen Appetit, aber Chris schien vor Hunger zu sterben. Er aß seinen Cheeseburger mit Pommes frites, und dann aß er meinen. Und dann aß er ein großes Stück Nußkuchen.

Spät, sehr spät, stiegen wir wieder ins Auto, aber es gab nichts mehr zu tun. «Nach Hause?» sagte Chris, ohne sich zu mir umzudrehen.

Chris' Apartment kam mir sonderbar vor, aber das lag vielleicht nur daran, daß es Wirklichkeit war. Ich war garantiert noch nie vorher in einer so kleinen, einfachen Wohnung gewesen, und Chris schien so gut wie nichts zu besitzen. In einem Bord standen ein paar Bücher, und in einer Ecke war eine kleine Küche mit einem Topf auf dem Herd. Die Wohnung lag einige Treppen hoch, in einem düsteren Backsteingebäude, und das Ganze mußte irgendwo am Rande der Stadt sein, denn vom Fenster aus konnte ich Wasser sehen und breite Straßenbänder, die sich auf riesigen Betonpfeilern erhoben, und dunkle Piers.

Chris' Bett war ordentlich gemacht, das Laken über die Decke geschlagen. Es sah sehr schmal aus. All die Musik, die wir im Laufe der Nacht gehört hatten, schwirrte mir im Kopf herum, und ich fühlte mich zittrig und ein bißchen elend. Chris gab seinen Joint an mich weiter und legte sich hin, die Hände über den Augen. Ich setzte mich zu ihm auf die Bettkante und wartete, aber er rührte sich nicht. «Weißt du noch, wie ich dich neulich gefragt habe, was du machen wolltest, und du sagtest ‹Nichts›?» fragte mich Chris.

«Aber das war –» setzte ich an, doch dann holte mich der komische Klang von Chris' Stimme ein, und aller Lärm in meinem Kopf verstummte.

«Ich weiß es noch», sagte Chris. Dann verging eine lange Zeit.

«Warum bist du hergekommen, Laurel?» sagte Chris.

Als ich nicht antwortete, sagte er: «Warum? Warum bist du hergekommen? Du bist doch alt genug, um zu wissen, was du tust.» Und mir fiel ein, daß ich noch nie mit ihm allein gewesen war, außer in seinem Wagen.

«Ja», sagte ich in die Stille hinein. Alles, worauf ich die ganze Zeit gewartet hatte, war verschwunden. «Ist schon gut.»

«Ist schon gut?» sagte Chris wütend. «Na, dann. Dann ist ja alles gut.» Er lag immer noch auf dem Rücken, die Hände über den Augen, und keiner von uns rührte sich. Ich fürchtete, ich könnte zerspringen.

Irgendwann in der Nacht sprach Chris wieder. «Warum bist du sauer?» sagte er. Seine Stimme war rauh, als habe er geschlafen. Ich wollte ihm sagen, daß ich nicht sauer war, aber das schien verkehrt zu sein, und ich hatte Angst davor, was passieren könnte, wenn ich es täte. Ich legte meine Arme um ihn und fing an, ihn zu küssen. Er bewegte keinen Muskel, aber ich machte trotzdem weiter. Ich wußte, es war meine einzige Chance, und ich dachte, wenn ich aufhörte, dann würde ich gehen müssen. «Sei nicht sauer», sagte er.

Irgendwann in der Nacht wachte ich mit einem Ruck auf. Chris hielt mir mit einer Hand die Arme auf den Rükken, mit der anderen knöpfte er meine Bluse auf, und sein

Körper schien sehr angespannt. «Nicht!» sagte ich, ehe ich begriff, was geschah.

«Nicht!» wiederholte Chris und ließ mich los. Er sagte es genauso, wie ich es gesagt hatte, es klang genauso ängstlich. Danach schlief er sofort ein, lang ausgestreckt, aber ich konnte nicht mehr schlafen, und später, als Chris plötzlich in die Dunkelheit hinein sprach, spürte ich, daß ich genau das von ihm erwartet hatte. «Deine Eltern werden sich Sorgen machen», sagte er bedächtig, als würde er lesen.

«Nein», sagte ich. Ich fragte mich, wie lange er schon wach gelegen hatte. «Sie glauben, ich bin bei Maureen.» Und dann wurde mir klar, wie albern es von mir war, das gesagt zu haben.

«Sie werden sich Sorgen machen», sagte er. «Sie werden sich Sorgen machen. Sie werden sich ängstigen.»

Und dann hatte ich selber solche Angst, daß der Raum anschwoll, und in meinen Ohren war ein Geräusch wie von Kugellagern, die rasend rotierten. Ich preßte meine Hände auf mein glühendes Gesicht, und meine Haut fühlte sich an wie die eines Fremden. Sie fühlte sich an wie etwas Wunderbares – nagelneu und ein wenig feucht –, und ich fragte mich, ob jemals ein anderer sie berühren und empfinden würde, was ich jetzt empfand.

«Sieh mal –» sagte Chris. Wieder klang seine Stimme rauh und hilflos und traurig. «Sieh mal – merkst du, wie schlecht ich für dich bin, Laurel? Merkst du, wie ich dich zum Heulen bringe?» Dann schlang er seine Arme um mich, und wir lagen lange, lange da, auf dem Bett, und hin und wieder küßten wir uns. Der Ärmel meiner Bluse war verdreht, und es tat an meinem Arm weh, aber ich rührte mich nicht.

Als der rote Schein der Nacht am Himmel allmählich verblaßte, berührte ich Chris am Handgelenk. «Ich muß jetzt gehen», sagte ich. Das stimmte natürlich nicht. Meine Eltern gingen davon aus, daß ich mindestens bis mittags bei Maureen blieb. «Ich muß zu Hause sein, wenn es hell wird.»

«Tatsächlich?» sagte Chris, aber seine Augen waren geschlossen.

Ich stand auf und knöpfte meine Bluse zu.

«Ich bring dich zum Zug», sagte Chris.

Zunächst rührte er sich nicht, aber schließlich stand er auch auf. «Ich brauche einen Kaffee», sagte er. Und als er mich ansah, sank mein Herz. Er lächelte. Er sah aus, als wolle er etwas anfangen – alles von vorne anfangen.

Ich ging ins Badezimmer, damit ich Chris nicht ansehen mußte. Es gab eine Wanne und ein Waschbecken und eine Toilette. Chris benutzt das alles, dachte ich, als würde mir dadurch etwas klar, aber der Gedanke war wie ein versiegeltes Paket. In einer Ecke des Spiegels über dem Waschtisch steckte ein Bild mit dem Gesicht eines Mannes, das aus einer Zeitschrift herausgerissen war. Es war ein hübsches Gesicht, aber es gefiel mir nicht.

«Das ist ein Typ, mit dem ich auf die High School gegangen bin», sagte Chris hinter mir. «Er ist jetzt ein sehr erfolgreicher Schauspieler.»

«Toll», sagte ich und wartete so lange, wie ich konnte. «Sieh mal – es ist schon fast hell.»

Und in dem Augenblick, als Chris hinüber zum Fenster sah, wo in Wirklichkeit erst ein schwacher Dämmerschein zu erkennen war, trat ich zur Tür und öffnete sie.

Im Auto schien Chris wie sonst. «Tut mir leid, daß ich so müde bin, Süße», sagte er. «Ich habe harte Tage hinter mir in letzter Zeit. Wir sehen uns ein andermal, wenn ich nicht so genervt bin.»

«Ja», sagte ich. «Gut.» Ich glaubte nicht, daß er sich

wirklich an die Sachen erinnerte, die wir im Dunkeln gesagt hatten.

Als wir am Bahnhof hielten, streckte Chris seinen Arm an mir vorbei, aber anstatt die Tür zu öffnen, hielt er nur den Griff fest. «Du findest, ich bin echt komisch, stimmt's?» sagte er und lächelte mich an.

«Ich finde, du bist müde», sagte ich und zwang mich, zurückzulächeln. Chris ließ den Griff los, und ich konnte aussteigen.

Ich fuhr mit dem Zug durch das Morgengrauen und ging vom Bahnhof zu Fuß, wobei ich sorgfältig darauf achtete, ob es in einem der Häuser, an denen ich vorbeikam, so aussah, als sei schon jemand wach. Einmal bellte ein Hund, und ich stand minutenlang vollkommen reglos da.

Ich warf kleine Erdklumpen gegen Maureens Fenster, damit Carolina nicht aufwachte, aber bis Maureen mich endlich hörte, befürchtete ich, längst die ganze Stadt geweckt zu haben.

Maureen kam zum Hintereingang und holte mich. Wir zogen uns jeder einen von ihren Bademänteln an und machten eine Kanne Kaffee, den ich eigentlich nicht trinken darf.

«Was ist passiert?» fragte Maureen.

«Ich weiß nicht», sagte ich.

«Was soll das heißen, du weißt nicht?» sagte Maureen. «Schließlich warst du dabei.»

Obwohl ich mein Gesicht in meine Hände gelegt hatte, wußte ich, daß Maureen mich anstarrte. «Also», sagte sie nach einer Weile. «Wollen wir ein bißchen Clue spielen?» Sie holte das Clue-Brett aus ihrem Zimmer herunter, und wir spielten ungefähr zehn Runden.

In der nächsten Woche übernachtete ich tatsächlich bei Maureen.

«Schon wieder?» sagte meine Mutter. «Wir müssen etwas für Mrs. MacIntyre tun. Sie ist immer so nett zu dir gewesen.»

Dougie und Kevin kamen vorbei, nachdem Maureen und Carolina und ich ein gegrilltes Hühnchen vom Laden an der Ecke gegessen hatten. Carolina war auf ihr Zimmer gegangen, um vor dem kleinen Gerät, das ihr Mrs. MacIntyre hingestellt hatte, ein bißchen fernzusehen. Ich überlegte, ob es wohl Zufall gewesen sein könne, daß zusammen mit Kevin auch Dougie aufgetaucht war. Es mußte das Ergebnis eines Lichtblitzes von Maureen gewesen sein, und ich dachte, na ja, was soll's. Nachdem also Maureen und Kevin nach oben in Maureens Zimmer verschwunden waren, ging ich mit Dougie ins Gästezimmer. Aus der Schule und aus Büchern und so wußten wir ziemlich genau, was wir zu tun hatten, also taten wir es. Am meisten überraschte mich, daß man in den Büchern immer von «befleckten Laken» liest, und ich wußte nie, was das bedeutete, aber ich dachte, das müßte etwas sehr Interessantes sein. Doch das bißchen Zeug auf dem Laken sah vollkommen harmlos aus, wie Patent-Leim, und es würde vielleicht sogar wegtrocknen wie Patent-Leim. Wie auch immer, es schien nichts zu sein, was Carolina umbringen würde, wenn sie die Wäsche wusch.

Wir gingen zurück ins Wohnzimmer, um auf die anderen zu warten, und ich setzte mich, während Dougie herumlief und zwischen den Sachen in den Regalen schnüffelte. «Sieh mal», sagte Dougie, «Clue.» Aber ich zuckte nur mit den Schultern, und nach einiger Zeit kamen Maureen und Kevin herunter und sahen ziemlich zufrieden mit sich aus.

Ich setzte mich, während sich Dr. Wald noch an dem Apparat zu schaffen machte, und ich wartete darauf, daß er etwas sagte, aber er sagte nichts.

«Werde ich blind?» fragte ich ihn endlich, nach all den Monaten.

«Was?» sagte er. Dann dachte er daran, mich anzusehen und zu lächeln. «Oh, nein, nein. Dahin werden wir es nicht kommen lassen.»

Ich wußte, was mich bei Jake's erwartete, aber ich mußte trotzdem hingehen, einfach um einen Schlußstrich zu ziehen. «Haben Sie Chris gesehen?» fragte ich eine der Kellnerinnen. «Oder Mark?»

«Sie sind eine Weile nicht hiergewesen», sagte sie. «Sheila», rief sie einer anderen Kellnerin zu, «wo treibt sich Chris eigentlich rum?»

«Woher soll ich das wissen», sagte Sheila säuerlich, und beide starrten mich an.

Ich spürte, wie mein Blut langsam seine Runde drehte und dabei eine schwere Ladung Stolz durch jeden Winkel meines Körpers transportierte. Ich hatte gewußt, daß Chris mich verletzen konnte, und es war mir immer egal gewesen, wie sehr er mich verletzen konnte, aber bis zu diesem Moment war es mir nie in den Sinn gekommen, daß auch ich ihm etwas anhaben könnte.

Draußen war es heiß. Auf dem Gehsteig standen große Kisten mit Sachen, die zu verkaufen waren, und Hupen lärmten, und die Sonne war gelb und klebrig. Mir fielen zwei Leute auf, die Mutter und Tochter sein mußten, obwohl sich schwer sagen ließ, wie alt die beiden waren. Die eine war irgendwie verkrüppelt, und die andere sah sehr sonderbar aus, und sie hatten sich in steife, billige Partykleider geworfen. Sie sahen so rührend aus mit ihren verschwitzten, hitzigen Gesichtern und ihren scheußlichen Kleidern, daß ich am liebsten losgeheult hätte. Aber dann dachte ich, daß sie vielleicht glücklich wären, viel glücklicher als ich, und daß ich nur Mitleid mit ihnen hatte, weil ich mich für etwas Besseres hielt als sie. Und mir wurde klar, daß ich mich eigentlich kaum von ihnen unterschied – daß jeder Mensch einfach so einen oder so einen Körper hatte, und einige dieser Körper sahen gut aus und funktionierten richtig und andere eben nicht – und ich dachte, daß vielleicht ich es war, mit der ich Mitleid hatte, wegen Chris, oder vielleicht, weil sogar ich, eine völlig Fremde, erkannte, wie sehr jene Mutter ihre häßliche Tochter in dem schrecklichen Kleid liebte.

Als Mutter und Penelope und ich nach Hause kamen, ging ich rüber zu Maureen, aber unterwegs beschloß ich, doch nicht bei ihr hineinzuschauen. Ich ging am Spielplatz vorbei und sah ins Klassenzimmer der Vierten und auf die Schildkröte, die immer noch schwerfällig in ihrem trüben Aquarium herumkroch, und es ging mir durch den Kopf, daß inzwischen sogar Paul älter war als die Kinder, die im Herbst auf diesen winzigen Stühlen sitzen würden, und ich dachte an all die Millionen und Milliarden Menschen auf der Welt, die alle älter wurden, alle gefangen in den Dingen, die ihnen bereits widerfahren waren.

Als ich klein war, hatte ich mich immer gefragt (ich wette, das tut jeder), ob es irgendwo auf der Welt oder im ganzen Universum jemanden gab, oder jemals gegeben hatte, der haargenau dieselbe Erfahrung machte oder gemacht hatte, die ich in dem Augenblick gerade machte, und ich hoffte verzweifelt, daß es so jemanden gab. Aber schon damals begriff ich, daß es so etwas niemals geben konnte, denn jeder Augenblick besteht aus all den Dingen, die schon geschehen sind und aus all den Dingen, die noch geschehen werden, und jeder Augenblick ist einfach die

Art, wie diese Dinge an einem bestimmten Punkt auf ihrem Weg entlang einer Linie aussehen. Und ich dachte, daß es vielleicht einmal, sagen wir, eine Prinzessin gegeben hätte, die den Ring ihrer Mutter in einem Wald verlor, und daß in irgendeiner anderen Galaxie ein fremdartiges Wesen am Ufer eines roten Sees stürzen und schreien würde, und daß genau in derselben Sekunde ein Mann an einem Fenster stehen und auf eine belebte Straße hinabsehen und einen geladenen Revolver heben könnte, aber daß nur ich es war, nach Chris, die dort stand und die Schildkröte im Klassenzimmer der Vierten anstarrte. Und ich fragte mich, ob sie sterben würde, ehe es soweit kam, daß ich sie nicht mehr sehen konnte.

Rafes Mantel

Eines funkelnden Abends, nicht lange nachdem mein Mann und ich die Scheidung eingereicht hatten, kam Rafe auf einen Drink vorbei, um anschließend mit mir essen zu gehen. In der Hand hielt er einen riesigen Blumenstrauß, und sein Gesicht verriet innere Wachsamkeit; beides schien mir eine Begleiterscheinung des Verliebtseins zu sein.

«Herrlicher neuer Mantel», sagte ich. «Alpaca, oder?»

«Jawoll», sagte Rafe und warf ihn mit untypischem Mangel an Aufmerksamkeit auf einen Stuhl. «England, letzte Woche. Na denn!» Strahlend sah er sich um, wie jemand, der sich einer schweren Aufgabe entledigt hat und bereit ist, ganz neu anzufangen.

Herr im Himmel, benahm er sich sonderbar. Ich wartete darauf, daß er etwas Erhellendes oder überhaupt etwas von sich geben würde, was er aber nicht tat, also setzte ich ihn hin, schenkte ihm einen Drink ein und wartete weiter.

«Unvorstellbar eigenartig da draußen», lautete schließlich sein Beitrag. «Düster und überfüllt.»

«England», sagte ich verwirrt. «England ist düster geworden und überfüllt.»

«Wie?» sagte Rafe. «Äh, also, ich hatte an die Siebenundsechzigste Straße gedacht.»

Hmm. Offensichtlich mußte ich Rafe einigen Mut machen, wenn ich etwas über die Freundin erfahren wollte, die er sich, dessen war ich mir inzwischen absolut sicher, angelacht hatte. Und das wollte ich. Es hat mir immer Spaß gemacht, von seinen jeweiligen Frauen zu hören und sie kennenzulernen. Wie ein Habicht stieß er auf das schillerndste Ding in Sichtweite herab; seine Mädchen waren grundsätzlich auf die eine oder andere Weise exotisch, und wenn sie nur, wie es häufig vorkam, gewöhnliche Exoten waren; aber wie auch immer ihre Herkunft, Hautfarbe oder ihre Interessen: Sie waren alle amüsant, sahen großartig aus, steckten voller Überraschungen, und keine von ihnen schien jemals Schlaf zu brauchen.

Leider schienen diese schillernden Lichter in Rafes Leben ziemlich schnell wieder zu verlöschen, ganz gleich, wie hörig Rafe zunächst war. Und das war, so glaubte ich, die unausweichliche Folge aus dem Unterschied zwischen seinem und ihrem Alter. Nicht daß ich unbedingt das Gefühl hatte, Rafe müsse mit Leuten unseres Alters verkehren (wir waren beide dreiunddreißig). Im Gegenteil, das hätte unpassend gewirkt. Das nüchterne Erwachsenendasein würde Rafe in keinem Alter entsprechen. Dennoch, die Jahre vergehen, und Rafes Mädchen tapsten beständig ein Jahrzehnt oder so hinter ihm her. Ihnen ließ sich kaum ein Vorwurf daraus machen, daß sie nicht über genügend Substanz verfügten (Substanz jener Art, die allein die Zeit reifen läßt), um Rafe einmal Gelegenheit zu geben, seine Affären über die Dauer von ein oder zwei Monaten hinaus auszudehnen.

«Also. Ich gebe auf, Rafael», sagte ich. «Erzähl schon. Wer ist das glückliche Mädchen, in das du heute abend verliebt bist?»

«Heute abend!» sagte er, und wie verletzt er dabei dreinsah!

Nun, Rafe war mein Freund. Es war Rafe, der mich zu Parties, zu Eröffnungen und ins Wochenende begleitete, wenn John, mein Ehemann, zuviel zu tun hatte (was gewöhnlich der Fall war) oder kein Interesse hatte (das war die Regel); es war Rafe, der mich aus jeder seelischen Niederung zerrte, in die ich mich verirrte; und es war Rafe, von dem ich erwartete, daß er mich unterhielt, jetzt, wo John und ich unsere Besitztümer aufteilten und unsere Abschiede nahmen und uns durch sämtliche vertraglichen und emotionalen Wüsten quälten, die man – wollte man mit dem Leben weitermachen – zwangsläufig queren mußte; und falls Rafe erwachsen werden sollte, so hatte er sich zweifellos einen denkbar schlechten Moment dafür ausgesucht.

«In der Tat», gestand Rafe überflüssigerweise, «habe ich kürzlich jemanden kennengelernt.»

«Tatsächlich», sagte ich.

«Sie ist einfach wunderbar», sagte er mit der einfältigen Förmlichkeit eines Mannes im Zeugenstand.

«Schön!» sagte ich. Ich hoffte sehr, sie möge wunderbar sein, auch wenn es mir um die Delle leid tat, die sie Rafes Sinn für Humor verpaßt zu haben schien. «Was macht sie?»

«Na ja...» sagte Rafe nachdenklich. «Sie ist Schauspielerin.»

«Die Ärmste», sagte ich, nachdem ein paar Augenblicke verstrichen waren, die Rafe mit Sequenzen resoluten Kopfnickens gefüllt hatte. «Das ist eine denkbar schwierige Art, sich seinen Lebensunterhalt zu verdienen.»

Wieder eine Nicksequenz. «Das ist es. Ja, das ist es. Das ist ein Ansel Adams, oder? Ist er neu?»

«Liebling. Ich hab ihn gerade vom Eßzimmer hier rübergehängt.»

«O ja, natürlich.» Rafe starrte ausdruckslos auf das Bild. «Also, der wirkt sensationell hier, findest du nicht?»

«Nun erzähl schon», sagte ich. «Ist deine Freundin in irgendeiner Gruppe oder in einem Ensemble? Oder zieht sie im Sommer als Julia, als Meine Schwester Elida oder so durch die Lande? Oder muß sie ständig darauf gefaßt sein, vorzusprechen und abgelehnt zu werden?»

«Na ja, von alledem hat sie einiges hinter sich, ja. Im Augenblick nicht, aber das ist schon ungefähr richtig gesehen. Ja.»

«Oje», sagte ich. «Sie muß doch nicht im Restaurant bedienen, oder? Wie schrecklich!»

«Oh, ganz und gar nicht», sagte Rafe. «Nein, sie kommt sehr gut zurecht.» Auf der Suche nach Gesprächsstoff ließ er den Blick über die Wände gleiten.

«Ich freu mich, daß dir der Ansel Adams gefällt, Rafe», sagte ich.

«Um es ganz klar zu sagen», sagte er, «sie arbeitet bei einer TV-Schnulze mit.»

«Na bitte!» sagte ich. «Das ist ja großartig! Und damit wird sie sich sicherlich so lange über Wasser halten können, bis sie etwas gefunden hat, was sie wirklich will.» Oh, warum mußte Rafe immer so etwas machen? Mädchen für Mädchen. Er war wie ein edler Hund, der jeden Morgen die billige *New York Post* statt der feinen *Times* apportiert.

«Was ist so schlimm daran?» sagte Rafe.

«Nichts», sagte ich. «Woran?»

«Sie ist genauso Schauspielerin wie – mein Gott, was weiß ich – Lady Macbeth es wäre, bei einem dieser Festivals für neue Kunst, auf die du so große Stücke hältst.»

«Völlig richtig», sagte ich.

«Es ist ehrliche Arbeit», sagte er.

«Herrgott, Rafe», sagte ich. «Hab ich etwas anderes behauptet?» Seine Äußerungen waren kaum kraftvoll genug, um ihnen etwas entgegenzusetzen.

«Ich bin ziemlich beeindruckt, ehrlich», sagte Rafe. Meine Güte, war Rafe kratzbürstig! Offensichtlich war ihm dieses Mädchen ziemlich peinlich. «Zum einen ist sie sehr jung, und außerdem hat sie sich aus dem absoluten Nichts geradewegs nach New York durchgeschlagen und dort auf Anhieb in einem anspruchsvollen, lukrativen, heiß umkämpften Feld einen Job gefunden.»

Feld! «Also, du wirst mich nicht dazu bringen zu sagen, ich fände das nicht beeindruckend», sagte ich und ließ keinen Zweifel daran, daß dies das Ende der Diskussion war. «Kann ich dir noch einen Drink anbieten?»

«Bitte», sagte er. Das Geräusch des Einschenkens war etwas Faßbares, dem wir einen Augenblick lauschen konnten.

«Also, dann», sagte ich. «Wie heißt die Serie, bei der sie mitmacht?»

«Na ja», sagte Rafe, «sie heißt, soweit ich mich erinnere, irgendwas in der Art von, äh, ‹Lebenslichter›.» Wild entschlossen fixierte er eine Stelle über meinem Ohr.

Nun, Verstocktheit ist oft eine frühe Begleiterscheinung von blinder Leidenschaft, und ich war nur allzu bereit, Rafe reden zu lassen. Wenn er mir erzählen wollte, dieses Mädchen gehöre geadelt – oder heiliggesprochen und in Bronze gegossen –, weil sie einen Job in einer Seifenoper ergattert hatte, schön und gut. Irritierend an alledem war lediglich, daß Rafe jedesmal, wenn er dachte, ich würde den Mund aufmachen, zum Angriff überging, und als wir endlich ins Taxi stiegen, hätte ich es vorgezogen, mit einem Trupp Picadores in eine Stierkampfarena geschickt zu werden.

Glücklicherweise erwies sich das Restaurant, das Rafe ausgewählt hatte, als wundervoll beschwichtigend. Es war edel und intim, und beim Anblick der Garderobe, an der Reihen teurer, leerer Mäntel hingen – die eine Welt heraufbeschworen, in der sich großzügige, breitschultrige Männer und Frauen in eleganten Kleidern (ähnlich dem, das ich selbst zufällig gerade trug) auf Banketten voreinander verneigten –, durchdrang mich ein so starkes und echtes Gefühl, daß man es als – ich weiß nicht, als was man es hätte bezeichnen können. Es kam mir vor wie – nun ja, wie Gram ... muß man wohl sagen.

Während des Essens blieben Rafe und ich auf neutralem Boden – es ging um eine kürzlich durchgeführte Gesetzesänderung, um Marty Harnishveigers Neuerungen, um einen ausgesprochen sinnlosen Mord auf der East Side, um meinen Gatten und meine Ehe.

«Man kann doch seine eigene Ehe wirklich nicht als neutralen Boden bezeichnen, findest du nicht?» fragte ich Rafe.

«Wenn man bedenkt, was für Minenfelder die Ehen unserer meisten Freunde sind», sagte er, «könnte neutraler Boden die zu bevorzugende Alternative sein.»

«Vielleicht», sagte ich. «Aber auch die ‹zu bevorzugende Alternative› ist für sich genommen nicht gerade die Erfüllung der geheimsten Wünsche. All diese Minenfeld-Ehen um uns herum müssen zumindest irgend etwas an sich haben, was sie explosiv macht.»

«Wahrscheinlich Inkompatibilität», kommentierte Rafe. «Zum Beispiel habe ich nie wirklich verstanden, warum du John geheiratet hast.»

«Er ist nicht so übel», sagte ich. Ich erinnerte Rafe daran, daß John in vieler Hinsicht ein vorbildlicher Ehemann war. «Er ist hoch angesehen, er hat einen hervorragenden Geschmack, er sieht auf harmlose Weise sehr gut aus, er ist zudem reich und verdient darüber hinaus auch noch gutes Geld ...»

«Nein, ich weiß», sagte Rafe. «Ich wollte ihn nicht beleidigen. Schließlich ist er ein furchtbar netter Kerl. Und ich muß sagen, ihr saht großartig aus zusammen. Es ist nur – na ja, du schienst nie besonders viel Spaß mit ihm zu haben.»

«Spaß?» sagte ich. «Wie kannst du von dem armseligen Typen Spaß erwarten? Er ist ja nicht einmal richtig lebendig.»

Rafe machte plötzlich einen beunruhigten Eindruck, als wäre ihm eingefallen, daß er irgendwo seine Brieftasche vergessen hatte. Ich fragte mich, woran er wohl dachte, aber ich wollte nicht nachhaken und fuhr deshalb fort: «Hast du gehört, daß er ein Techtelmechtel mit Marcia Meaver hat? Wahrscheinlich hocken die beiden just in diesem Augenblick zusammen und amüsieren sich gegenseitig mit verbotenen Geschichten aus der Welt des Effektenemissionsgeschäfts.»

«Aber sie ist ganz nett», sagte Rafe nach einer Weile. «Ich habe sie kennengelernt.»

«Oh, mag sein, daß sie nett ist», sagte ich. «Ich hab es nicht bös gemeint.»

«Ich weiß», sagte Rafe. «Ich weiß, daß du es nicht bös gemeint hast.»

Wir bestellten zwei Brandies und lehnten uns grübelnd ins Leder zurück. Ich fing gerade an, mich zu langweilen, als Rafe sich vorbeugte und in sein Glas linste.

«Was?» sagte ich.

«Nichts», sagte er. «Ach, na ja. Ich nehme an, es genügt einfach nicht, jemanden nur wegen seiner Qualitäten zu heiraten.»

«Oh, kluger Gedanke, Rafe», sagte ich. «Wie bist du bloß darauf gekommen?»

«Verzeihung», sagte er.

«Du bist wirklich verrückt nach diesem Mädchen, stimmt's?» sagte ich.

Da lachte Rafe einfach nur, sonderbarerweise, und hinter seiner eigenartigen Stimmung lugte sein sonniges Wesen hervor. «Ich weiß», sagte er, «ich weiß. Jedesmal sage ich, ‹diesmal ist es anders, diesmal ist es anders›, aber weißt du was? Es *ist*, den Mädchen sei's geklagt, jedesmal anders.» Und Rafe sah so zufrieden mit sich und seinen Mädchen aus, schien meiner Zustimmung so sicher zu sein – so unbekümmert war sein Lächeln, so einnehmend, so sehr *seines* –, daß ich, nun ja, einfach nicht anders konnte, als zurückzulächeln.

Aber Lächeln hin oder her, dieses Mädchen hatte offensichtlich eine gewisse Wirkung auf Rafe, und ich dachte mir, daß es interessant sein könnte, ihre Sendung einzuschalten und zu sehen, ob es mir gelänge, sie unter ihren Schnulzen-Kolleginnen herauszufinden. Also besorgte ich mir am nächsten Morgen auf dem Heimweg von meiner Trainingsstunde ein Programmheft und suchte nach «Lebenslichter». Ich erledigte meine Arbeit grundsätzlich nachmittags (wir Mitglieder der Stipendienvergabekommission der Stiftung arbeiteten unabhängig voneinander, bis wir dem Ausschuß unsere ersten Empfehlungen vorlegten), und um eins hatte ich eine Verabredung zum Mittagessen; deshalb freute ich mich, als ich feststellte, daß die Serie schon um elf ausgestrahlt wurde.

Als ich den Apparat anstellte, flimmerten ein paar Katzen auf den Bildschirm und diskutierten über Katzenfutter, und dann, nach ein oder zwei ehrfurchtgebietenden Akkorden, wurde der Welt eine Stunde aus dem Leben der Figuren von «Lebenslichter» geboten. In dieser Stunde vertraute ein Mädchen, das ich später als Ellie kennenlernen sollte, seiner Mutter an, daß es seinen Freund in Verdacht habe, er wolle bei einem Examen schummeln, um an der medizinischen Fakultät angenommen zu werden, womit er seinem Vater eine Freude machen wolle. Dann führte Colleen, scheinbar eine Art Studienberaterin, ein Telefongespräch mit einer Person, die der Vater – nein, der Stiefvater – von einer anderen Person namens Stevie zu sein schien. Sie wünschte ihn, so sagte sie, wegen Stevies Leistungen zu sprechen. Bedeutungsschwangere Musik ließ ahnen, daß entweder Stevies Leistungen bemerkenswert schwach waren oder Colleen lediglich als Vorwand dienten, um Stevies Stiefvater zu treffen. Vielleicht waren Stevie und Ellies Freund ein und dieselbe Person! Nein, dieser Knabe Stevie wird bestimmt viel zu jung sein. Aber andererseits ...

Na ja, keine Zeit, die Sache zu durchdenken: Zwei Männer, Hank und Brent, wie ich erfuhr, parkten ein Auto vor einem Haus und hofften, nicht den Argwohn Erics zu wecken, der, wie es schien, jemand in dem Haus war; Eric ließe sich nicht so leicht aus der Ruhe bringen, versicherten sie einander zwischen gewichtigen, angespannten Gesprächspausen, wenn sie nur jemals in dieses Haus kämen, um seinen Safe zu knacken, wegen der Papiere.

Wutsch! Auf dem Bildschirm erschien ein Büro, in dem sich ein phantastisch attraktiver silberhaariger Gentleman befand. Eric? Ellies Vater? Stevies Stiefvater? Aha! Nicht Ellies Vater, denn Ellies *Mutter* kam herein und sagte: «Verzeihen Sie, daß ich hier einfach so hereinschneie, Mr. Armstrong, aber ich muß dringend mit Ihnen wegen der Pläne für das neue Kraftwerk reden.» Und Ellies Mutter würde gewiß nicht herumlaufen und diesen Mann «Mr. Armstrong» nennen, wenn er Ellies Vater wäre. Vielleicht aber doch, wenn man es sich genau überlegte, unter bestimmten Umständen nämlich, wenn etwa, wie ich nicht umhinkonnte zu bemerken, Mr. Armstrongs Sekretärin mit einem sehr sonderbaren Ausdruck auf dem Gesicht dabeisaß. (Doch Moment: *Pläne* sind etwas, was in einen *Safe* passen könnte! Und vielleicht machte Mr. Armstrongs Sekretärin ein solches Gesicht, weil sie mit Hank oder Brent unter einer Decke steckte. Oder mit

Eric, wenn man es sich recht überlegte.) «Kommen Sie hier herein, Cordelia, da können wir ungestört reden», sagte Mr. Armstrong und geleitete Ellies Mutter in ein verborgenes Büro. («Cordelia», nachdem *sie* zu *ihm* «Mr. Armstrong» gesagt hatte? Ah, *natürlich*.) «Ich bin für niemanden zu sprechen, Tracy», sagte er zu seiner Sekretärin. «Gewiß, Mr. Armstrong», sagte Tracy, und der sonderbare Ausdruck auf ihrem Gesicht verfestigte sich. Nein, was Tracy veranlaßte, so dreinzuschauen, hatte zweifellos mit Mr. Armstrong und nicht mit irgendeinem alten *Safe* zu tun.

Nun erschien eine Figur mit Namen Carolyn, die von einem Mann in einem Anzug leidenschaftlich geküßt wurde. «Oh, Shad, Shad», sagte sie. Shad? Wieso *Shad*? «Chad, mein Liebling», fuhr Carolyn fort, wobei sie klugerweise ihre Versuche, ihn zu küssen, aussetzte, solange sie ihren Text sprach. «Carolyn, Carolyn», sagte Chad, so hieß er, vermute ich (obwohl ich, wenn ich es mir genau überlege, noch nie von jemandem gehört habe, der Chad heißt). «Chad», sagte Carolyn. «Carolyn», sagte Chad. «Lydia!» sagten Chad und Carolyn und machten sich voneinander los, während die Kamera in die Totale ging und eine Frau zeigte, die in der Zimmertür stand. «Na. Meine liebe kleine Schwester», sagte diese neue Frau kühl. «Und der gute alte Chad. Wollt ihr mich gar nicht daheim begrüßen, ihr zwei? Ich bin wieder zurück. Und diesmal werde ich bleiben.»

«So!» sagte ich, als ich in Rafes Büro durchgestellt wurde. «Ich habe mir gerade ‹Lebenslichter› angesehen – wie heißt deine Flamme?»

«Heather Goldberg», sagte er.

«Wie bitte?» sagte ich. «Oh. Wie heißt sie in der Serie?»

«Woher soll ich das wissen?» sagte Rafe. «Ich kann mir das Zeug nicht anschauen. Ich muß Geld verdienen.»

«Na, woran kann ich sie denn erkennen?»

«Sie ist die Hübsche», sagte er.

Ich schnaubte verächtlich. Sie waren natürlich alle hübsch, auf eine gleichförmige Art, wie ein Kasten voller Pralinen, deren Verzierungen Nichteingeweihten bedeutungslos vorkommen.

«Warum kommst du nicht heute abend mit ihr auf einen Drink vorbei?» sagte ich.

«Geht nicht», sagte Rafe.

«Ach komm», sagte ich. «Ich verspreche, das Vergrößerungsglas, die Waage und die Mikrometerschraube wegzupacken...»

«Keine zehn Pferde könnten mich ...» sagte Rafe. «Ich mach natürlich nur Spaß – ich würde furchtbar gern. Aber du wirst sie ohnehin nächsten Donnerstag bei Cookie sehen.»

«Cookie!» sagte ich. «Mein Gott, stimmt ja. Fürchterlich.» Ich hasse Parties. Und ganz besonders Cookies Parties, aber Louise Dietz hat gerade einen Band mit Fotos von Enthüllungsjournalisten am heimischen Herd herausgebracht, was die angebliche Raison d'être für diese Veranstaltung war, und darum würde ich mich zumindest dort sehen lassen müssen.

«Hoppla – ein Gespräch auf der anderen Leitung», sagte Rafe. «Willst du warten?»

«Nein, Liebling. Ich bin schrecklich in Eile. Dann bis Donnerstag.» Ich hängte ein und sah mich im Zimmer um. Es war schön gewesen mit dem laufenden Fernseher. All die anderen Menschen, die genau dasselbe sehen wie man selbst, im gleichen Augenblick – man wußte genau, wo man war, irgendwie. Es schien eine makellose Art zu sein, sich in Gesellschaft anderer zu begeben. Aber es war so plötzlich vorbei.

Ich hatte vor dem Mittagessen einiges zu erledigen, aber

die Zeit stand vollkommen still, wie sie es zu dieser Tageszeit gelegentlich zu tun pflegt. Dann wird aus dem Tag unversehens ein riesiger, durchlässiger Brocken Sonnenschein, der Oberflächen in hypnotische Lichtbögen verwandelt und die eigenen Habseligkeiten mit einer trügerischen, verwirrenden Besonderheit durchtränkt. Ich haßte das – es war schrecklich. Ich stand einfach vor dem Fernseher, gewaltsam herausgerissen aus dem gewohnten sanften Fluß ganzer Minuten, und ich erinnerte mich daran, wie ich als Schulkind zu Hause bleiben mußte, ans Bett gefesselt durch die Masern oder sonstwas, während die Welt in jenem grellen Mittagslicht ohne mich ihren Lauf nahm.

Als ich am Donnerstag zu Cookie kam, waren Rafe und Heather noch nicht da. Es waren überhaupt erst kaum Leute da, also wanderte ich ziellos zwischen dem Gestrüpp in Cookies Wohnzimmer umher und suchte nach einem gastlichen Lagerplatz. Schließlich hörte ich aus einem Strom von Silben, die einem Quell ganz in meiner Nähe entsprangen, den Namen Marcia Meavers heraus. Natürlich war meine Neugierde geweckt. Was gab es über Marcia Meaver zu sagen? Außer selbstverständlich, daß sie mit meinem Mann ausging. Was mich, wie ich zugeben muß, ärgerte. Es ist *eine* Sache, wenn sich der eigene Mann mit einer faszinierenden Frau oder mit einer Frau von großer Schönheit einläßt. Aber Marcia Meaver! Ich ahnte, daß ich die Jahre meiner Ehe neu überdenken mußte – Johns Niveau war, so wurde mir klar, bei weitem nicht das, was man hätte erwarten können.

Ich folgte der Stimme, die ich zufällig vernommen hatte, und sie führte mich zu einem ziemlich schmierigen blonden Knaben. Während ich hinter ihm stand und zuhörte, erfuhr ich, daß er unter Buddy Katsukoru im Museum arbeitete, und vor Buddy höchstpersönlich lobte er sich nun in ekelhafter Weise und mit faszinierendem Stumpfsinn, weil er Marcia angeblich überzeugt hatte, dem Museum eine steuerabzugsfähige Schenkung in Form einiger Kleider zu machen.

«Das werde ich mir merken», sagte ich. «Ich habe meine alten Kleider immer der Heilsarmee geschenkt.»

«Schiaparelli», sagte der Knabe matt, ohne mich auch nur eines Blickes zu würdigen.

«Mein Gott!» trompetete Cookie hinter uns und ersparte damit ganz beiläufig dem Knaben den Herzenskummer, meiner Antwort ausgesetzt zu sein. «Da ist ja Lydia!»

«Eigentlich Heather», sagte eine Mädchenstimme, und ich drehte mich um und sah Rafe, und – und – und mir war einen Moment lang nicht klar, *was* ich sah; aber kein Zweifel: Wenn man, wie bei Ausschneidepuppen, das umwerfende Wildlederkleid dieses Mädchens gegen eines jener spießigen Fernsehschlampenkleider austauschte, wenn man die von ihr ausgehende Ruhe durch das Gezappel einer angespannten, tyrannischen Aufreißerin ersetzte, wenn man harte, schwarze Linien um die Augen dieses Mädchens zog, dann wäre das, was ich vor mir hätte, in der Tat Lydia, die Femme fatale, wie ich richtig vermutet hatte, aus «Lebenslichter».

Wie interessant. Ich hätte Heather zu gerne beiseite genommen, um an den Gefühlen teilzuhaben, die die tagtägliche Konfrontation mit einer finsteren Seite ihrer Persönlichkeit in ihr auslösen mußte, aber Cookie ging dazwischen wie ein Schäferhund und entführte sie. «Kommen Sie, erzählen Sie, Liebste», rief Cookie ohne jedes Taktgefühl, «wie es ist, ein Biest zu sein!»

«Cookie hat es gerade nötig, eine solche Frage zu stellen», hörte ich den blonden Knaben sagen, während er mit Buddy in Richtung Bar abschwirrte. Na! Wenn das nicht der absolute Mustergast ist! Fällt über die Gastgeberin her, kaum daß sie außer Hörweite ist! Cookie ist vielleicht nicht das reizendste Geschöpf auf Erden, das stimmte schon, aber sie selbst würde etwas derartig Primitives niemals machen!

«Na, wie geht das Geschäft mit den Stardenkern?» fragte Rafe, während wir uns gemeinsam auf einem Sofa niederließen. «Hast du irgendwelche Genies entdeckt, die in dem riesigen Haufen von Anträgen auf Förderung herumkrabbeln?»

«Noch nicht», sagte ich. «Ach, es ist eine langwierige Arbeit, keine Frage.»

«Oh, übrigens», sagte Rafe, «Heather und ich haben es endlich geschafft, zu dieser Performancegeschichte zu gehen, zu deren Finanzierung ihr so umsichtig beigetragen habt. Die Sache mit dem Orchester mit der vierhundertteiligen Glasharmonika, wo sich stundenlang dieser mechanische Wal herumwälzt. *Gestrandet*, heißt es nicht so? Es war echt großartig, muß ich dir sagen, wir haben es wahnsinnig genossen.»

«Tut mir leid, daß du nichts damit anfangen konntest. Und wenn das, was du gesehen hast, tatsächlich das war, was du beschreibst, könnte ich dir das auch kaum verdenken. Aber ob du persönlich nun etwas damit anfangen konntest oder nicht, das Stück, von dem du redest, muß zweifellos zu den wichtigen Stücken gerechnet werden. Was *ist* das – Nachos? Nein, danke, Rafe. Wirklich – ein bedeutendes Stück.»

«Weißt du», sagte Rafe. «Ich hab dich all die Jahre immer fragen wollen, wie du entscheidest, ob etwas ein bedeutendes Stück oder ein bedeutendes Stück Schrott ist? Ich meine, ernsthaft, wie entscheidest du, ob etwas gut ist oder nicht?»

«Also, ernsthaft, Rafe, ich entscheide das genauso, wie

ich entscheide, ob Bergdorf ein guter Laden zum Einkaufen ist. Ich entscheide das genauso, wie ich entscheide, an welche Wand ich den Ansel Adams hänge, der dir so gut gefällt. Ich entscheide diese Dinge mit Hilfe von Entscheidungsprozessen.»

«Ah, warum bin ich da nicht selbst draufgekommen?» sagte Rafe.

«Wirklich, Rafe. Ich kann mir nicht vorstellen, was an Cookies Soirée so besonders ist, daß du dich bemüßigt fühlst, dich am Ende doch noch von diesem Geschwür des Zweifels zu trennen, das du, wie du sagst, so lange beherbergt hast. Aber wenn du jetzt auf der Stelle unbedingt wissen mußt, woher ich weiß, ob etwas gut ist, werde ich es dir erklären. Die Erklärung liegt darin, daß ich ausgebildet bin, genau das zu tun. Oh, natürlich habe ich ein gewisses intuitives Auge – und Gehör –, wie du zweifellos auch. Aber das, was du offensichtlich als eine Art sanktionierter Spinnerei meinerseits verstehst, was nämlich meine Förderungsempfehlungen angeht, wird im allgemeinen als systematisches Urteil betrachtet. Ich behaupte nicht, daß ich dir die einzelnen Schritte eines solchen Urteils aufzeigen könnte, aber ich verfüge über solides Hintergrundwissen auf dem Gebiet der Schönen Künste, wie du weißt. Ich habe Anglistik und Kunstgeschichte studiert und arbeite seit Jahren in Bereichen, die mit der Kunst eng verknüpft sind. Und darum verfüge ich über die nötige Qualifikation, um die Urteile zu fällen, die ich fälle, genauso wie... wie, na ja, wie Mike Dundy da hinten qualifiziert ist, die Autos zu konstruieren, die er konstruiert.»

«Ich verstehe, was du meinst», sagte Rafe.

«Gut», sagte ich.

«Aber das genügt nicht, um meine Frage zu beantworten», sagte er. «Sieh mal, wenn du mit einem Auto rumfährst, das Mike konstruiert hat, und der Motor versagt, wird jeder zustimmen, daß in dieser Konstruktion der Wurm drin war.»

«Rafe», sagte ich – ich konnte es einfach nicht glauben! In all den Jahren, die wir uns kannten, hatte Rafe nie Mißfallen an meinem Beruf geäußert. «Ich behaupte nicht, meine Arbeit wäre eine Wissenschaft. Das kann sie nicht sein. Ich sage nicht, daß ich unfehlbar bin. Ich will nur sagen: Ich selbst bin kein übermäßig begabtes Wesen. Ich bin eine Person, deren geringe, aber sehr spezifische Begabung und deren sehr spezielle Ausbildung für diese Aufgabe nützlich ist – die Aufgabe, in der Lage zu sein, mit großer Sorgfalt und einer gewissen ... tatsächlichen Präzision andere, die außerordentlich begabt *sind*, auszuwählen und zu fördern.»

«Und dabei dachte ich, alles sei nur eine Frage von Zauber und Prestige. Es gibt ganz ordentliches Gehacke und Augenausgekratze um diese Jobs, habe ich gehört, und zwar unter Leuten, die das Ausmaß der Verantwortung oder die Knochenarbeit, die es bedeutet, diese Verantwortung zu tragen, nicht richtig einzuschätzen vermögen.»

«Also, ich mußte niemandem die Augen auskratzen, um meinen Job zu bekommen. Ich wurde schlicht und einfach berufen. Und du weißt sehr gut, daß ich diese Arbeit alles andere als ‹zauberhaft› finde! Sich mühsam durch diese endlose Tundra von Manuskripten zu schleppen! Natürlich lernt man, wie, na ja ...»

«Querlesen», sagte Rafe.

«Ganz bestimmt nicht!» sagte ich. «Man lernt einfach, sich die lesenswerten Stellen herauszupicken. Und ich gebe zu, es ist eine große Genugtuung, wenn man über etwas Gutes stolpert. Und hin und wieder tut man das. Man tut es tatsächlich. Verstehst du, *das* ist es, was für mich die Arbeit spannend macht, wenn so was passiert, und du weißt genau, *hier* ist jemand, der hat etwas Bedeutendes beizutragen. Rafe, sicher klingt das wichtigtuerisch für dich, aber manchmal lese ich in der Zeitung die Kultur- und Freizeitbeilage oder so, und wenn dann da ein Artikel über jemanden ist, den wir gefördert haben... Hast du übrigens gesehen, daß im letzten *Architectural Digest* drei ganze Seiten über das Studio von Stanley Zifkin waren? – Wie dem auch sei, ich sehe solche Sachen, und ich empfinde so ein Gefühl von, na ja...»

«Besitzerstolz», sagte Rafe. «Der sechste Sinn.»

«Du bist wirklich sehr lustig heute abend», sagte ich.

«Ich bin ein lustiger kleiner Scherzkeks. Ah, sieh da», sagte er. Heather hatte sich endlich aus Cookies Fängen befreien können und kam zu uns herüber.

«Was ist in der wirklichen Welt so los?» fragte Rafe sie.

«Oh, ich verschaffe mir nur einen Überblick. All diese Menschen. Das ist so komisch. Parties führen mir immer vor Augen, wie komisch das ist. Alles in verschiedene Päckchen aufgeteilt. Ein Päckchen Cookie, ein Päckchen du, ein Päckchen ich. Wenn man die Leute alle beisammen erlebt, wie sie so durcheinanderwirbeln wie hier, kommt einem das irgendwie so beliebig vor.»

«Mir kommt es überhaupt nicht beliebig vor», sagte ich. «Cookie ist Cookie, und ich bin es nicht, Gott sei Dank. Wie dem auch sei, wie meinen Sie das, ‹alles›? Was ist dieses ‹alles›, das sich aufteilt in mich und Cookie?»

Heather zuckte die Achseln. «Ach, ich weiß nicht. Einfach alles. Und außerdem finde ich es komisch, daß auf jeder Party, auf der ich jemals war, jeder, mit dem ich rede, mir erzählt, wie sehr er Parties haßt.»

Rafe nickte. «Partyhaß. Das Gefühl, das die gesamte Menschheit verbindet.»

«Und doch sind wir alle hier», sagte Heather.

«Stimmt», sagte Rafe zu ihr. «Das ist ein Job, der erledigt werden muß. Auf Parties zu gehen ist die gesellschaftliche Analogie zum Müllruntertragen.»

«Na, wie auch immer», sagte Heather, «alle scheinen sich zu amüsieren. Cookie ist nett, nicht wahr?»

«Nein», sagte ich. «Ich meine, sie ist nett, wirklich, wenn man tief genug in sie eindringt. Sie kann sehr gemein sein, aber unter dieser Schale ist sie eine reizende Person, wirklich. Immerhin hat sie Prinzipien, was man nicht von vielen reichen Leuten sagen kann.» Irgend etwas zerrte an meiner Aufmerksamkeit. «Mein Gott», sagte ich. «Seht euch Geoffrey Bermans Jackett an! Es ist *haarig*. Eine seiner Laborassistentinnen muß es ihm im Reagenzglas gezüchtet haben.»

«Sie sind alle ganz verrückt nach ihm, habe ich recht?» sagte Rafe abwesend. Offensichtlich schenkte er dem, was ich sagte, keinerlei Beachtung.

«Und, hm – worauf wendet Cookie... ihre Prinzipien an?» fragte Heather.

Rafe lachte.

«Na ja, ich weiß nicht», sagte ich. «Prinzipien *hat* man einfach.»

«Ja?» sagte Heather. «Das klingt so... passiv, irgendwie. Wie ein Berg Fische auf einem Teller.»

«Fische auf einem Teller!» sagte ich. Mein Gott, war ich hungrig. «Meint ihr, es gibt irgend etwas Eßbares in Reichweite?»

Wir schlängelten uns an einem Grüppchen Journalisten vorbei, die sich gegenseitig ihre bevorzugten Reiseziele an der Küste verrieten, und gelangten gerade rechtzeitig ans Büfett, um in den Genuß des Anblicks zu kommen, wie Buddys Freund Enchiladasauce über Cookies Aubusson-Teppich goß. Wirklich, Cookie hatte noch nie so mieses Essen aufgetischt. Letztes Jahr hatte es feingeschnittene asiatische Undefinierbarkeiten gegeben; im Jahr davor waren es wiederaufgewärmte Morcheln *en croute étouffé avec canard au fraise poivré* oder so ähnlich; und dieses Jahr schienen wir uns mehr oder weniger mit Dosenfleisch zufriedengeben zu müssen. «Und das bei ihrem Vermögen», sagte ich. «Ich weiß wirklich nicht, was ich machen würde, wenn ich Cookies Geld hätte.»

«Sie könnten Cookies Sofa kaufen», sagte Heather. «Das würde ich jedenfalls tun.»

«Tatsächlich?» sagte ich. «Das ist komisch. Ich kann nicht behaupten, daß ich unbedingt wild darauf wäre.»

Aber Heather hörte gar nicht zu. Sie und Rafe waren mit den technischen Problemen beschäftigt, die man hat, wenn man einander mit Tacos füttert. Na ja, das war etwas, wobei sie ganz gewiß mit keinerlei Hilfe meinerseits rechnen konnten. Außerdem war es vollkommen sinnlos zu versuchen, mit Rafe ein vernünftiges Gespräch zu führen, solange er in einer seiner Playmate-des-Monats-Stimmungen war. Ich schlenderte davon und sah mich schließlich in ein Gespräch mit Jules Racklin verwikkelt, den ich immer mal wieder hier und da gesehen hatte, ohne mich jemals richtig mit ihm zu unterhalten, und der sich als sehr interessanter Mann entpuppte. Sehr intelligent. *Sehr* interessant.

Am Tag nach der Party stellte ich zufällig den Fernseher an, und nachdem ich so kurz vorher Heather erlebt hatte, muß ich zugeben, daß ich von Lydia ziemlich fasziniert war. Die Handlung der Serie schien seit der Folge, die ich zuvor gesehen hatte, keine großen Fortschritte gemacht zu haben, und mit dem Auftreten jeder vertrauten Figur verspürte ich ein Gefühl angenehmer Bestätigung; ein Gefühl, mich auszukennen.

Ich hatte eingeschaltet, als Eric gerade telefonierte. Und obwohl ich Eric vorher noch nie gesehen hatte, konnte ich ihn auf Grund von Schlußfolgerungen aus dem Gespräch zwischen – hm, mal sehen – Brent und . . . ja, Hank, identifizieren, das ich mitbekommen hatte. Während Eric redete, nahm er ein Gemälde von der Wand, hinter dem ein Safe zum Vorschein kam, den er eine Weile anstierte. Dann hängte er das Bild wieder an seinen Platz, legte den Hörer auf und verließ das Haus, ohne zu merken – der dumme Kerl –, daß Brent und Hank in einem auf der gegenüberliegenden Straßenseite geparkten Auto saßen. Dann tranken Carolyn und Chad Cocktails und führten eine quälende Diskussion (die, wie ich vermutete, nur eine von vielen war) darüber, ob sie eine Familie gründen sollten oder nicht. Carolyn schien sich Chads Drängen, daß es besser sei, noch zu warten, fügen zu wollen, aber ich durchschaute sie. Sie war verletzt, das ließ sich ganz deutlich erkennen, und enttäuscht. Dann kam Colleen und inszenierte in einem Supermarkt einen ziemlich zeitgemäßen Flirt mit Ellies Mutter, die wiederum, das ließ sich aus dem Folgenden schließen, irgendwie mehr an Mr. Armstrong interessiert war. Dann tauchte plötzlich eine Frau aus einem anderen Universum auf, die eine Seife mit dem Markennamen Vision in der Hand hielt. Was war geschehen? Ah, natürlich, eine Folge von «Lebenslichter» war zu Ende. Ich stellte den Fernseher ab (ich hatte Tausende von Dingen zu erledigen), und der kleine Lichtpunkt in der Mitte des Bildschirms tanzte wild umher, heller und heller, bis er im Nichts verschwand.

Jetzt. Also. Zunächst galt es, Cookie anzurufen und mich zu bedanken. Cookie und ich führten den üblichen schicklichen kleinen Tratsch darüber, was für ein entzükkender Abend usw. (der Abend war in der Tat recht nett gewesen, dank jenes reizenden Jules Racklin), und nachdem ich Cookie mit hoffentlich ausreichend Dank überschüttet hatte, fiel mir ein, daß ich sie bei der Gelegenheit gleich um eine Spende für die Stiftung bitten könnte. Nicht daß das etwas bringen würde, aber man konnte nie wissen. Vielleicht hatte sie ja ein paar gute Ideen, was andere Quellen anging. Cookie hatte grundsätzlich jenes entscheidende Fitzelchen Information parat, das man gerade brauchte – sofern man es schaffte, durch das Geschwätz zu waten, in dem es sich verbarg.

«Himmel, Liebste», sagte sie, als ich eine Spende vorschlug. «Ich würde zu gerne, das weißt du, sonst hättest du mich nicht erst gefragt, aber ich hab für so etwas im Moment kein Geld übrig.» Mein Gott. Die arme Cookie hatte wahrscheinlich ihre letzten Pesos für Taco-Chips für die Party ausgegeben. «Warum rufst du nicht Nina Morisette an? Die Frau schwimmt im Geld, das kann ich dir sagen, meine Liebe. Für die sind solche Beträge lächerliches Kleingeld. Und das meine ich wörtlich, *Kleingeld.*»

«Aber Nina ist ein solcher Geizkragen», sagte ich. «Wenn man sie reden hört, könnte man denken, sie sei am Verhungern.»

«Oh, ich weiß, meine Liebe», sagte Cookie. «Sie ist eine Hexe, stimmt's? Aber ihr Intimus – wie heißt er noch gleich? Garvin Irgendwas, Irgendwas Garvin –, mit dem mußt du reden. Er ist ein völliger Idiot, das kann ich dir sagen, und er bringt sie dazu, für die albernsten Sachen zu spenden.»

«Übrigens», sagte ich, denn ich spürte, daß es an der Zeit war, das Thema zu wechseln, «ich fand es einfach reizend, Rafes Freundin kennenzulernen.»

«Nicht wahr», pflichtete Cookie bei. «Ein so entzükkendes kleines Ding. Aber das sind sie ja alle, findest du nicht? Ich frage mich, wie er all die süßen kleinen Dinger auseinanderhalten kann. Ah, was rede ich. Andererseits fürchte ich, man könnte ebensogut fragen, wie einer uns alte Schabracken auseinanderhalten soll!»

«Ahaha», pflichtete ich höflich bei, während Cookie ihren kleinen Scherz mit heiserem Gebell guthieß.

«Ich habe mich lange mit ihr unterhalten», fuhr Cookie fort, nachdem sie sich erholt hatte, «und sie machte wirklich einen entzückenden Eindruck, weißt du. Es ist faszinierend, was für eine üble Person sie in ihrer Fernsehserie spielt.»

«Ja, was führt das Mädchen bloß im Schilde?» fragte ich. «Lydia, so heißt sie doch, oder?»

«Oh, also!» sagte Cookie. «Das ist sehr aufregend, wirklich, weil das Mädchen, das früher Lydia gespielt hat, rausgeflogen ist, also kamen die Drehbuchautoren oder Produzenten oder wer auch immer auf die Idee, sie kurz vor ihrem Abgang den Verlobten ihrer Schwester Carolyn, Jad, verführen und sie dann irgendwohin verschwinden zu lassen, wo sie eine Zeitlang ungesehen agieren konnte, so daß die Zuschauer Gelegenheit hatten zu vergessen, wie sie aussah. In der Zwischenzeit heirateten Carolyn und Jad, und dann kam Lydia (jetzt natürlich Heather) zurück und fiel wieder wie eine Wahnsinnige über Jad her. Und das macht sie einfach so aus Spaß! Außerdem treibt sie es noch mit einem Typen namens Brent, nur um Brents Freundin Colleen eins auszuwischen, die in der Tat ein bißchen lahm ist, wenn man genau hinsieht, und um Brent einen Gefallen zu tun (das zumindest glaubt Brent – in Wirklichkeit deswegen, damit sie ihn in der Hand hat), verführt Lydia diesen Burschen Eric, um von ihm ein paar Blaupausen zu ergattern, die Brent benutzen kann, um Mr. Armstrong zu erpressen.»

«O nein!» sagte ich. «Ist *sie* es, mit der Eric gerade telefoniert hat? *Lydia?*» Am anderen Ende der Leitung ein Schweigen wie nach dem Hammerschlag des Auktionators.

«Das kann ich mir nicht vorstellen», sagte Cookie.

«Aber hast du es dir denn nicht angesehen?» fragte ich einfältig.

«Meine Liebe, in diese Sendung stolpere ich alle hundert Jahre mal zufällig rein», sagte Cookie und spülte damit meine Frage behutsam in der Toilette hinunter.

Verdammt. Ich hatte Cookie in Verlegenheit gebracht, und das würde sie mir heimzahlen, ohne Zweifel. «Nun, wie dem auch sei, meine Liebe», sagte sie, «ich freue mich, daß du dich gestern abend gut amüsiert hast. Als ich dich zusammen mit Jules sah, dachte ich, du mußt dich einfach gut amüsieren. Er ist ein erstaunlicher Mann, findest du nicht. Der bestaussehende Mann, dem ich je begegnet bin.»

«Sehr angenehm», sagte ich kühl. «Wie dem auch sei, Cookie, meine Liebe...»

«Ach komm, er ist wirklich ein hübscher Knabe. Ich wußte einfach, daß du ihn mögen würdest. Als er alleine ankam, bin ich auf die Knie gefallen und habe Gott gedankt, daß Pia Dougherty nicht hatte kommen können. Natürlich mußte ich sie auch einladen, aber glücklicherweise scheint sie sich gerade in Kaschmir mit ein paar Ziegen fotografieren zu lassen, für irgendeine Frühjahrskollektion. Ach, ich weiß nicht – ich weiß einfach nicht. Alle sagen, sie sei so hinreißend, aber ich kann das einfach nicht nachvollziehen, du vielleicht? Ich meine, *er* ist derjenige welcher, stimmt's? Er ist einfach überwältigend.»

«Oh, die Zeit!» sagte ich. «Sieh doch nur! Ich muß auflegen und mich sputen.» Ich legte auf und setzte mich. Pia Dougherty, hm. Vielleicht würde Buddy mir eine üppige Spende geben, wenn ich dem Museum mein Telefon vermachte.

Ich muß zugeben, daß ich mich mit Männern nicht gerade rasend gut amüsierte. Ich fand, daß man jemanden ein bißchen kennenlernen mußte, um ein Interesse daran zu bekommen, ihn überhaupt kennenzulernen, und das war so langweilig! Die gleichen Fragen, die gleichen mickrigen Gespräche, immer wieder: Hatten Sie eine enge Beziehung zu Ihrem Vater? Denken Sie nach – Sie hatten als Kind also auch Angst, vom Baseball getroffen zu werden! Sagen Sie, glauben Sie wirklich, daß es möglich ist, unbewußte Ängste über Benzinpreise außen vor zu lassen, wenn wir unsere Mittelostpolitik diskutieren? Und so weiter und so fort – genauso wie man sich in Statistikkursen abrackern muß, ehe man ein Seminar über Persönlichkeitsspaltung belegen darf. Natürlich ging ich hin und wieder aus, aber in einer absichtslosen, irgendwie froschkußartigen Stimmung, und ein Frosch bleibt nach meiner Erfahrung immer ein Frosch.

Mein eigenes Liebesleben gab mir in jener Zeit nichts, worüber es sich nachzudenken lohnte – nichts, über das man sich den Kopf zerbrechen mußte oder das es in Ordnung zu bringen galt. Das war als Beitrag zu Gesprächen ähnlich nützlich, wie es Geheimtinte für die Produktion von Literatur ist, und so begann ich, mich auf den Wert jener in der Pubertät entwickelten Fähigkeit zu besinnen, die darin besteht, sich der Einschätzung des Liebeslebens der Freunde zu widmen. Und da unter meinen Freunden Rafe stets zu dem vielseitigsten und schillerndsten Liebesleben tendierte, freute ich mich am meisten darauf, ihn zu sehen.

Doch leider war er, seit er mit Heather angefangen hatte, ziemlich unkooperativ geworden. Er ließ sich kaum blicken, und wenn er erschien, saß er nur stumpfsinnig herum und soff Unmengen von meinem teuren Scotch.

«Wie geht's dir derzeit, Rafe?» pflegte ich zu fragen.

«Sehr gut», pflegte er distanziert und kindisch formell zu antworten. «Einfach gut.»

«Ja? Wie läuft's denn so?» pflegte ich als nächstes zu sagen.

«Oh, gut, danke. Sehr gut.»

«Gut... und wie geht's Heather?»

«Oh, es geht ihr ganz gut. Recht gut. Sag mal, du hast nicht zufällig noch was von dem Scotch, oder? Der ist wahnsinnig gut.»

Eines Abends kam er in einem Zustand sichtlicher Verstimmung vorbei. Scheinbar hatten er und Heather Karten für irgendwas, aber Heather war überraschend aufgefordert worden, einen umfangreichen neuen Text zu lernen. «Einer von den Typen in der Serie hatte heute einen Unfall», sagte Rafe, «und da mußten sie irgendwas machen.»

«Was können sie denn da machen?» sagte ich. «Entweder er hatte einen Unfall, oder er hatte keinen, würde ich denken.»

«Ich meine», sagte Rafe, «daß sie ihn für ein oder zwei Wochen aus sämtlichen Folgen rausschmeißen. Und dann müssen sie sich was ausdenken, warum er plötzlich von Kopf bis Fuß in Gips ist. Das wird schließlich jedem auffallen.»

«Oh. – Ja. – Ich verstehe. Wie schrecklich. Und ziemlich besorgniserregend, so wie es aussieht. Meinst du, daß sie sich auch für das Drehbuch einen Unfall ausdenken, den er gehabt haben könnte?»

«Ich weiß nicht», sagte Rafe. «Wäre logisch.»

«Weißt du», sagte ich, «vor ein paar Wochen habe ich die Sendung zufällig gesehen, und dieser Mann, der Mr. Armstrong heißt, hatte eine entsetzliche Erkältung. Und irgend jemand anderes sagte, er hätte sich beim Küssen mit seiner Sekretärin Tracy angesteckt. Und, weißt du, vielleicht hatte die Schauspielerin, die Tracy spielt, in der Woche vorher tatsächlich eine Erkältung, könnte man sich vorstellen. Aber auf alle Fälle konnten die Autoren nicht künstlich dafür sorgen, daß dem Typen die Nase lief.»

«Stimmt. Ein Teil des Verdienstes für diese Erkältung gebührt dem Allerhöchsten Drehbuchschreiber, findest du nicht?» Rafe gähnte, gelangweilt von seinem eigenen Klischee. «He, wo wir gerade von Leuten reden, die das Schicksal in Händen halten, ihr seid doch dabei, eure Arbeit für dieses Jahr zum Abschluß zu bringen, oder?»

«Ja», sagte ich. In diesem Monat prüften die Ausschußmitglieder die Empfehlungen der Kollegen. «Bis wir in die nächste Runde gehen, wird es eine Weile dauern. Aber, um dir die Wahrheit zu sagen», gestand ich, «ich habe darüber nachgedacht, ins Verlagswesen zu wechseln, statt bei der Stiftung weiterzumachen.»

«Oh», sagte Rafe.

«‹Oh›? Ist das alles? Ich dachte, du wärst erfreut.»

«Warum?» sagte Rafe. «Das heißt, ich habe nichts dagegen, aber warum hast du gedacht, ich sei besonders erfreut?»

«Ich dachte, du wärst mit dem, was ich tue, nicht einverstanden.»

«Das stimmt nicht», sagte Rafe. «Ich glaube nicht, daß ich damit nicht einverstanden bin.»

«Freut mich, das zu hören», sagte ich. «Wie dem auch sei, ich habe das Gefühl, meinen Beitrag für die Gesellschaft geleistet zu haben. Ich habe das Gefühl, daß es jetzt an der Zeit ist, mich mit etwas zu beschäftigen, was nur für mich ist. Ich möchte etwas erreichen – meine Fähigkeiten nutzen, um ... um ... etwas *aufzubauen*, in gewisser Weise. Findest du nicht, daß so etwas wichtig ist?»

«Na ja», sagte Rafe. «Mir scheint wichtig zu sein, wie du dich mit deiner Arbeit fühlst, wenn du sie tust.»

«Was?» sagte ich. «Ich fühle mich wohl mit meiner Arbeit, wenn ich sie tue, was immer das heißt. Und auch, wenn ich sie nicht tue.»

«Das ist gut», sagte Rafe, nicht sonderlich überzeugt.

«Ich habe ein sehr gutes Gefühl bei meiner Arbeit», sagte ich. «Ich weiß wirklich nicht, worüber wir eigentlich reden.»

«Da bin ich auch nicht ganz sicher», sagte er. «Aber in der Art, wie Heather... Ich meine, mir ist aufgefallen, wenn ich Heather so sehe, daß, na ja, was sie tut, gibt ihr nicht das Gefühl, wichtig zu sein.»

«Das kann ich mir vorstellen», sagte ich.

«Ja, aber ich meine, es gibt ihr auch nicht das Gefühl, *un*wichtig zu sein. Ich meine, mir ist aufgefallen, wenn ich Heather so sehe, daß sie irgendwie unterscheidet zwischen sich und ihrer Arbeit, daß –»

«Tatsächlich?» sagte ich. Ich konnte es wirklich keine Sekunde länger aushalten. «Erzähl doch. Wie interessant. Laß hören. Dir ist aufgefallen, dir ist aufgefallen – daß es besser ist, bei einer TV-Schnulze mitzuwirken als die Kunst zu unterstützen. Nein – dir ist aufgefallen, daß es ganz egal ist, ob man Eva Braun oder Florence Nightingale spielt, solange man sich *dabei gut fühlt.*»

«Es wird dich erstaunen zu hören», sagte Rafe, «daß ich das nicht meine. Ich glaube nicht, daß man selbst bei seiner Arbeit überhaupt wichtig ist. Ich glaube, daß es die Arbeit selbst ist, die – oh, offensichtlich, natürlich... ich weiß nicht. Ich habe lediglich beobachtet, daß, wenn einem wirklich die Arbeit wichtig ist und nicht irgendeine Vorstellung von einem selbst, also wenn der Zugang, den man zu seiner Arbeit hat, einer des genuinen Interesses an der Arbeit und nicht an einem selbst ist – daß man dann notwendigerweise irgendwie eine Reaktion aus der Arbeit selbst erleben wird, mit einem genuinen –»

«Genuin!» sagte ich. «Genuin! Das ist ein ziemlich befrachtetes Wort, mit dem du hier rumschmeißt! Sieh mal, Rafael, *alles* ist genuin, wenn du mir mit solchem Zeug kommst! Ich habe dir bereits gesagt, daß meine Arbeit mir wichtig ist. Ich weiß nicht, warum du darauf bestehst, daß ich mich täusche. Sieh mal, das ist genuiner Glenlivet, den du aus genuinem Baccarat trinkst. Du sitzt in einem genuinen Eames-Sessel. Ich weiß nicht, wovon du redest! Meinst du, ich sollte in irgendeinen Krieg ziehen und mich umbringen lassen, um zu beweisen, daß es mir ernst ist? Meinst du, ich sollte mir einen Job bei einer TV-Serie besorgen? Was meinst du? Der spanische Bürgerkrieg ist vorbei! Die gesamte Abraham-Lincoln-Brigade ist tot! Ich weiß wirklich nicht, wovon wir hier reden! Da drüben steht ein genuiner Fernsehapparat, auf dessen Bildschirm ein genuines Abbild einer genuinen Version deiner Freundin erscheint – und außerdem, mein genuiner Körper hat die gleiche verdammt genuine Molekularstruktur wie die verdammt genuine Molekularstruktur ihres Körpers!»

Himmel! Was war in mich gefahren? Was hatten die Abraham-Lincoln-Brigade oder Heathers Molekularstruktur mit dem Verlagswesen zu tun? Es war einfach so, daß Rafes schwachsinniges Gehabe mich zur Weißglut gebracht hatte. Das hatte es wirklich. Er hatte sich ganz schön verändert, seit er dieses Mädchen kannte.

«Tut mir leid», sagte ich. «Es tut mir sehr leid, daß ich dir solche Sachen an den Kopf werfe, aber ehrlich, Rafe, du warst früher so charmant.»

«Das scheint inzwischen eine Ewigkeit her zu sein, stimmt's?» sagte er betrübt und ließ dabei die Eiswürfel in seinem Drink kreisen.

Es dauerte sehr, sehr lange, bis ich Rafe wiedersah. Es vergingen wahrscheinlich mehrere Monate, bis er eines Nachmittags anrief.

«Darf ich dich zum Essen einladen?» sagte er.

«Was, heute abend?»

«Na ja, hast du Zeit?»

Ich war entzückt, daß er anrief. Es tat mir leid, daß ich mich an jenem Abend, als er offensichtlich einfach durcheinander und besorgt war, so auf ihn gestürzt hatte; und als wir uns trafen, in einem sehr hübschen italienischen Restaurant in meiner Gegend, machte keiner von uns eine Bemerkung darüber, wie lange es her war, seit wir uns das letzte Mal gesehen hatten.

Rafe bestellte eine Flasche Cliquot. «Auf die freien Völker dieser Erde», sagte er und hob sein Glas.

«Was ist los?» sagte ich. «Macht Heather dir das Leben schwer?»

«Ach, wir haben uns in letzter Zeit nicht allzuoft gesehen.»

«Ihr habt euch inzwischen ein bißchen über, wie?» sagte ich.

«Nein, wir mögen uns nur einfach nicht. Mein Gott, das ist nicht wahr.» Er fuhr sich mit der Hand durch die Haare, was, wenn man bedachte, wie entsetzlich er es fand, sie durcheinanderzubringen, ein Anzeichen äußerster Pein war.

«Armer Rafe», sagte ich, allerdings mit mäßiger Anteilnahme. Ich wollte erst mehr hören, ehe ich mich entschied, ob es Mitgefühl war, was hier not tat, oder (wenn ich ein solcher Mensch wäre) ein «Hab ich es dir nicht gesagt?».

«Sie wollte heiraten, mußt du wissen. Kinder haben.» Mein Gott, was für ein Gedanke. Rafe umgeben von winzigen Rafe-Kopien. «Sie hat mir tatsächlich eine Art Ultimatum gestellt. O Gott. Ich bin zu alt, um mich niederzulassen. Ich muß wirklich wieder anfangen, meine Runden zu drehen.»

«Das scheint dir zu liegen, Rafe.»

«Ich konnte einfach nicht. Sie ist ein wundervolles Mädchen, aber ich konnte nicht. Vor allem die Sache mit den Kindern, verstehst du? Natürlich will ich Kinder, irgendwann mal, aber nicht gerade jetzt. Und allein die Tatsache, daß sie zu mir sagt: ‹Verstehst du, ich möchte unbedingt Kinder, ich möchte sie jetzt, ich finde, wenn wir zusammenbleiben, sollten wir heiraten›, und in mir regt sich nichts, außer nacktem Schrecken – na ja, das zeigt mir, daß die Sache verkehrt ist, verstehst du? Ganz gleich, was ich glaube, ihr gegenüber zu empfinden; das beweist, daß die Sache einfach verkehrt ist.» Wie geschmeidig sein Haar im Kerzenschein aussah, wenn er so darin herumfuhrwerkte! «Findest du nicht, daß das stimmt?» sagte er.

«Na ja», sagte ich bedächtig – ich hatte das Gefühl, aus großer Höhe auf uns beide herabzusehen –, «es muß wohl stimmen.»

«Verstehst du, das ist es, was ich meine», sagte er. «Hier, nimm ein bißchen von meinen Zucchini. Übrigens, wie stehst *du* eigentlich zu Kindern? Ich hab mich immer gefragt, ob du enttäuscht bist, daß du keine hast.»

«Vielleicht bekomme ich irgendwann noch welche. Ich bin nicht älter als du, falls du das vergessen haben solltest.»

«Schon», sagte er. «Natürlich. Aber wie stehst du im Augenblick zu Kindern?»

«Oh, ich weiß nicht, ehrlich», sagte ich. «Sie sind niedlich, aber um dir die Wahrheit zu sagen, Rafe, manchmal finde ich sie – ich weiß nicht – unangenehm. Ich meine, diese winzigen Gesichter, strahlend aus irgendeiner vollkommen grundlosen Freude, und dann passiert etwas, und alles knautscht sich zusammen wie altes Geschenkpapier. All die Qualen, all die Dramen! Ich meine, es ist sehr hübsch und was nicht alles, aber wer kann das verstehen? Natürlich, sie sind so süß – absolut göttlich –, und doch kann ich mir nicht helfen, ich finde sie, na ja... *wunderlich.* Fast ein bißchen unheimlich, irgendwie.»

«Verstehe», sagte Rafe, und es klang ein bißchen überrascht. «So ähnlich empfinde ich das auch, wirklich.»

Ich sah zu ihm herüber, wie er dasaß, verloren in seinem wolligen Trauermantel, und ich fragte mich, ob Heather wußte, was sie da hatte ziehen lassen. Vielleicht war sie tatsächlich auf der Suche nach etwas Gewöhnlicherem, als es ein Leben mit Rafe bedeuten würde, oder vielleicht fürchtete sie, nachdem er ihr den Kopf verdreht hatte, daß es jenseits seines weltmännischen Auftretens und seines Glanzes nichts Verläßliches gab. Aber das war es, was Rafe ausmachte, das wußte ich. Unter Alpaca und Wolle, unter – na ja, ist ja auch egal – *im tiefsten Grunde*, meine ich, war er ein Mann, wie man keinen besseren zu finden hoffen konnte.

«Sie ist wirklich ein bezauberndes Mädchen», sagte Rafe, als wolle er seine eigene Meinung bestätigen (obwohl es inzwischen natürlich keine Rolle mehr spielte, ob seine Meinung richtig war oder nicht). «Sie verfügt über eine Eigenschaft, die ich bei niemandem sonst wirklich so gefunden habe. Eine Direktheit oder Klarheit, die ihr Mut gibt. Wie ein Zauberschwert.»

Ich hatte den Eindruck, daß diese Eigenschaft, die Rafe ihr so rührend zuschrieb, möglicherweise auf ihrer (und das war natürlich eine sehr attraktive Eigenschaft) jugendlichen, entschiedenen Ignoranz gegenüber den ernsteren Seiten des Lebens beruhte. «Armer Rafe», sagte ich. Armer Rafe.

«So. Du hast mir gefehlt», sagte er. «Erzähl mal, was du so getrieben hast. Erfolg bei der Jobsuche?»

«Um dir die Wahrheit zu sagen», sagte ich, «ich habe

beschlossen, ein bißchen zu reisen, ehe ich mich wieder fest binde. Ein paar Freunde haben mich eingeladen, sie auf Patmos zu besuchen, und ich habe gedacht, ach, warum eigentlich nicht? Ich habe sowieso schon lange ein großes Bedürfnis, aus meiner Wohnung rauszukommen, und so packe ich jetzt alles ein und besorge mir einen Untermieter.»

«Du gehst weg?» sagte Rafe und hob den Blick, und wir sahen einander direkt ins Gesicht.

Ich war kurz vor dem Einschlafen an jenem Abend, als das Telefon klingelte. Es war Rafe. «Hallo», sagte ich, «was ist denn los?»

«Ich habe mich geirrt», sagte er. «Ich mußte dich anrufen. Ich habe die Bedeutung meiner eigenen Gefühle falsch interpretiert.» Hatte ich vielleicht doch schon geschlafen, als das Telefon klingelte? «Nach unserem Gespräch heute abend ist mir klargeworden», sagte er, «daß ich mich geirrt habe. Wenn ich diese Sache sterben lasse, dann lasse ich... alles sterben, das weiß ich. Ich werde Heather bitten, mich zu heiraten.»

«Ich verstehe», sagte ich. Ich hatte Kopfschmerzen. Ich mußte schon geschlafen haben, als das Telefon klingelte.

«Diese Angst, die ich vorhin erwähnt habe – das ist gar nichts, verstehst du? Das ist so was wie – wie dieses physikalische Gesetz – weißt du? – daß die Stärke der Reaktion entsprechend der... der... was auch immer. Erinnerst du dich an das Gesetz? Gibt es nicht irgend so ein Gesetz?»

«Ich weiß nicht.» Mein *Kopf.* «Ich hatte eine Vier in Physik.»

«Wie auch immer», sagte er. «Ich wollte damit bloß sagen, der Grund für meine Angst liegt darin, daß mir die Sache so wichtig ist, die Möglichkeit eines Lebens mit Heather – eines richtigen Lebens. Das ist ein Geschenk, das ist mir klargeworden. Nein, kein Geschenk – eine

Prüfung, eine Einladung. Wenn ich in der Lage bin, sie anzunehmen, verstehst du, dann bin ich allein aus diesem Grund gut genug, sie überhaupt zu erhalten.»

«Ich verstehe», sagte ich. Er klang wie im Fieberrausch.

«Und, wirklich, ich liebe sie aufrichtig», sagte er.

«Na dann», sagte ich. «Das ist schließlich die Hauptsache.»

«Ich wollte dich gleich anrufen», sagte er. «Weil wir uns unterhalten haben. Weißt du.»

«Ich freue mich darüber», sagte ich.

«Also», sagte er.

«Also», sagte ich. «Na dann, gute Nacht, Rafe, mein Lieber. Danke, daß du angerufen hast.»

Verdammt noch mal. Ich haßte es, nachts geweckt zu werden. Ich konnte nie wieder einschlafen. Vielleicht sollte ich mir eine warme Milch machen. Jemand anders würde sie mir ohnehin nicht machen, das stand fest.

Ich holte die Milch heraus und meinen einzigen Topf und meine einzige Tasse, die noch nicht eingepackt waren, schüttete sehr bewußt Scotch in die Tasse, statt Milch in den Topf, wodurch ich mir den Abwasch ersparte, und ging ins Wohnzimmer, wo sich die Kartons stapelten, die eingelagert werden sollten.

Ein Geschenk, wie? Eine Einladung, eine Prüfung? Was zum Teufel war in den paar Stunden, seit wir uns gesehen hatten, mit Rafes Verstand geschehen? Mein Gott, trotzdem, ich fühlte mich entsetzlich. Und um die Wahrheit zu sagen, in der Tat, die beschämende Wahrheit – ein anderes Gefühl, das ich empfand (o Gott!), war *Einsamkeit*! Als wäre ich von diesem «richtigen Leben» ausgeschlossen, von diesem ... diesem «alles», woran teilzuhaben Rafe sich eingeladen glaubte! Wie sonderbar! Ich bin wahrlich kein Mensch, der eifersüchtig auf das Glück anderer ist (einmal angenommen, daß Rafes augenblickliche Marotte

Glück zu nennen wäre). Ich gehöre nicht zu den Menschen, die glauben, man verlöre, wenn ein anderer gewinnt. Ich gehöre zu den Menschen, die sich an der Freude eines Freundes freuen können. Oh, ich weiß, es gibt Menschen, die glauben, das Reich menschlicher Aktivität sei, wie die Dinge nun einmal liegen, ein Reich des Tauschhandels, in dem man für alles Gute, das man erlangt, auch irgend etwas Gutes zurückgeben müsse. «Hier opfere ich meine Zähne», müßte man beispielsweise sagen, wenn sie einem ausfallen, finden solche Leute. «Kann ich jetzt bitte den Eßtisch haben, der bei Pierre Deux im Fenster steht?» Solche Leute glauben, es gebe irgendeine Art von System, das sicherstellt, daß man nicht zusätzlich zu einem Unterhaltungstalent auch noch meterlange Augenwimpern haben kann, sofern nicht der Zeitungsverkäufer an der Ecke die Treppe runterfällt und ins Krankenhaus muß. Und Leute, die so was glauben, geraten natürlich in Panik, wenn ein anderer Mensch – selbst wenn es ein so enger Freund wie Rafe ist – droht, aus den knappen Glücksreserven dieser Welt einen Brocken herauszubeißen. Aber ich bin nicht dieser Meinung. Ich glaube nicht an solche Dinge, und selbst wenn ich es täte, wäre ich dennoch bereit, mich für Rafe zu freuen. Selbst wenn er einen schrecklichen Fehler machen würde.

Allerdings blieb das Problem, warum den Leuten die Zähne ausfielen. Warum hatte ich keine meterlangen Augenwimpern? Warum mußte ein Zeitungsverkäufer die Treppe runterfallen? Warum mußte überhaupt jemand Zeitungsverkäufer sein? Wer das alles verstehen wollte, mußte zweifellos erst einen entsetzlichen mathematischen Text über die Gesetze von Zufall und Wahrscheinlichkeit lesen. Wie dem auch sei, mein Kopf tat immer noch mörderisch weh.

Wie ungastlich mein eigenes Wohnzimmer wirkte! All

diese Kartons, und ein riesiger unnützer, vergoldeter Spiegel, genauso leer wie das Zimmer, und ein paar Überbleibsel, die ich zur Behaglichkeit meines Untermieters daließ, unter anderem eine scheußliche Bristolvase, die John mir in den frühen Tagen unserer Ehe geschenkt hatte. Er hatte gesagt, die Farbe erinnere ihn an seine Kindheit. Dummes Zeug. Ich hatte sie ihm natürlich zurückgeben wollen, als er auszog, aber er wollte, daß sie bei mir blieb. John war ein treuer alter Knabe, kein Zweifel – treu der Vase, treu seiner Kindheit –, und jetzt war er, soweit ich gehört hatte, Marcia Meaver treu.

Schließlich, als es schon hell war, schlief ich ein paar Stunden und wachte gerade rechtzeitig auf, um den letzten Teil der neuen Folge von «Lebenslichter» mitzubekommen. Ich schaltete den Fernseher ein, und da stand Heather (na ja, Lydia) mitten in meinem Wohnzimmer, zusammen mit ihrer Schwester Carolyn und Carolyns Mann, Jad.

«Chad, Liebling», sagte Carolyn. (Also *doch* Chad! Ich *schwöre*, es war Chad.) «Hank war am Telefon. In Mr. Armstrongs Büro ist irgend etwas Eigenartiges geschehen. Ich muß sofort hin.»

«Nun», sagte Chad zu Lydia, nachdem die Tür zugefallen war. Er räusperte sich. «Ich denke, ich gehe in mein Arbeitszimmer, um ein paar Sachen zu erledigen.» Er lächelte in einem jämmerlichen, hoffnungslosen Versuch, Herzlichkeit auszustrahlen.

«Nur zu!» sagte Lydia, die keine Sekunde den Blick von ihm nahm. «Nur zu, Chad! Aber zuvor, mein lieber Schwager, möchte ich, daß du dich einen Moment hinsetzt. Du und ich haben nämlich eine kleine Angelegenheit zu besprechen. Eine Angelegenheit, die nicht kleiner wird, falls du verstehst, was ich meine. Wir können die Sache also nicht mehr auf die lange Bank schieben.» Großeinstellung von Lydias Gesicht, geheimnisvoll triumphierend.

Ich starrte und starrte auf den Bildschirm, aber alles, was ich plötzlich sah, waren ein paar Typen, die es um jeden Preis darauf anlegten, ihre Klamotten zu ruinieren. Ich stellte den Fernseher ab und saß erschöpft da, während das kleine weiße Licht in der Mitte heller und heller aufleuchtete, bis es verschwunden war, und dann ging ich, einem überwältigenden und unbegreiflichen Impuls folgend, zum Telefon und rief Cookie an. Bei ihr war besetzt, und obwohl eine gute halbe Stunde besetzt war, blieb ich aus irgendeinem Grunde stehen, wo ich stand, und wählte ununterbrochen ihre Nummer.

«Hallo, meine Liebe!» sagte sie, als ich endlich durchkam. «Wie herrlich, deine Stimme zu hören! Wir haben seit Wochen nichts voneinander gehört!»

«Nicht wahr», stimmte ich zu. «Na ja, außer neulich bei den Schillers.»

«Aber das zählt doch kaum, oder, meine Liebe?» sagte Cookie. «Bei denen hat man das Gefühl, man müßte in voller Verkleidung herumschleichen, findest du nicht, wie ein Araber.»

«Das hat man in der Tat», sagte ich. Schlichen Araber in voller Verkleidung herum?

«Es ist die reinste Folter, nicht wahr, daß man kein Wort zu den Schillers zu sagen wagt, weil man sicher sein kann, am nächsten Morgen in irgendeiner Zeitung eine entsetzlich verfälschte Version des Gesagten lesen zu müssen. Andererseits muß man selbst natürlich die Ohren offenhalten, bei all den Informationen, die da herumflattern. Ich schätze, so ungefähr muß die Agora gewesen sein.»

«Vermutlich», sagte ich. Die Agora? Araber? Machte Cookie irgendeine Art Kurs mit? Ein Kurs für Allgemeinwissen in alphabetischer Reihenfolge? Ich jedenfalls konnte mich im Leben nicht erinnern, was die Agora war.

«Jedesmal, wenn ich bei den Schillers war, komme ich vollkommen erschöpft nach Hause», sagte sie. «Und jedesmal schwöre ich, daß ich nie wieder hingehen werde. Aber wie kann man einem solchen Spektakel den Rücken kehren?»

«Diesmal fand ich es ziemlich gesittet», sagte ich.

«Gesittet!» brüllte Cookie. «Oh, du hast die Sache nicht mitbekommen, als Marjorie ging, um ihren Mantel zu holen, und Rupert Fallodin entdeckte, der sich Alison zu *nähern* suchte.»

«Na und?» sagte ich. «Es gibt verheiratete Menschen, die einander attraktiv finden.»

«Das weiß ich, meine Liebe», sagte Cookie würdevoll. «Aber Rupert hat seit Monaten etwas mit Marjorie, mußt du wissen, und für sie war es ein ziemlicher Schock. Und als sie runterkam, ließ sie ein paar Bemerkungen über ihn fallen. In voller Lautstärke, um es genau zu sagen. Es war außerordentlich! Rupert scheint einige sehr ungewöhnliche Angewohnheiten zu haben. Natürlich hatte Marjorie zu dem Zeitpunkt schon ungefähr einen Viertelliter Scotch intus. Ich meine, ich natürlich auch, aber sie eben auch.» Cookie kläffte fröhlich. «Oh, es war ein sehr hitziger Abend. Hast du Melissa Hober gesehen? Sie trottete hinter Constance Ripp her wie ein Anthropologe hinter seinem Indianer. Einmal blieb Constance abrupt stehen, und Melissa wäre um ein Haar mit ihrem unglaublichen Kinn gegen Constances Schädel geknallt!»

«Es ist schwer vorstellbar, daß Melissa überhaupt hinter jemandem hertrottet», sagte ich.

«Oh, sie kann sich zu jeder Form der Selbsterniedrigung entschließen, solange sie glaubt, es würde ihr helfen, gedruckt zu werden, mußt du wissen. Constance wird Lektorin für Lyrik bei *Life and Times*, weißt du, und offensichtlich weiß Melissa, daß Constance eine unfehlbare Schwäche für hübsche Gesichter hat, und das ist etwas, in dessen Besitz Melissa sich zweifelsohne wähnt.»

«Constance?» fragte ich verblüfft. «Ist Constance lesbisch?» Wie sollte Constance lesbisch sein? Ich bin in der Regel, was andere Menschen angeht, sehr feinfühlig, und doch war es mir nie aufgefallen, daß Constance lesbisch sein könnte!

«Ist Constance lesbisch?» johlte Cookie. «Scheißt der Papst im Wald? O mein Gott! Nie wäre ein Wort über meine Lippen gekommen, wenn ich auch nur eine Sekunde lang geglaubt hätte, daß es noch eine Seele auf Erden gibt, die das nicht weiß. Also, ich bin sicher, daß es kein wirkliches Geheimnis ist, auch wenn Constance dieses alberne Getue darum macht. Aber was hast du denn gedacht, wer Honoria della Playa ist – das Au-pair-Mädchen?»

«Constance hatte eine Affäre mit Honoria della Playa?» sagte ich.

«Oh! Mein Mundwerk!» sagte Cookie. «Aber ich bin natürlich davon ausgegangen, daß du das alles wüßtest.»

Oh, Cookie hatte einen Riesenspaß mit mir. Aber ich hatte für diese Dinge wirklich keine Zeit. Was machte ich überhaupt am Telefon?! Hier saß ich und lauschte Cookies kindischem, sinnlosem Geklatsche, während ich eigentlich dafür sorgen mußte, daß all diese Sachen eingelagert würden! Ich mußte wirklich auf der Stelle einhängen. Auf der Stelle. «Nun, meine Liebe –» sagte ich.

«Oh, übrigens», fiel mir Cookie ins Wort, «wie geht es Rafe dieser Tage? Ich hab ihn seit Ewigkeiten nicht gesehen.»

«Ich hab ihn eigentlich auch kaum gesehen», sagte ich. «Ich nehme nicht an, daß du irgendwas über ihn gehört hast, oder?»

«Na ja, komisch, daß du fragst», sagte Cookie. «Ist das nicht komisch? Amanda Krotnick hat gerade angerufen – unmittelbar bevor du anriefst, übrigens –, und sie erzählte, auch sie habe Rafe in letzter Zeit nicht mehr zu Gesicht bekommen.»

Amanda Krotnick. Amanda Krotnick. Oh, ja – ihr Mann hat immer mit John Squash gespielt.

«Und Amanda erzählte mir, daß sie Rafes Freundin im Fernsehen verfolgt habe, einfach aus einem freundschaftlichen Interesse an Rafe heraus.» (Was? O ja, ich glaube, Rafe hatte sie mir gegenüber erwähnt. Ich glaube, sie begleitete ihn hin und wieder zu Ausstellungseröffnungen und solchen Sachen, wenn ich keine Lust hatte oder bei John bleiben mußte oder so was.) «Und Amanda sagte, sie glaube, Heathers Fernseh-Alter ego, Lydia, du weißt, sei schwanger vom Mann ihrer Schwester, Jad. Das ist doch was. Du siehst (das stammt natürlich alles aus Erzählungen von Amanda), das bringt Jad in eine sehr knifflige Situation, weil Lydia scheinbar vorhat, die Sache weiterzutreiben und das Baby zu kriegen, und früher oder später wird man ihr das natürlich ansehen.»

Ich setzte mich mitten auf einen Karton. «Was die in diesen Schnulzen alles so treiben!» sagte ich. «Stell dir vor, die Leute würden tatsächlich mit solchen Sachen ihre Zeit verbringen!»

«Also, *ich* habe wahrlich keine Zeit für diese Dinger», sagte Cookie. «Und ich frage mich, wie Amanda es schafft, die Zeit dafür aufzubringen.»

Ich hatte nicht gemeint, daß es erstaunlich sei, wenn jemand seine Zeit damit verbringt, sich TV-Schnulzen anzusehen, obwohl es das natürlich ist. Ich hatte gemeint, daß es erstaunlich sei, wenn Menschen ihre Zeit so verbrächten, wie die Menschen in den TV-Schnulzen ihre

Zeit verbringen. Aber es war mir vollkommen egal, was ich gemeint hatte.

«Und was treibt dich ans Telefon, meine Liebe? Was kann ich für dich tun?» sagte Cookie.

«Oh –» sagte ich. «Ich wollte einfach nur mal anrufen. Eigentlich, um mich zu verabschieden. Ich fahre bald, du weißt ja.»

«Um Gottes willen! Stimmt ja!» sagte sie. «Wir müssen uns vorher sehen. Nächste Woche zum Lunch?»

«Abgemacht», sagte ich. «Lunch.»

«Wunderbar», sagte Cookie. «Wir telefonieren. Leb wohl, meine Liebe.»

O Gott. Wie entsetzlich, dieser Anblick von Pappkartons im Spiegel. Das Abbild reiner Trostlosigkeit. Immerhin sah ich selbst nicht allzu furchtbar schrecklich aus, stellte ich fest. Nicht allzu grauenvoll, wenn man das Leben und alles das bedachte. Irgendwie war es mir gelungen, mich im Laufe der Jahre nur wenig zu verändern.

In Ordnung – weiter mit all den Sachen, die zu tun waren. Was lag an? Vielleicht sollte ich Rafe anrufen.

«Hallo», sagte eine Stimme, die Rafe selbst gehörte, und ich hatte keine Zeit, mich zu erinnern, warum ich angerufen hatte. Ich war davon ausgegangen, daß eine Sekretärin ans Telefon gehen würde.

«Oh, Rafe», sagte ich. «Ich rufe an, um dir zu sagen … zu sagen, daß ich hoffe, du hast vergangene Nacht noch ein wenig geschlafen.»

«Hab ich nicht», sagte er. Mein Gott, er klang fürchterlich.

«Das tut mir schrecklich leid», sagte ich, und keiner von uns schien noch irgend etwas anderes zu sagen zu haben. «Wie dem auch sei.»

«Wenn ich hier heute fertig bin, gehe ich schnurstracks nach Hause, um ein bißchen Schlaf nachzuholen», sagte er. «Aber wenn du morgen abend noch nicht völlig ausgebucht bist, was hältst du davon, wenn ich vorbeikomme? Ich bringe uns ein Picknick mit.»

Rafe kam am nächsten Abend, beladen mit Papiertüten. «Assiette de Essen», sagte er. Er stellte die Tüten in die Küche und hängte seinen Mantel auf. «Was für phantastische Blumen!»

«Nicht wahr», sagte ich. «Oh, Rafe – Stubenküken! Und Weintrauben – und – mein Gott! – *malvenfarbene* Pappteller!»

«Ich hatte meine Gründe», sagte er. «Ich habe mir gedacht, sie wären ein hervorragender Kontrast zu dem – ja, *perfekt* – Pesto.»

«Oh, und Radicchio- und Fenchelsalat! Mein absolutes Lieblingsgrünzeug. Du findest immer so wunderbare Dinge, Rafe.»

«Das ist mein natürlicher Lebenssinn», sagte er mit einem sonderbaren Ausdruck auf dem Gesicht.

«Das stimmt, Rafe. Das ist eine der Sachen, die ich an dir immer geliebt habe», sagte ich, aber der sonderbare Ausdruck schwebte noch eine Weile im Raum.

Ich öffnete eine Flasche von dem schönen Wein, den ich besorgt hatte, und goß uns Pappbecher voll, und wir machten es uns gemütlich mit unserem Picknick zwischen den Kartons.

«Ich habe seit heute eine neue Sekretärin», sagte Rafe. «Ich habe sie neulich abend in einem Rock-Club getroffen. Sie ist ein niedliches Mädchen, aber das Problem mit Einstellungsgesprächen in Rock-Clubs ist, daß du nicht verstehen kannst, was die Leute dir erzählen. Ich fürchte, ich werde die Woche brauchen, um ihr zu erklären, wie man sich am Telefon meldet.»

«Rafe», sagte ich. Wie gut es tat, zusammenzuhocken.

«Was ist das?» sagte er und streckte die Hand aus. «Chinaseide?» Ich saß vollkommen still, während er meinen Nacken rieb.

«Hübsch», sagte er, aber als er sich zurücklehnte, konnte ich sehen, daß er mit den Gedanken ganz woanders war.

«Was ist los, Rafe?» fragte ich.

«Nichts», sagte er. «Ganz und gar nichts, ganz und gar nichts.»

«Weißt du», sagte er nach einer Weile. «Ich wollte nicht, daß du glaubst, damals, daß ich gemeint habe, du seist selbstsüchtig oder etwas in der Art.»

«Oh, ich weiß», sagte ich. Wann hatte er gesagt, ich sei selbstsüchtig? «Ich halte mich nicht für einen ausgeprägt selbstsüchtigen Menschen, ich hätte mich also ohnehin nicht angesprochen gefühlt.» Wie sonderbar. Rafe hatte mir also vorgeworfen, ich sei selbstsüchtig.

«Wie dem auch sei», sagte Rafe, «ich wollte nur sichergehen, daß du weißt, daß ich niemals etwas Derartiges gemeint habe.»

«Rafe, Lieber», sagte ich, «würde es dir was ausmachen, mir ein Glas Wasser zu holen?» Ich schien, ohne es richtig zu merken, eine ganze Menge Wein getrunken zu haben. «Danke.»

«Es ist eigenartig, weißt du», sagte Rafe. «Ich dachte immer, Heather und ich würden richtige Gespräche führen. Und ich würde ihr zuhören. Und sogar Dinge von ihr lernen. Aber ich glaube nicht, daß sie jemals irgend etwas Besonderes gesagt hat oder auch nur irgend etwas Besonderes *war*. Ich hab mir das alles irgendwie selbst eingebildet. Ich hab sie die ganze Zeit einfach nur angestarrt, weil sie so hübsch ist.»

Ich ging in die Küche und holte uns eine Flasche Cognac. «Es wäre schade, den dem Nachmieter zu hinterlassen.»

«Es tut mir leid, daß ich neulich noch so spät angerufen habe», sagte Rafe.

«Warum nicht?» sagte ich. «Wir sind Freunde.» Ich hoffte natürlich, er würde die Kurve kriegen und mir erzählen, wie es zwischen ihm und Heather stand. «Wie dem auch sei, ich nehme an, die Dinge haben sich auf die eine oder andere Weise geregelt.»

«O ja», sagte er. «Das war einfach einer von diesen nächtlichen Anfällen, die man manchmal hat, wenn man mit sich allein ist. Und dann hat sich alles in nichts aufgelöst.»

«Ja», sagte ich. Ich schenkte uns beiden von dem Cognac nach. «Ich nehme an, du hast die Sache einfach mit dir allein abgemacht.»

«Na ja, also», sagte er, «ich habe sie angerufen. Und wir haben geredet. Wir hatten ein gutes Gespräch. Wir kamen überein, daß wir nie wirklich zueinander gepaßt hätten, daß wir einander aber immer als Freunde betrachten würden. Außerdem ist sie schwer mit irgendeinem Typen im Clinch. Scheinbar meint sie, die Sache sei ernst.»

Wir tranken und saßen in dem trüben Licht und redeten, und dann war es irgendwie schon sehr spät, und Rafe holte seinen Mantel. Rafe zog seinen wunderschönen, weichen Mantel an und war im Begriff zu gehen.

«Na dann, gute Nacht», sagte er. «Nochmals vielen Dank.»

«Rafe», sagte ich plötzlich, zu meiner eigenen Überraschung, «warum, glaubst du, hatten wir beide nie ein Verhältnis miteinander?» Oh, was würde ich am Morgen für einen Kater haben!

«Na ja», sagte er und blieb an der Tür stehen, «zum einen warst du eine verheiratete Frau.»

«Ich weiß», sagte ich. «Aber zum anderen?»

«Na ja, ich glaube einfach nicht, daß es funktioniert

hätte, du etwa?» sagte er. «Wir sind uns wirklich zu ähnlich, findest du nicht? Wir würden zusammen ins Bett steigen, und ich würde sagen: ‹Tolles Bettzeug – wo hast du das her?› Oder ich würde mich ausziehen, und du würdest sagen: ‹Oh, sagenhaft – Unterwäsche mit Bisons drauf.› Solches Zeug eben. Wir wären nie in der Lage gewesen, uns zu konzentrieren.»

«Unterwäsche mit Bisons drauf?» sagte ich. «Ehrlich?» Rafe lächelte. «Rafe», sagte ich. «Wir sind uns inzwischen im Grunde nicht mehr ähnlich, findest du nicht? Du hast dich verändert.»

«Na, na», sagte er. «Hör auf damit.» Er leckte mir eine kleine Träne von der Wange. «Hmm. Ich wette, *das* ist der Trunk der Götter.» Und er gab mir einen kleinen Kuß auf die Stirn.

Ich lehnte mich gegen die Tür, die sich hinter ihm geschlossen hatte. O Gott. Mir war vielleicht schwindelig! Ich mußte wirklich einiges getankt haben. Wie auch immer, es war ausgesprochen spät, und früher oder später mußte ich irgendwie ohne Unterstützung der Tür aufrecht stehen und mich ins Bett schleppen. Was es mit sich brachte, daß ich mich würde umdrehen müssen. Umdrehen, und damit den Anblick dieser Kartons, der Vase, des leeren Spiegels, des Nichts, Nichts, absoluten Nichts ertragen, das aus meinem Leben in New York geworden war. Und was, glaubte ich, würde es für mich in Patmos geben? Was? Felsen, Ziegen, ein Berg Fische auf einem Teller, das war's! Und ich drehte mich um und stand da, gegen die Tür gelehnt, scheinbar stundenlang, und schaute.

Das zumindest war es, was ich in komprimierter Form erinnerte, als ich am nächsten Morgen irgendwie ganz und gar ohne Kater aufwachte.

Rafe und ich schafften es nicht, einander noch mal zu erreichen, bis ich wegfuhr. Ich nehme an, ich war einfach zu sehr mit meinen Vorbereitungen beschäftigt. Dafür traf ich, welch sonderbarer Zufall, am Tag vor meiner Abreise Heather, als ich, einem Impuls folgend, der einen nachträglich veranlaßt, sich nicht über Menschen lustig zu machen, die in der Zeitung ihr Horoskop lesen, zu Saks ging. Sie war es, die mich zuerst erkannte, obwohl ich geradewegs in das schöne Gesicht starrte, das ich so gut hätte kennen sollen.

«Ich höre, Sie sind auf dem Sprung in ein großes Abenteuer», sagte sie und nahm meine Hand in einer Weise, die sonderbar beruhigend auf mich wirkte. «Sind Sie schon aufgeregt?»

«Ich glaube schon», sagte ich. «Ja.» Ihr Anblick brachte mich ein wenig durcheinander. Sie war wirklich hinreißend. Sehr... lebhaft, in gewisser Weise. «Woher wissen Sie, daß ich fahre? Von Rafe?»

«Ja», sagte sie. «Er hat vor einer Woche oder so angerufen. Ich hab mich gefreut. Die Sache zwischen uns hatte sich einfach mies entwickelt, und ich hasse es, bei jemandem, den ich mal gemocht habe, die Dinge in einem miesen Zustand zu belassen, oder auch einfach nur ungelöst. Geht es Ihnen nicht auch so?»

«Doch, ja», sagte ich. «Ich nehme an, Sie haben recht.»

«Er ist also vorbeigekommen, und wir haben geredet. Ich meine, uns richtig unterhalten, zur Abwechslung mal. Statt uns nur zu streiten oder zusammen ins Bett zu gehen oder all das Zeug zu machen, das man mit jemandem macht, wenn man sich gerade von ihm trennt. Es war schön. Ich war wirklich froh, daß er angerufen hat. Ich hätte ihn nicht einfach anrufen können, wissen Sie, obwohl ich ihm gerne meine Neuigkeiten berichtet hätte. Es hätte fast so ausgesehen, als wollte ich ihm eine letzte Chance geben – irgendwie so, meinen Sie nicht? Aber in Wirklichkeit war es schon eine ganze Weile aus zwischen uns.»

«Neuigkeiten?» sagte ich. «Letzte Chance?»

«Oh», sagte sie und blieb stehen. «Die Neuigkeit ist, daß ich heirate, wissen Sie.»

«Wirklich», sagte ich. «Wie wunderbar.»

«Ja», sagte sie. «Eigentlich müßte Neil jeden Augenblick hier auftauchen, wir sind verabredet. Wissen Sie, ich habe das Gefühl, Sie so gut zu kennen, obwohl wir uns erst einmal begegnet sind. Aber Rafe hat so oft von Ihnen gesprochen, daß ich beinahe das Gefühl habe, daß wir ... etwas miteinander geteilt haben.»

«Mir geht es genauso», sagte ich.

«Oh, sehen Sie», sagte sie. «Da kommt Neil. Ich werde Sie miteinander bekannt machen.»

Es dauerte eine Weile, bis ich den Mann unterbringen konnte, der auf uns zugekommen war und seinen Arm um Heather legte. Er sah Brent, diesem Waschlappen im Auto, mit dem Lydia das eine oder andere angestellt hatte, bestimmt nicht sehr ähnlich, obwohl er, wie ich sah (natürlich nur im übertragenen Sinne), genau der und kein anderer war. Persönlich schien er ein netter junger Mann zu sein, und er war offensichtlich sehr verliebt, wie auch Heather selbst offensichtlich sehr verliebt war.

«Also, ich muß nach oben und nach ein paar neuen Klamotten sehen», sagte sie.

«Ja», sagte ich matt. Sie würde welche brauchen.

«Nett, Sie kennengelernt zu haben», sagte Neil, und er und Heather ließen sich mit der Menge von mir fortspülen.

Was für ein entzückendes Baby würde das werden, bei Eltern wie Heather und Brent – Neil, vielmehr. Oder Lydia, um es andersherum auszudrücken, und Neil, oder Brent. Oder Rafe. Nüchtern betrachtet. Wenn man es sich recht überlegte.

So viele Gesichter, so viele Gesichter. Menschen strömten durch die Türen herein und hinaus, drängten sich zwischen den Kassen durch, ließen sich in Schwärmen von den Rolltreppen nach oben tragen. So viele Gesichter hier an diesem Ort, und für das Baby kam jegliches Gesicht aus sämtlichen Verästelungen der Geschichte in Frage. Die Gesichter um mich herum verschwammen und glichen sich an, und einen Augenblick war mir so schwindelig, daß ich mich kaum auf den Beinen halten konnte, aber dann sah ich Heathers Gesicht, das natürlich ganz es selbst war, und all die anderen Gesichter ordneten sich wieder ihren jeweiligen Besitzern zu, während mir Heather von der Rolltreppe aus zuwinkte und lächelte. Und obwohl ich Dutzende von Dingen zu erledigen hatte, wirklich *Dutzende*, hielt ich inne, um zurückzuwinken und zuzusehen, wie Heather, heller und heller, ein schwindender Punkt im Strom der Kaufhauskunden, in eine andere Etage davongetragen wurde.

Reisen mit leichtem Gepäck

In der besten Zeit, als es an den Nachmittagen noch warm und der Himmel ganz besonders blau war und als noch der Geruch von faulenden Äpfeln vom Boden aufstieg, fuhren Lee und ich mit unseren Sachen im Transporter auf der Suche nach einem Flecken, wo wir bleiben konnten, von den Bergwiesen herunter.

Am Abend vor unserem Aufbruch gingen wir rüber zu Tom und Johanna, um uns zu verabschieden. Johanna sah aus wie Glas, aber Tom war rot im Gesicht und brutal guter Stimmung. Er reichte Lee die Flasche mit Jack Daniels, schlug ihm auf die Schulter und redete wie ein Wasserfall über Orte, an denen er gelebt, über Leute, die er gekannt, über Wetten, die er gewonnen hatte, und so weiter, deshalb vermutete ich, daß er und Johanna sich gestritten hatten, bevor wir kamen.

«Viel unterwegs gewesen?» fragte Tom mich.

«Nein», sagte ich. Er wußte, daß ich nicht viel unterwegs gewesen war.

«Na, es wird dir Spaß machen», sagte er. «Es wird dir Spaß machen.»

Tom zeigte guten Willen, wahrscheinlich, weil ich wegging.

«He», sagte er zu Lee. Es war schon vorbei mit dem guten Willen. «Werdet ihr Miles besuchen?»

«Möglich», sagte Lee. «Ja, könnten wir eigentlich machen.»

«Wer ist Miles?» sagte ich.

«Ist er immer noch mit dem Mädchen zusammen?» sagte Tom. «Die, die –»

«Nein», unterbrach Lee lachend. «Er ist wieder mit Natalie zusammen.»

«Tatsächlich?» sagte Johanna. «Hör mal, wenn du ihn siehst, sag ihm, daß ich immer noch den Parka trage, den er damals bei uns vergessen hat.» Tom starrte sie an, aber sie lächelte nur.

«Wer ist Miles?» sagte ich.

«Jemand, der früher mal hier in der Gegend gewohnt hat. Bevor ich dich mit rauf in die Berge gebracht habe», sagte Lee und wandte sich mir zu. Immer, wenn er an etwas anderes denkt, sind seine Augen wie ein loderndes Feuer in einem leeren Lagerhaus. Ich hielt den Atem an.

Nach dem Abendessen gingen Lee und ich wieder rüber zu uns, und als wir in Sichtweite des Hauses waren, versuchte ich, es mir einzuprägen. Aber es sah bereits aus wie ein Skelett, wie etwas Totes an einem Strand.

«Das genau ist es», sagte Lee. «Alte Knochen. Der Panzer einer Schildkröte. Du tust dir nur weh, wenn du versuchst, mehr daraus zu machen.»

Ich sah wieder hin, ließ Knochen Knochen sein, und fühlte mich leicht. Mit dem Haus wollte ich auch die alten Knochen meiner Bedürfnisse und Ansichten zurücklassen. Ich wollte unbelastet sein, ein Krieger wie Lee. Als wir uns kennenlernten, hatte Lee zu mir gesagt: «Ich habe das Gefühl, als müßte ich mich um dich kümmern.»

«Das ist gut», hatte ich gesagt.

«Nein, ist es nicht», hatte er gesagt.

Ich fragte mich, ob er je an die Orte dachte, an denen er gelebt hatte, an andere Gesichter, alte Freundinnen. Hin und wieder schien er gebeugt von dem Gewicht eingemotteter Erinnerungen. Aber wenn man mit leichtem Gepäck reisen will, dachte ich manchmal, muß man in Kauf nehmen, daß man notwendigerweise alles Schwere irgendwo einlagern muß, und in solchen Momenten dachte ich, daß ich mir ebenso für ihn wie für mich so sehr wünschte, Lee bliebe bei mir.

Am ersten Abend unserer Fahrt machten wir halt in Pennsylvania.

«Wir sind ganz in der Nähe von Miles und Natalie», sagte Lee. «Es wäre nur logisch, morgen bei ihnen vorbeizufahren.»

«Wo wohnen sie?» fragte ich.

Lee holte eine große Straßenkarte hervor. «Sie sind hier drüben, in Baltimore.»

«Das ist weit», sagte ich, seinem Finger folgend.

«In gewisser Weise schon», sagte er. «Andererseits, sieh dir mal Pittsburgh an.» Sein Finger landete Zentimeter von unserem Standort entfernt. «Oder Columbus.»

«Oder Louisville!» sagte ich. «Sieh mal, wie weit das ist – nach Louisville!»

«Das findest du weit?» sagte Lee. «Na, dann hör mal zu – fertig? Poplar Bluff!»

«Tulsa!» sagte ich. «Warte – Oklahoma City!»

Wir fingen beide an zu schreien.

«Cheyenne!»

«Flagstaff!»

«Needles, Barstow, Bishop!»

«Eureka!» kreischten wir beide gleichzeitig.

Wir lehnten uns zurück und betrachteten die Karte. «Das war vielleicht 'ne Reise», sagte Lee.

«Werden wir die machen?» sagte ich.

Lee zuckte die Achseln. «Wir fahren so weit, wie wir Lust haben», sagte er.

Nach alldem schien die Strecke nach Baltimore ein Katzensprung zu sein, aber als wir ankamen, hatte ich es satt, in unserem Transporter zu sitzen, und ich hoffte, Natalie und Miles waren Leute, die von sich aus darauf kämen, uns etwas zu essen zu machen.

«Was ist, wenn sie mich nicht mögen?» sagte ich, als wir parkten.

«Warum sollten sie dich nicht mögen?» sagte Lee.

Ich wußte es nicht. Ich kannte sie nicht.

«Sie werden dich mögen», sagte Lee. «Sie sind Freunde von mir.»

Wie sich herausstellte, nahm ihre Wohnung ein ganzes Stockwerk des Gebäudes ein, das durch geschwungene Wände aus Glasbausteinen unterteilt war. Um uns herum waberte Dunkelheit, die das Licht in der näheren Umgebung seiner Quellen komprimierte, und das Geräusch unserer Schuhe auf dem Holzfußboden echote aus der Ferne zu uns zurück.

Natalie mußte ungefähr in meinem Alter sein, aber man konnte wahrscheinlich auf unendlich viele Arten zwanzig sein, stellte ich entsetzt fest. Sie ließ uns auf walfischgroßen Ledersofas Platz nehmen und brachte uns auf einem kleinen Tablett etwas zu trinken, und sie trug einen einzelnen riesigen roten Ohrring. Es war klar, daß sie, Miles und Lee sich schon oft und viel unterhalten hatten. Es gab intensive, für alle gleichbedeutende Momente des Schweigens, und wenn einer von ihnen etwas sagte, war es, als fiele ein Stein in einen stillen Teich. Ich beobachtete Natalies Ohrring, den ein Komma ihres schwarzen Haares in ständig wechselnde Formen teilte. Nach einiger Zeit standen Lee und Miles auf. Sie wollten sich ein Gebäude in einem anderen Teil der Stadt ansehen. «Brauchen wir irgendwas, Schatz?» fragte Miles Natalie.

«Bring ein paar Flaschen Wein mit», sagte sie. «O ja, und Kleber für den hier.» Sie öffnete die Faust, und in ihrer Handfläche kam ein zerbrochener zweiter roter Ohrring zum Vorschein.

«Was ist los?» hörte ich Lee sagen. Er meinte mich.

Natalie und ich gingen rüber in die Küche, um Abendessen zu machen, und sie fragte mich, wie lange Lee und ich schon zusammen seien.

«Er ist so toll», sagte sie. «Denkt ihr daran, zu heiraten?»

«Eigentlich nicht», sagte ich. Wir hatten ein einziges Mal darüber gesprochen, kurz nachdem wir uns zusammengetan hatten. «Es scheint ziemlich überflüssig zu sein. Kann ich irgendwas helfen?»

«Hier», sagte sie und gab mir ein Messer und eine Zwiebel. «Miles und ich haben geheiratet. Seine Eltern haben uns dazu gebracht. Sie sagten, sie würden Miles nicht mehr unterstützen, wenn wir nicht heirateten.»

«Ist es anders als vorher?» sagte ich.

«Irgendwie schon», sagte sie. «Es hat sich im Grunde als ganz okay rausgestellt. Wenn es sonst ein Problem oder so was gab, haben wir nur so lange geredet, bis wir es irgendwie loswaren. Während wir jetzt, glaube ich, versuchen, es zu lösen. Kann Lee immer noch keine Brunnenkresse ausstehen?»

«Doch», sagte ich. Brunnenkresse? dachte ich.

«Wir verstehen uns sehr gut», sagte Natalie, «aber trotzdem wäre ich nicht überrascht, wenn es morgen vorbei wäre.»

«Natalie», sagte ich, «kannst du mir die Ohrläppchen durchstechen?»

«Klar», sagte sie. «Laß mich nur eben erst das hier fertig machen.» Sie nahm mir das Messer und die Zwiebel wieder ab. Sie war immer noch ganz, weil ich nicht gewußt hatte, was ich mit ihr machen sollte.

Als Lee und Miles zurückkamen, warf ich den Eiswürfel, den ich an mein Ohrläppchen gehalten hatte, ins Waschbecken, und wir setzten uns alle zum Abendessen.

«Gut», sagte Lee und hob sein Glas. Lee und ich tranken Wein immer aus denselben Gläsern, aus denen wir alles andere auch tranken, und es war auch nie die Sorte Wein, über die man große Worte verlieren mußte, so daß Lee mit seinem anmutig erhobenen Glas merkwürdig aussah. So merkwürdig, daß es schien, als werde der Tisch ein wenig angehoben und schwebe in dem vibrierenden Halbdunkel.

«Es ist merkwürdig, nicht wahr», sagte ich und spürte die Merkwürdigkeit wogen, «daß wir auf diese Weise unsere Körper am Leben erhalten.»

Miles hob die Augenbrauen.

«Ich meine», sagte ich und vergaß, was ich meinte, als ich bemerkte, daß Lee die Brunnenkresse aus seinem Salat herausgepickt hatte, «ich meine, daß es sonderbar ist, so hier zu sitzen, in Körperhaltern um eine Scheibe herum, und kleine Häufchen Materie auf kleinen Metallschaufeln von kleineren Scheiben in unsere Münder zu befördern. Ich finde das eine merkwürdige Art, unsere Körper am Leben zu erhalten.»

Ich sah die anderen an.

«Kommt mir auch merkwürdig vor», sagte Miles. «Normalerweise liege ich auf dem Fußboden. Mit dem Kinn in einem Trog. Lutsche Bonbons.»

«Miles», sagte Natalie und kicherte.

In dieser Nacht wollten die sauberen, sauberen Laken nicht warm werden, und so stieg ich aus dem Bett, zog Lees Jacke an, setzte mich hin und sah Lee beim Schlafen zu. Wohlig drehte er sich um, und im Mondlicht sah er so zufrieden und so gefährlich aus wie ein Löwe. Ich betrachtete ihn und wartete auf den Tagesanbruch. Dann würde er aufstehen, ich würde ihm seine Jacke wiedergeben und wir würden diesen Ort verlassen, an dem er Wein aus einem Weinglas trank und Fremde ihn so gut kannten.

Am Morgen fragten Natalie und Miles, ob wir bleiben wollten, aber Lee sagte, das ginge nicht. Wir hatten vorgehabt, im Spätsommer loszufahren, erzählte er ihnen, und wir seien spät dran.

Draußen sahen wir, daß das Licht bereits fahl und über dem Highway gebündelt war, und wir fuhren schnell dem Sonnenuntergang und dem Winter entgegen. Die meiste Zeit waren wir still, und wenn wir sprachen, dann leise, wie Cowboys im Fernsehen, die mit einem Hinterhalt rechnen.

An jenem Abend kauften wir in einem Drugstore ein Medikament, weil mein Ohr geschwollen war und ich Fieber hatte. Ich legte den Kopf zurück und sank in gleitende Träume, aus denen ich im freien Fall erwachte.

«He», sagte Lee und strich mir das Haar aus dem Gesicht. «Du schläfst. Weißt du das?» Er zog mich in seinen Schoß, und ich schmiegte mich in sein düsteres graues T-Shirt. «Also, Killer», sagte er. «Willst du hierbleiben, oder willst du mit mir nach hinten kommen?»

Am nächsten Tag war mein Fieber verschwunden, und meinem Ohr ging es besser.

Eine Zeitlang hielten wir uns noch in Gegenden auf, wo die Autobahnen dicke Knäuel bilden und sich nachts Scheinwerfer und Bremslichter strahlend ineinander verflechten. In der Dunkelheit fuhren wir dann immer von der Autobahn ab, um auf einem Parkplatz oder am Rand einer kleinen Landstraße zu übernachten. Morgens weckten uns dann, verstärkt durch unsere metallene Muschel, Hitze oder Kälte, und, in die Decken verwickelt, schliefen wir miteinander, während Tanklaster vorbeidonnerten und den Transporter erzittern ließen. Dann schauten wir aus dem Fenster, um zu sehen, wo wir waren, und fuhren weiter, um einen Imbiß zu suchen.

Wir gaben mehr Geld aus, als wir erwartet hatten, und

Lee sagte, sein Freund Carlos, der in St. Louis wohnte, könne ihm vielleicht für ein paar Tage Arbeit besorgen. Lee suchte ein paar Zettel durch und fand Carlos' Adresse, doch als wir dort ankamen, erzählte uns eine Gruppe von Leuten, die auf der Eingangstreppe standen, daß Carlos umgezogen sei. Die Gruppe sah aus wie eine Delegation aus Repräsentanten verschiedener Größen und Altersstufen der Menschheit, die darauf wartete, einem bestimmten Reisenden eine entsetzliche Mitteilung zu machen. Einer von ihnen gab uns die neue Adresse von Carlos in der Nähe von Nashville. Lee hatte Carlos nie erwähnt, darum ging ich davon aus, daß sie keine sehr engen Freunde waren; aber es schien, als hätte die Erwartung Lee Lust darauf gemacht, ihn zu sehen, denn wir ließen die Gruppe auf den Stufen stehen und fuhren gen Süden.

Lee und Carlos überschlugen sich fast vor Wiedersehensfreude.

«Wie willst du dein Geld verdienen?» fragte Carlos, nachdem wir uns im Wohnzimmer niedergelassen hatten.

«Nichts Großes», sagte Lee. «Nur ein kleiner Nebenverdienst. Ich bin derzeit clean.»

«Also, weißt du», sagte Carlos. «Warum übernimmst du nicht für ein oder zwei Wochen den Laden. Ich mußte den Kerl rausschmeißen, der ihn geführt hat, und hab mich in letzter Zeit selbst drum gekümmert, aber das wäre für mich eine Gelegenheit, mich ein paar anderen Sachen zu widmen, die ich im Auge habe.» Carlos machte für sich und Lee zwei Bier auf. «Kann ich dir was bringen?» fragte er mich und runzelte die Stirn.

«Ich hätte auch gern ein Bier», sagte ich.

«Hier», sagte er. «Warte. Ich hol dir ein Glas.»

«Fährst du noch oft zurück nach Miami?» sagte Lee.

«Zu viele Leute derzeit, falls du verstehst, was ich meine», sagte Carlos. «Außerdem habe ich weitgehend aufgehört, mich mit Sachen zu befassen, die ich nicht vor Ort regeln kann. Ich lebe eben jetzt hier, aus welchen Gründen auch immer. Und ich habe mein Geschäft. Ich weiß nicht. Das ist eine Grundlage, weißt du? Etwas, worauf man aufbauen kann.» Er wandte den Blick von Lee und seufzte.

Tagsüber, wenn Lee und Carlos weg waren, saß ich hinten und beobachtete, wie das rußige Licht von einer Seite des Hofes zur anderen wanderte. Manchmal spielte ein kleiner Junge in einem angrenzenden Hof und stieß mit einem Stock in die Grasklumpen dort, die steif waren und grau von Schmutz. Auch er selbst war grau von Schmutz und grau unter dem Schmutz. Seine Nase lief, und der blaue aufgenähte Bär vorne an seinem Overall sah erstaunt aus.

Ich fragte mich, was dieser Junge im Sinn hatte – ob sein Angriff auf das Gras eine Art selbsterdachter Vorbereitung auf ein Erwachsenenleben mit Autorität und sinnvollen Tätigkeiten war, oder ob er erwartete, immer an diesem staubigen Fleckchen zu leben, dem Tod entgegen, in Bärenoveralls von wachsender Größe. Ich gewöhnte mir an, ins Haus zu gehen und den Fernseher einzuschalten, wenn ich ihn sah.

In der Nacht, bevor wir Carlos verließen, blieben Lee und ich lange auf. Wir hatten uns nicht viel zu sagen, und nach einer Weile stellte ich fest, daß ich hungrig war.

«Was? Nach *dem* Essen, das ich gekocht habe?» sagte Lee. «In Ordnung, gehen wir irgendwo hin.»

Auch Carlos war noch auf und saß mit Kopfhörern im Wohnzimmer.

«Phantastisch», sagte er. «Hier gibt's einen Laden, der die ganze Nacht offen hat, mit sensationellen Burgern.»

«Burger», sagte Lee. «Ißt du den Mist immer noch?»

Auf dem Weg zum Restaurant bildeten Lee und Carlos mit ihren Jacken und Jeans, mit ihren Stiefeln und Gürteln eine Phalanx, und ich war stolz darauf, Hunger gehabt zu haben. Ich bestellte eine Kriegermahlzeit, und kurz darauf stellte die Kellnerin einen Teller mit spitzengeränderten Spiegeleiern, einem Berg Kartoffeln und gebuttertem Toast vor mich hin, und Lee und Carlos servierte sie riesige, wohlriechende Burger.

«Werdet ihr Kathryn besuchen?» fragte Carlos.

«Ich weiß nicht», sagte Lee. «Kommt drauf an.»

«Ich würde sie selbst gerne sehen, wenn ich so drüber nachdenke», sagte Carlos, während er einen Pommes frites-Balken auf ein Pommes frites-Haus zirkelte, das er gerade baute. «Sie war immer die Größte. Wißt ihr, es ist herrlich, euch bei sich zu haben, aber es macht mir gleichzeitig bewußt, wie sehr ich andere Leute vermisse. Vielleicht sollte ich an die Küste fahren oder so was. Oder zumindest irgendeine Romanze mit Zukunft anfangen.»

«Was ist mit Sarah?» sagte Lee.

«Sarah», sagte Carlos. «Mein Gott.» Er wandte sich mir zu. «Hat Lee dir von diesem Fräuleinwunder erzählt?»

«Nein», sagte ich.

«Na, also, hör mal, Mann», sagte Carlos kopfschüttelnd. «Wenn ich gesagt habe ‹mit Zukunft›, dann habe ich an jemanden gedacht, bei dem man keine Angst haben muß, ihm im Wohnzimmer zu begegnen.» Er schüttelte wieder den Kopf und fing an, mit dem Messer auf den Tisch zu trommeln. «Obwohl sie zweifellos eine scharfe Lady ist. Na ja, du kennst sie.»

«Wir müssen sehr früh aufstehen», sagte ich.

«Ist schon in Ordnung», sagte Lee, aber Carlos stand auf. Er sah erschöpft aus.

«Ja, tut mir leid», sagte er. «Beenden wir die Versammlung.»

Während der nächsten Tage dachte ich häufig an Carlos. Sein Gesicht war überschattet gewesen, als wir uns verabschiedeten, so daß ich mich nicht mehr daran erinnerte, und ich stellte mir vor, wie ich, wäre ich seine statt Lees Freundin gewesen, bei ihm geblieben wäre in diesem Wohnzimmer, das das Licht geradezu aufzusaugen schien, und wie ich von drinnen die Tür ins Schloß hätte fallen und den Motor des Transporters hätte starten hören.

Lee und ich fuhren ein Stück zurück Richtung Osten, um uns die Smokies anzusehen. Wir parkten den Transporter auf einem Campingplatz unter einem blutergußfarbenen Sonnenuntergang und machten uns zu Fuß auf den Weg, um etwas zu essen zu besorgen, was wir auf einem Feuer im Freien kochen konnten. Obwohl es kühl war, gab es Mücken, und der ausgefahrene Lehmweg war rutschig und schmatzte unter den Füßen, deshalb gingen wir in ein Grillrestaurant, wo unter flimmernden Neonröhren bleiche Familien einander anschrien.

Ich hatte Kopfschmerzen. «Es ist unglaublich», sagte ich, «wie schnell jeder Ort, an den man kommt, zum Zuhause wird. Wir haben gerade erst unseren Wagen auf den Campingplatz gestellt, und schon ist er unser Zuhause. Und gestern war Carlos' Haus wie ein Zuhause. Und das scheint jetzt schon wieder Jahre her zu sein.»

«Das ist das Gute am Reisen», sagte Lee. «Es erinnert einen daran, was das Leben wirklich ist. Fertig?» sagte er. «Gehen wir.»

«Gehen wir», sagte ich. «Gehen wir nach Hause.» Ich schob meinen Finger unter den Baldachin seines T-Shirt-Ärmels, was er jedoch nicht weiter zu bemerken schien.

Irgendwann kamen wir in ein Gebiet, wo Hügel in der Sonne flimmerten, von denen Lee sagte, es seien Uranerzabfälle, und wo der Mondschein den Stacheldraht imposant erscheinen ließ, der, wie Lee sagte, Testgebiete und unterirdische Raketen einzäunte. Alles war ziemlich eben, aber ich hatte das Gefühl, wir würden die Gegend vertikal statt horizontal durchqueren. Ich hatte das Gefühl, hinter Lee angeseilt zu sein und mich eine nackte Felswand hochzukämpfen, wobei der Halt meiner Füße so unsicher war, daß ich es nicht wagen konnte, irgendwo anders hinzusehen als auf die Steilwand, an die ich mich klammerte.

«Wovor hast du Angst?» sagte Lee.

Ich sagte ihm, ich wüßte es nicht.

«Denk drüber nach», sagte er. «Es gibt nichts in deinem Kopf, das nicht dir gehört.»

Ich fragte mich, ob ich umkehren sollte. Ich konnte Tom und Johanna anrufen, dachte ich, doch im selben Moment wurde mir klar, daß sie keine wirklichen Freunde von mir waren. Im Grunde kannte ich Johanna gar nicht besonders gut, und Tom und ich fanden uns, um ehrlich zu sein, sogar unsympathisch. Einmal, vor Monaten, als ich vorbeigekommen war, um mir eine Schraubzwinge zu leihen, war ich mit ihm ins Bett gegangen. Er schien es zu wollen, und ich muß wohl gedacht haben, ich würde mich in seiner Gegenwart weniger unwohl fühlen, wenn ich es täte. Das war, wie sich herausstellte, ein Irrtum. Ich fühlte mich hinterher mindestens so unwohl wie vorher, und er sagte lediglich, mein Körper sei besser, als er erwartet habe. Es dauerte lange, ehe ich kapierte, daß er in erster Linie mit Lees Freundin geschlafen haben wollte.

Als ich an jenem Nachmittag mit der Schraubzwinge, die Tom mir noch in die Hand drückte, nach Hause kam, hatte ich das Gefühl, Lee hätte den Nachmittag damit verbracht, sich mit Johanna herumzuwälzen, nicht ich mich mit Tom, und meine Brust zersprang vor Eifersucht. Ich konnte die Hände nicht von Lee lassen, was ihm auf die Nerven ging – er versuchte, irgend etwas mit einem alten

Motorrad anzustellen, das seit Ewigkeiten auf dem Hof herumstand.

«Lee», sagte ich, «fühlst du dich von Johanna angezogen?»

«Was ist denn das für eine Frage?» sagte er und suchte etwas zwischen den Teilen, die auf dem Boden ausgebreitet lagen.

«Eine fragende Frage», sagte ich.

«Jeder fühlt sich von jedem angezogen», sagte er.

Ich mich nicht. Ich fühlte mich beispielsweise nicht von Tom angezogen.

«Warum, meinst du, ist sie mit Tom zusammen?» sagte ich.

«Er ist in Ordnung», sagte Lee.

«Er ist entsetzlich, Lee», sagte ich. «Und er ist gemein. Er ist eitel.»

«Du gehst mit Leuten zu hart ins Gericht», sagte Lee. «Tom ist total verkniffen, das ist alles. Er hat Angst.»

«Es ist nichts Besonderes, Angst zu haben», sagte ich.

«Na ja, Tom kann halt nicht damit umgehen», sagte Lee. «Er fürchtet, keine Sicherheiten zu haben, auf die er zurückgreifen kann.»

«Armer Kerl», sagte ich. «Er kann auf meine zurückgreifen. Also, fühlst du dich von Johanna angezogen?»

«Hör auf», sagte Lee, stand auf und wischte sich seine Hände an einem öligen Lappen ab. «Okay? Werd nicht geschmacklos, bitte.» Dann war er hineingegangen, ohne mich anzusehen.

Jetzt war zu Hause immer dort, wo Lee und ich gerade waren, und ich mußte meine Angst unterdrücken, indem ich dem Augenblick entgegenkletterte, da Lee mich auf ebenen Boden hinaufziehen würde und wir unsere Seile abstreifen und uns umsehen würden, um das Terrain zu sondieren, auf dem wir uns befanden.

Wir hatten Probleme mit dem Transporter und beschlossen, unsere Reise zu unterbrechen, weil Lee jemanden in der Nähe von Denver kannte, bei dem wir wohnen konnten, während er den Wagen reparierte. Wir hielten vor einem kleinen Apartmenthaus und drückten auf eine Klingel, neben der Dr. Peel Prayerwheel stand.

«Wie ist sein richtiger Name?» fragte ich Lee.

«Das ist sein richtiger Name», sagte Lee.

Peel hatte eine nervöse Stimme, die in einem sanften Strom aus seinem mächtigen Körper plätscherte. Er hatte, abgesehen von einer kahlen Stelle oben auf dem Kopf, langes Haar. Sorgfältig schattierte Tätowierungen bedeckten seine Arme, seinen Hals und wahrscheinlich alles unter seinem T-Shirt.

Wir standen mitten in der Küche. «Wir lassen eure Sachen in dem anderen Zimmer», sagte Peel, «und ich stelle mir hier ein Feldbett auf. Das ist das beste, das ist das beste.»

«Wir wollen dir keine Unannehmlichkeiten machen, Peel», sagte Lee.

«Nein, nein», sagte er. «Ich freue mich riesig, dich und deine Liebste in meinen vier Wänden zu beherbergen. Bin schließlich oft genug zu dir gekommen. Als ich im Krankenhaus war. Alles, was ich für dich tun kann. Das meine ich ernst. Das weißt du, Kumpel.»

«Er hat mich bei sich aufgenommen», sagte Peel und wandte sich zu mir. «Er war wie eine Familie.» Peel blieb stehen, wo er stand, und blinzelte zu Boden, aber er konnte sich anscheinend nicht entschließen, was er noch sagen wollte.

Während Lee in der Stadt nach Ersatzteilen suchte oder an dem Transporter arbeitete, saßen Peel und ich meist am Küchentisch und tranken riesige Mengen Tee.

«Vielleicht möchtest du ein Bier», sagte er eines Nachmittags.

«Klar», sagte ich.

«Kommt sofort. Kommt sofort», sagte er und zog sich die Jacke über.

«Oh, nicht, wenn wir dafür aus dem Haus müssen», sagte ich.

«Bestimmt nicht?» sagte er. «Wirklich? Wir können gehen, wenn du willst.»

«Nicht, wenn du keins willst», sagte ich.

«Nein, nein», sagte er. «Trinke nie Alkohol. Unkontrollierbare Substanz. Springt direkt aus der Flasche, schwups! ... Na ja, war nicht wirklich schlimm, nur eine peinliche Situation...» Dann lief er aus irgendeinem Grund dunkelrot an.

Wenn Lee nach Hause kam, öffneten Peel und ich Suppendosen und Tüten mit Salzcrackern. «Hab wie ein Irrer gekocht», sagte Peel. «Aber das habe ich inzwischen hinter mir. Hinter mir.»

Eines Morgens, als wir aufstanden, stand Peel mitten in der Küche.

«Morgen, Peel», sagte ich.

«Morgen», sagte er. «Morgen.» Er stand da und sah zu Boden.

«Möchtest du einen Tee?» sagte ich.

«Nein, danke», sagte er. Dann sah er Lee an.

«Hör mal, Kumpel», sagte er. «Hab heute morgen von meiner Mutter 'nen Scheck gekriegt.»

«War das gut oder schlecht?» fragte ich Lee später. Lee zuckte die Achseln. «Wovon lebt er normalerweise?» sagte ich.

«Invalidenrente», sagte Lee. «Er war bei der Army.»

Nachts fühlte ich mich so einsam, daß ich Lee aufweckte, aber als wir miteinander schliefen, dachte ich die ganze Zeit an Peel, wie er in der Küche stand und zu Boden sah.

Eines Morgens, während Lee zum Tanken fuhr, trank ich eine letzte Tasse Tee mit Peel.

«Danke, Peel», sagte ich. «Du warst sehr nett.»

«Nicht wirklich», sagte Peel. «Das kann man nicht behaupten. Ich hatte ein paar Probleme, mußt du wissen, und dein Typ hat sich um mich gekümmert. Er und Annie, die beiden haben mich aufgenommen. Er ist ein prima Kerl. Und er kann froh sein, daß er dich hat. So was sehe ich, kleiner Kumpel. Er hat viel Glück, was das angeht.»

Ich streckte die Hand aus und berührte eine von Peels Tätowierungen, ein nacktes Mädchen mit Teufelshörnern und riesigen Engelsflügeln.

«Das ist meine Lady», sagte Peel. «Gefällt sie dir? Das ist die Lady, die auf meinen Arm fliegt.»

Ein oder zwei Tage darauf hielten Lee und ich irgendwo an und setzten uns nach hinten und aßen Sandwiches. Dann studierte Lee die Karten, während ich mich mit seinem Rückgrat beschäftigte, wobei ich meine Lippen so formte, daß sie sich über jeden einzelnen Wirbel stülpen ließen.

«Hör auf damit», sagte Lee. «Es sei denn, du willst ein oder zwei Stunden verlieren.»

«Macht mir nichts aus», sagte ich.

«Oh, Mensch», sagte Lee. «Wir sind ganz in der Nähe von Cedar City.»

Ich sah Lee über die Schulter. «He, Las Vegas», sagte ich. «Ich hatte eine Freundin in der Schule, die nach ihrer Hochzeit dorthin gezogen ist.»

«Willst du sie besuchen?» sagte Lee.

«Eigentlich nicht», sagte ich.

«Es ist nicht allzuweit», sagte er. «Und eine Dusche und ein paar Quadratmeter Wohnraum können wir immer gebrauchen.»

«Nein», sagte ich.

«Warum nicht?» sagte Lee. «Wenn sie deine Freundin war.»

Ich sagte nichts.

Lee seufzte. «Was ist los?» Er drehte sich um und legte die Arme um mich. «Erzähl.»

«Wir werden nie allein sein», sagte ich in sein T-Shirt.

«Wir sind jetzt allein», sagte Lee.

«Nein», sagte ich. «Wir sind ständig unterwegs zu irgendwelchen Freunden von dir, bei denen wir wohnen.»

«Das ist doch nur eine Übergangszeit», sagte Lee. «Bis wir einen Platz finden, wo wir beide bleiben wollen. Außerdem, sie ist nicht *meine* Freundin – sie ist *deine* Freundin.»

«Früher mal», sagte ich. Dann sagte ich: «Außerdem, wenn wir bei ihr wohnten, würde sie deine Freundin werden.»

«Klar», sagte Lee. «Meine Freundin und deine Freundin. Die Leute, bei denen wir bisher waren, sind jetzt auch deine Freunde.»

«Nein», sagte ich und ließ langsam Tränen in sein T-Shirt sickern.

«Na ja, sie wären es, wenn du sie als Freunde akzeptieren würdest», sagte Lee. Seine Stimme war angespannt vor lauter Mühe, nicht die Geduld zu verlieren. «Du bist diejenige, die sie nicht an sich ranläßt.»

«Jemand wird nicht ein Freund, nur weil er zufällig neben einem steht», sagte ich.

Lee ließ mich los. Er seufzte, lehnte den Kopf zurück und legte die Hände über die Augen.

«Es tut mir leid, daß du so unglücklich bist», sagte er.

«Es tut mir leid, daß ich Probleme mache», sagte ich.

«Du machst keine Probleme», sagte er.

«Na, dann wird es aber höchste Zeit», sagte ich. «Du

interessierst dich so wenig für mich, daß ich dir nicht mal Probleme mache.»

«Weißt du», sagte Lee, «manchmal hab ich das Gefühl, ich interessiere mich mehr für dich als du dich für mich.»

«Klar doch», sagte ich. «Wenn sich für jemanden interessieren heißt, daß man nichts von ihm will. Übrigens, weißt du was?» sagte ich, hatte aber selbst keine Ahnung, was ich als nächstes sagen wollte, und so war es halt irgend etwas, das mit einem Schwall von Schluchzern, denen ich freien Lauf ließ, aus mir herausbrach. «Wir haben all deine Freunde besucht, weil du nicht mit mir zusammensein willst, und du willst sogar, daß Leute, die ich kenne, dir dabei behilflich sind, nicht mit mir zusammenzusein, aber meine Eltern, die nicht einmal eine Tagesfahrt von hier entfernt wohnen, die rufen wir noch nicht mal an, weil ich mich dann als ein reales Wesen entpuppen könnte, und dann müßtest du dir überlegen, was du mit mir anfängst, statt darauf zu warten, daß ich mich in nichts auflöse, weil du mich über hast, während wir weiterhin von einem deiner Freunde zum nächsten fahren und andere Leute zu deinen Freunden machen, und dann werden sie dir alle dabei helfen, dir auszudenken, wie du mich verlassen kannst, damit du zurück kannst zu Annie, wer immer die ist, oder du zermalmst mich zu irgendeiner Paste, wie du es, wenn ich es mir recht überlege, wahrscheinlich auch schon mit Annie gemacht hast.»

«Oh, mein Gott», sagte Lee. «Was ist denn jetzt los?»

Ich legte den Kopf auf seinen Arm und heulte laut und naß.

«Ist gut», sagte Lee und schlang wieder die Arme um mich. «Okay.»

«Komm», sagte er nach einer Weile. «Wir suchen ein Telefon und rufen deine Eltern an.»

Ich blinzelte noch immer die Tränen weg, als wir auf

einen riesigen Parkplatz fuhren, an dessen Horizont ein ebenfalls riesiger Supermarkt stand, der keine sichtbare Stadt versorgte. Es war Abend geworden, und der Supermarkt und die kleineren Läden, die an ihm dranhingen, waren geschlossen, obwohl überall drinnen noch Licht brannte.

«Da», sagte Lee. «Da ist ein Telefon, ganz dahinten.» Er griff nach dem Schalthebel, aber ich sprang hinaus.

«Ich gehe zu Fuß», sagte ich.

Rundherum war ein niedriger Ring von Bergen, die sich dunkel vom grünlichen Himmel abhoben, und die Nacht füllte allmählich die Senke, in der wir uns befanden. Die gläserne Telefonzelle, so einsam auf dem Parkplatz, sah aus wie ein winziges, primitives Raumschiff.

Ich sprach selten mit meinen Eltern, und das Wohnmobil, in dem sie nun schon seit Jahren wohnten, hatte ich noch nie gesehen. Es ist völlig unmöglich, dachte ich, daß ich nur die Wählscheibe dieses Telefons drehen muß, um mit ihnen zu sprechen. Warum sollten die Menschen, die meine Eltern sind, am anderen Ende dieser Leitung wohnen?

Als ich mich in der Telefonzelle hinsetzte und die Tür schloß, ging ein Licht an. Wenn ich den Hörer abnahm, würde er vielleicht Anweisungen von sich geben. Wie überrascht Lee wäre, wenn er sähe, daß die kleine Glaskiste anfinge zu beben und dann vom Boden abhöbe und im Bogen über die Berge davonflöge. Ich nahm den Hörer auf, womit ich lediglich das Freizeichen auslöste, und wählte die Nummer meiner Eltern.

Meine Mutter sei zum Kartenspielen, erzählte mir mein Vater.

«Warum bist du nicht mitgegangen?» sagte ich. «Ich dachte, du spielst auch gerne.»

«Da dachtest du falsch», sagte mein Vater. «Und überhaupt», sagte er, «kann ich den Abschaum nicht ausstehen, den sie hier aufgerissen hat.»

«Na ja», sagte ich, «du hast doch bestimmt auch deine eigenen Freunde gefunden.»

«Freunde», sagte mein Vater. «Die armen Schweine haben es mit Hängen und Würgen bis zu einem Trailerpark geschafft, aber man könnte meinen, sie hausten in Rolls-Royces.»

«Na ja», sagte ich.

«Und neugierig sind sie auch», sagte mein Vater. «Diese Leute sind so neugierig, das ist schon nicht mehr komisch.»

«Tut mir leid, das zu hören», sagte ich.

«Mir macht das nichts aus», sagte mein Vater. «Ich geh sowieso nicht weg. Meinem Bein geht es zu schlecht.»

Mir wurde flau im Magen.

«Was von Mike und Philly gehört?» sagte ich.

«Ja – Philly kommt ganz gut klar, wie mir scheint», sagte mein Vater. «Ganz gut. Hab gerade vor ein paar Wochen mit ihm gesprochen. Er scheint irgend so 'nen Club zu managen.»

«Wahrscheinlich einen Puff», sagte ich, aber nicht ins Telefon.

«Was?» sagte mein Vater.

Ich sagte nichts.

«Was?» sagte er wieder.

«Das ist prima», sagte ich. «Und was ist mit Mike?»

«Mike», sagte mein Vater. «Er hat sich wieder von Sharon getrennt. Dieser Clown. Sharon hat angerufen und gefragt, ob wir die Kinder eine Zeitlang nehmen. Natürlich hätten wir das gemacht, wenn es gegangen wäre. Ich glaube sowieso, daß sie für die Kinder nicht das beste ist.»

Ein Greyhound-Bus war auf den Parkplatz gerollt, und ein Mann mit einem kleinen Koffer in der Hand kletterte heraus. Ich fragte mich, wohin er gehen könnte. Er ging hinein in die Dunkelheit, und dann war auch der Bus in der Dunkelheit verschwunden.

«Was ist mit dir?» sagte mein Vater. «Was hast du für Pläne? Hast du immer noch diesen Freund?»

«Ja», sagte ich. Ich sah hinüber zum Transporter. Er sah winzig aus vor dem riesigen Fenster des Supermarktes, der seinerseits vor der Bergkette am Horizont winzig aussah. «Wir haben übrigens überlegt», sagte ich, «euch zu besuchen.»

«Mein Gott», sagte mein Vater. «Erzähl mir nicht, dieser Typ will dich heiraten. He», sagte er argwöhnisch, «von wo rufst du an?»

Es war fast völlig dunkel, und in den Bergen verstreut sah man einzelne kalte Lichter. Da oben, dachte ich, wohnten vielleicht Menschen in kleinen ranchartigen Häusern, wo auf kargen Rasenflecken Dreiräder mit den Rädern in der Luft und kaputte Spielsachen lagen wie Waffen auf einem verlassenen Schlachtfeld.

«Ich habe gefragt, von wo du anrufst?» fragte mein Vater wieder.

«Von zu Hause», sagte ich. «Aber ich muß jetzt aufhören.»

Sobald ich aufgehängt hatte, begann das Telefon zu klingeln. Das mußte die Vermittlung sein, die mehr Geld haben wollte. Es klingelte immer noch, als ich in den Transporter kletterte, aber dort konnte ich es kaum hören.

Lee und ich saßen eine Weile nebeneinander. «Es ist friedlich hier», sagte ich.

«Ja», sagte Lee.

«Es war niemand zu Hause», sagte ich.

«Gut», sagte Lee – es gab verschiedene Gründe dafür, daß er so tat, als glaube er mir, dachte ich –, «fahren wir weiter.»

In dieser Nacht entschuldigte ich mich.

«Ist schon gut», sagte Lee.

«Nein», sagte ich. «Und ich mag deine Freunde, wirklich. Es hat mir Spaß gemacht, bei ihnen zu wohnen.»

«Es wird nicht mehr vorkommen», sagte Lee.

«Wir können nicht im Motel wohnen», sagte ich. «Und es ist schön, ab und zu aus dem Transporter rauszukommen.»

Lee sagte nichts.

«Außerdem», sagte ich, «wissen wir gar nicht, wohin wir wollen.»

Ich fragte mich, ob Lee eingeschlafen war. «Was ist mit deiner Freundin Kathryn –» sagte ich leise, für den Fall, daß er tatsächlich schlief – «die, von der Carlos gesprochen hat? Hast du Lust, sie zu besuchen?»

«Na ja», sagte Lee schließlich, «sie wohnt nicht allzuweit von hier.»

Kaum daß wir vor Kathryns Haus aus dem Transporter geklettert waren, kam ein Mädchen aus der Tür gerannt und flog Lee in die Arme. Sie lachten und küßten sich und lachten wieder.

«Maggie», sagte Lee, «was machst du denn hier?»

«Tja, Lee», sagte sie, «Buzzys Partner ist aufgeflogen, und darum bin ich eine Zeitlang hier, für den Fall, daß irgendjemand nach irgendjemandem sucht.»

«Ja?» sagte Lee. «Ist Buzzy hier?»

«Er ist oben in Portland», sagte sie. «Er meinte, es sei besser, wenn wir in verschiedene Richtungen verschwänden, bis sich die Sache ein bißchen beruhigt hat. Ich denke, er hat da oben eine Kleine.»

Lee sah sie an und schüttelte den Kopf.

«Keine Sorge, Baby», sagte sie. «Ich werde gewinnen, das weißt du. Ich gewinne immer.» Lee lachte wieder.

Drinnen streckte Kathryn ihre Hände aus, und Lee

nahm sie. Dann sah sie mich an. «Dir ist kalt», sagte sie. «Bleib am Kamin, ich hol dir was zum Überziehen.»

«Ist schon gut», sagte ich. «Außerdem habe ich Sachen im Wagen.» Aber sie nahm eine riesige weiche Wolldecke von der Rückenlehne des Sofas und wickelte sie langsam um mich.

«Du siehst aus wie eine Prinzessin», sagte Maggie. «Stimmt's? Sieh mal, Lee – sie sieht aus wie eine Prinzessin, die unter einem – wie gehen noch diese Geschichten? – unter einem bösen Zauber steht.» Kathryn machte einen Schritt zurück und schaute mich an.

Wir tranken heißen Apfelschnaps mit Zimt aus großen Gläsern, und das Licht des Feuers besprenkelte uns mit Schatten. Kathryn, Maggie und Lee redeten, und ihre Worte zerstreuten und wandelten sich im Rhythmus des Feuers.

In meinem Körper breitete sich Benommenheit aus, und mein Kopf versuchte zu begreifen, was meine Ohren hörten. Maggie hatte das Zimmer verlassen – das bekam ich mit –, und Lee und Kathryn redeten über Carlos.

«Ich vermisse ihn. Weißt du das, Lee?» sagte Kathryn. «Ich denke an viele Leute, aber Carlos vermisse ich.»

«Du solltest ihn anrufen», versuchte ich zu sagen, aber meine schläfrige Stimme brachte es nicht fertig.

«Na ja», sagte Lee.

«Warte», wollte ich meine Stimme sagen lassen. Ich wußte, daß ich nicht mehr lange würde zuhören können. «Er hat von dir gesprochen ...»

«Ich weiß nicht», sagte Lee. «Ich habe festgestellt, daß er mir irgendwie leid tut. Es war ziemlich schrecklich. Ich hab mich gehaßt für dieses Gefühl, aber er scheint einfach nicht erwachsener geworden zu sein. Er wird einfach nicht erwachsen, und die Sache ist die, er hat die Nerven verloren.»

«Kathryn», wollte ich sagen und konnte nicht und konnte nicht, «Carlos will dich sehen.»

Hilflos tauchte ich in den Schlaf, und es muß eine Weile gedauert haben, bis ich mich wieder an die Oberfläche gekämpft hatte, denn als ich endlich wieder da war, sagte Lee gerade: «Ja, das ist sie. Sie ist sehr nett. Im Augenblick haben wir allerdings ein paar Probleme. Und ich weiß nicht, ob ich ihr noch weiterhelfen kann.»

Ich hörte das, als triebe eine große Kugel neben mir, knapp außerhalb meiner Reichweite. Ich versuchte, sie festzuhalten, sie in diese oder jene Richtung zu dirigieren, aber sie dümpelte auf der Oberfläche davon, während ich wieder untertauchte.

Ich wachte in die Wolldecke verwickelt und schwitzend in einem Bett in einem anderen Zimmer auf und konnte Lees und Kathryns Stimmen als Gemurmel hören. Ich warf die Decke von mir und streifte meine Kleider ab, und schon verschlang der Schlaf mich wieder.

Am Morgen erwachte ich erschöpft und verklebt von nicht vergossenen Tränen. Ich wickelte mich in die Decke und folgte den Stimmen und dem Kaffeeduft in die Küche, wo Maggie, Kathryn und Lee Pfannkuchen aßen.

«Das ist eine sensationelle Wolldecke», sagte Maggie. «Heute morgen siehst du darin aus wie Aschenputtel.»

Ich ließ die Decke fallen. «Jetzt sehe ich damit aus wie Lady Godiva», sagte ich, ohne zu lächeln. Kathryns Lachen blitzte in dem Raum auf wie Diamanten.

Als ich wieder in die Küche kam, waren die anderen bereits bei der zweiten Runde. «O Gott», sagte Maggie. «Erinnerst du dich noch an die Apfelpfannkuchen, die du immer gemacht hast, Lee? Das waren die besten.»

«Die hab ich lange nicht mehr gemacht», sagte Lee. «Vielleicht mach ich sie an einem der nächsten Tage zum Frühstück.»

«Wenn wir länger bleiben, möchte ich gerne ein paar Sachen in der Stadt besorgen», sagte ich und stand wieder auf.

«Immer mit der Ruhe», sagte Lee. «Wir fahren später rein.»

Kathryn und Maggie gaben uns eine Liste mit Sachen, die sie brauchten, und wir machten uns auf den Weg.

«Kathryn ist sehr schön», sagte ich. «Maggie auch.»

«Ja», sagte Lee.

«Kathryn und du, ihr scheint enge Freunde zu sein», sagte ich.

«Wir sind alte Freunde», sagte Lee. «Die Gefühle gegenüber alten Freunden ändern sich nie.»

«Wie bei Carlos», sagte ich. «Sag mal, warum macht Maggies Freund ihr solchen Ärger?»

«Er ist ein Arschloch», sagte Lee.

«Kathryn hat keinen Freund», sagte ich.

«Nein», sagte Lee.

«Sie muß sich einsam fühlen da oben», sagte ich.

«Ich glaube nicht», sagte Lee. «Außerdem kommen oft Leute zu ihr.»

«Ja», sagte ich.

«Wie Maggie», sagte er. «Leute, die was brauchen.»

Wir stellten den Wagen auf den Parkplatz vor dem Einkaufszentrum und gingen in den Supermarkt, den Eisenwarenladen und den Drugstore, und Lee kletterte zurück in den Wagen.

«Du kannst schon vorfahren», sagte ich. «Ich muß noch was erledigen.»

«Das ist ein weiter Weg, zurück zu Fuß», sagte Lee.

«Ich weiß», sagte ich.

«Du bist sicher, daß du den Weg weißt?» sagte er.

«Ja», sagte ich.

«Es ist kalt», sagte er.

«Ich weiß», sagte ich.

«In Ordnung», sagte er, «wenn du es so willst.»

Ich fühlte mich wesentlich besser. Ich fühlte mich ziemlich gut. Ich schaute mich auf dem Parkplatz um und sah Leute, die die Arme mit Paketen voll hatten oder Kinder an der Hand hielten. Ich sah zu, wie der Transporter hinausglitt auf die Straße und wie er in der Kurve der kommenden Tage beschleunigte. Bald, das wußte ich, würde Lee bei Kathryns Haus vorfahren; bald würde er durch die Tür treten, und sie würde sich umwenden; und bald – nicht an diesem Nachmittag natürlich, aber schon recht bald – würde ich wieder auf diesem Parkplatz stehen, eine Fahrkarte in der Hand, und darauf warten, in den Bus steigen zu können, der so überraschend vor mir auftauchen würde, als käme er aus dem Nichts.

Tage

Ich hatte nie gewußt, wie ich eigentlich bin, bis ich das Rauchen aufgab, wofür ich zu jenem Zeitpunkt teuer zu bezahlen hatte. Als sich der Nebel über der verkohlten Landschaft verzogen hatte, entpuppte sich die Person, die ich immer zu sein geglaubt hatte, als ein instabiles Gewichts- und Gleichgewichtsgefüge, das bei der Berührung mit Sauerstoff rasch Zerfallserscheinungen zeigte.

Die ersten beiden Wochen Ich liege auf dem Boden und heule vor Schmerz. Eine Freundin erzählt mir: «In der dritten Woche wirst du glauben, du seist verrückt, und du wirst denken: So, nun bin ich verrückt. Was macht es da für einen Unterschied, ob ich rauche oder nicht? Das ist ein Trick, damit du wieder rauchen kannst.»

Die dritte Woche Ich bin verrückt, aber ich habe mich entschlossen, es durchzustehen.

Heute stoße ich mit jemandem zusammen, der über die Straße geht. Ich fange an, mich zu entschuldigen, doch als der Betroffene mich in einem unnötig vorwurfsvollen Ton ermahnt, gefälligst aufzupassen, wohin ich gehe, packe ich ihn am Revers. Einen Augenblick lang sehen wir einander an. Dann entlasse ich ihn in den Strom der Fußgänger und gehe, steif vor Angst, weiter.

Ich habe zwanzig Pfund zugenommen. Ich vergieße freigebig Tränen für die Opfer von Tragödien, denen ich in Unterführungen, in Restaurants und auf der Straße begegne, aber die Opfer sehen mich nur irritiert an und entfernen sich. Ich stelle fest, daß ich wohldurchdachte Meinungen zu Sachen habe, die mir bislang keinen Gedanken wert waren, und es unabdingbar ist, daß jeder in Hörweite genau versteht, was ich meine und warum ich im einzelnen gerade das meine.

Alles macht mich wütend, sofern es mich nicht traurig macht. Ich kann nicht abschätzen, wie lange etwas dauert.

FRÜHLING Die von Rauch freie Luft bildet eine flache, schmirgelpapierartige Oberfläche, auf der ich mich voranarbeiten muß, aber ich bin Opfer schriller Haßanfälle, die mich während des Abendessens oder in den frühen Morgenstunden aus dem Haus treiben oder, wenn ich unfähig bin, mich zu rühren, in schwache, rasende Tränenausbrüche. Zwar bin ich fordernd und unersättlich, aber alles, was ich haben will, ist bis zu dem Zeitpunkt, da ich es bekomme, bar jeglichen Geschmacks, jeglicher Farbe, jeglicher Wärme, wie verpacktes Mittagessen in einer Betriebskantine. Wenn ich morgens aufwache, schmerzt mein Kiefer.

FREUNDE Meine Beziehungen zu Menschen sind chaotisch und unzuverlässig. Ich kann nicht sagen, ob ich mich sonderbar benehme oder nicht. Manchmal spüre ich, daß Leute mein Benehmen sonderbar finden, aber sie sagen es nicht, und das macht mich wütend, wenn ich finde, daß sie recht haben. Noch wütender werde ich allerdings, wenn ich finde, daß sie unrecht haben.

Manchmal explodiere ich in Gegenwart eines überraschten Bekannten. Ich habe Angst, irgend jemanden endgültig zu verprellen, aber diese Vorfälle ereignen sich so plötzlich, daß niemand zu begreifen scheint, was eigentlich geschehen ist. Es bleibt lediglich das Gefühl einer geringfügigen Unterbrechung der Kontinuität, als erlebte eine Versammlung von Menschen den Besuch eines außerirdischen Wesens, der posthypnotisch aus dem Bewußtsein gelöscht würde.

Sommer Ich war immer unfähig, bestimmte Dinge zu tun, aber jetzt kann ich mich nicht mehr prinzipiell darauf verlassen. Entsetzlicherweise ist es jetzt nur noch möglich herauszufinden, wozu ich nicht fähig bin, indem ich mich bei meinen Handlungen beobachte. Wenn ich anfange zu zittern oder zu schwitzen, ist das, was ich gerade tue, etwas, was ich üblicherweise nicht tue. Ich habe das Gefühl, ein Zoologe zu sein, der versucht, die natürliche Umwelt eines unbekannten Tieres zu erforschen, das er in einer Tierhandlung entdeckt hat. Ich wünschte, jemand anders hätte diese Aufgabe, aber die biologische Struktur unseres Planeten verlangt eine relativ strikte Eins-zu-eins-Beziehung zwischen jeder physischen Entität und dem Bewußtsein, mit dem diese sich zusammenzufügen gewöhnt ist, und es scheint, als säße ich fest. Ich werde einfach weiter verschiedene Dinge ausprobieren müssen, unabhängig von jeglichen Prinzipien.

Ich mache Ferien Ich fahre für mehrere Wochen mit vielen Leuten in ein riesiges Haus, wo ich nicht in der Lage zu sein scheine, nach draußen in die Sonne zu gehen. Statt dessen liege ich in meinem dunklen, kühlen Zimmer im Bett und trinke ein Glas Wodka nach dem anderen. Hin und wieder zerschlage ich eine geleerte Flasche an der Wand oder auf dem Boden.

Gelegentlich habe ich das Gefühl, etwas sagen zu müssen. «Also, ich weiß nicht», sage ich, wenn ich jemandem in der Küche begegne, wo ich spät in der Nacht stundenlang sitze, vor mich hin starre und weine. «Ich fühle mich in letzter Zeit ein bißchen komisch.» Damit scheint der Fall erledigt.

Eines Tages nimmt mich jemand mit zum Schwimmen – was zu den Dingen gehört, die ich freiwillig nicht mehr getan habe, solange ich zurückdenken kann – in dem warmen, nierenförmigen Pool eines benachbarten Hotels, wo es vor Neonlicht summt.

Man hat mir mal erzählt, daß Katatoniker offenbar gerne schwimmen, und ich begreife warum. Das Wasser registriert ihre Anwesenheit und gibt ihren Bewegungsimpulsen eine Bedeutung, und zugleich geht vom Wasser, anders als von der Luft, nicht die Drohung plötzlicher, vernichtender Verletzungen aus, die man zugefügt bekommt oder sich zuzieht.

Vielleicht würde es mir gefallen, wieder schwimmen zu gehen, sofern ich in der Stadt etwas finde, wo ich es tun kann.

Kathy erzählt mir, daß sie im YMCA schwimmen geht, und sie betont, es gäbe keinen Grund, warum nicht auch ich es versuchen sollte. Sie ist ein extrem vernünftiger Mensch. Wenn sie keine Gründe sieht, die dagegensprechen, es zu versuchen, muß ich die ganze Angelegenheit wahrscheinlich nicht selbst durchdenken, um zu prüfen, ob ich welche sehe. Nächsten Dienstag will sie mich als ihren Gast mitnehmen.

Ich stelle fest, daß zwischen dem Öffnen meiner Augen und dem Moment, da ich mein letztes Kleidungsstück überziehe, häufig drei oder vier Stunden vergehen. Manchmal bin ich auf dem Weg aus der Tür, wenn etwas geschieht – das Telefon klingelt oder mein Blick fällt auf das Geschirr in der Spüle, oder mir fällt ein, daß ich eine Ladung Wäsche zusammensuchen muß, oder ich erhasche einen niederschmetternden Anblick meiner selbst im Spiegel, oder mir wird klar, daß ich Besorgungen in entgegengesetzten Richtungen erledigen muß und daß keine von ihnen wichtig genug ist, um Vorrang vor den anderen zu haben, oder wichtig genug, um überhaupt erledigt zu werden, wenn man es sich genau überlegt, und daß ich nicht genug Geld habe, um alle zu erledigen, oder überhaupt welche von ihnen, und das werde ich vielleicht auch nie, und selbst wenn, was soll's – und da sitze ich für den Rest des Tages.

Ziemlich oft fragen mich Leute, was ich mit meiner Zeit anfange. Ich weiß nicht, was ich ihnen antworten soll. Ich weiß im Grunde gar nicht, worauf sie hinauswollen. Und ich weiß wirklich nicht, warum sie mir das Gefühl geben wollen, das sie mir offensichtlich geben, wenn sie mich danach fragen.

Mittwoch Kathy hat mich gestern mit ins Y zum Schwimmen genommen.

Im Y Im Y gibt es einfach alles. Drinnen sind Stockwerke über Stockwerke über Stockwerke, alle eingerichtet für verschiedene Formen, sich die Zeit zu vertreiben. Allein im dritten Stock befinden sich neben dem Umkleideraum für Frauen und den Duschen und der Sauna und dem Kleidertrockner und dem Fernsehzimmer ein Gemeinschaftsraum, die Mini-Turnhalle und der Raum für Kampfsportarten.

Das Dach Oben auf dem Y gibt es ein Dach mit Plastikstühlen in leuchtenden Farben. Sie sind geformt wie lange, schmale Hände, die die Leute sanft unter die Sonne halten.

Die Bahn Im achten Stock gibt es eine Laufbahn – ein schmales Band am äußeren Rand eines Raumes, auf dem Leute in Turnschuhen langsam ihre Runden drehen, begleitet von Musik, die klingt, als käme sie aus einem Aufziehspielzeug.

Das Basketballfeld In der Mitte der Bahn ist nichts – nur ein riesiges Loch, eingefaßt von einem Geländer, und darunter liegt der siebte Stock mit dem Basketballfeld. Vom Rande der Bahn beobachten Kathy und ich die Leute, die auf dem Feld unter uns in langen Reihen schlaff wirkende Gymnastikübungen machen.

Der Pool Der winzige, kalte Pool ist auf einem vollkommen anderen Stockwerk, das in erster Linie etwas mit Männern zu tun zu haben scheint. Zum Pool gehören eigene Duschen und außerdem ein Mann, der in einem kleinen Glaskasten sitzt. Der Pool kommt mir unerträglich kalt vor, aber Kathy überzeugt mich, daß man die Temperatur erst nach einer halben Bahn beurteilen darf.

Kathy Ich frage Kathy, wie sie es schafft, sich zu merken, wo was ist. Sie sagt: «Na ja, irgend jemand hat mal meine Mutter gefragt, wie sie es schafft, sich all unsere Namen zu merken, und ich meine, das gehörte wirklich nicht zu den Problemen, die sie mit uns hatte.»

Aber wenn der Fahrstuhl vor uns hält, weiß Kathy auch, ob er nach oben oder nach unten fährt.

Der Umkleideraum Das beste ist, finde ich, der Umkleideraum. Am Eingang sitzt Bess, die in einem Lächeln erstrahlt, wenn sie Kathy sieht. Durch den Maschendraht vor den Fenstern strömt staubiges Sonnenlicht auf sie herab.

Im Umkleideraum selbst ist alles sehr ruhig, und die Schränke sind in langen Reihen angeordnet, wie ein Maisfeld, so daß man nicht mitten in einem nackten Raum stehen muß, fett wie man ist. Es gibt große Schränke, die man benutzt, solange man im Haus ist, und kleine Schränke, nicht groß genug für richtige Kleider, die man benutzt, wenn man nicht da ist. Das soll Platz sparen (und das tut es auch; ich habe es ausgerechnet).

Einige Frauen kämmen sich neben den Trocknern an der Wand die Haare, und andere unterhalten sich leise bei ihren Schränken. Irgendwo sagt eine Stimme:

«Na ja, das Problem bei der Anästhesie ist, daß alle schlafen, mit denen man zu tun hat.»

Die Sauna Die Sauna ist wie eine kleine Hütte in den Tropen.

Montag Kathy ruft an und fragt, ob ich morgen mit ins Y kommen möchte. Ich möchte, und vielleicht wird es mir auch gelingen, vor allem, weil sie will, daß wir uns dort treffen. Also kann ich sie nicht in letzter Minute anrufen und absagen.

Rauchen Früher habe ich mich nie geärgert. Das heißt, ich fing an, mich zu ärgern, aber in dem Moment, wo ich den Mund öffnete, um meine Gefühle zu äußern, wurde eine Zigarette hineingeschoben, und statt eine Flut von Wörtern hervorzustoßen, sog ich eine Flut von Rauch in mich hinein. Dann erst atmete ich aus und hüllte alles um mich herum in einen samtigen Nebel. Wie ich mich danach sehne, das wieder zu tun!

Dienstag Wir schaffen es, uns heute wie geplant im Y zu treffen.

In der Eingangshalle beschließen wir zu schwimmen, in die Sauna zu gehen und Gymnastik zu machen. Dieses Programm beinhaltet viel Duschen und viel Umziehen, und als wir versuchen, die sinnvollste Vorgehensweise festzulegen, fühle ich mich hilflos und unterlegen. Kathy schlägt vor, daß wir alles so machen, wie es gerade kommt, und ich fühle mich viel besser.

Wir hängen unsere Jeans und T-Shirts an Haken in den großen Schrank. Wir stellen unsere Schuhe auf den Boden und legen Seife, Shampoo und unsere Geldbeutel in eine Reihe nebeneinander auf das oberste Bord. Der Umkleideschrank ist wie eine kleine Wohnung, und wir richten ihn hübsch ein. Unsere Unterwäsche haben wir beide mehr oder weniger in die Jeans gestopft, aber noch ist alles in einem kontrollierbaren Stadium. Während man sich auszieht und anzieht, während man die Sachen, die man mitgebracht hat, in den großen Umkleideschrank legt oder selbst anzieht, und während man die Sachen, die in dem kleinen Umkleideschrank waren, in den großen Umkleideschrank legt oder selbst anzieht, muß man sich sehr konzentrieren, um genau zu erinnern, wo jedes einzelne Teil hingehört. Aber als wir schließlich soweit sind, daß wir nach oben zum Pool gehen können, habe ich das Gefühl eines soliden Fundaments, auf das ich aufbauen kann.

Oben scheinen die Schwimmer, ohne uns bewußt wahrzunehmen, auf ihren Bahnen ein wenig enger zusammenzurücken, und wir steigen hinein. Ich schwimme hin und zurück, zweimal in Seitenlage, zweimal mit einem Schwimmbrett.

Es kostet eine Menge Kraft, den Kopf über Wasser zu halten, während man schwimmt, so daß vielleicht schon das allein ein sehr gutes Training ist.

Unten kann ich nicht umhin festzustellen, in was für extrem unterschiedlicher Geschwindigkeit Menschen duschen. Doch das scheint niemanden in der Dusche zu stören. Ich vermute also, daß es keine normativ festgelegte Art gibt, wie man zu duschen hat, und gehe auf meine eigene Weise vor. Niemand sagt etwas dazu, weder bestätigend noch abschätzig.

Zeitvertreib Ich mag die Frauen, die an diesem langen Nachmittag hier im Umkleideraum sind, und ich frage mich, wie sie wohl leben. In meinem Kopf entsteht ein Bild und wächst. In diesem Bild bin ich immer noch hier im Umkleideraum, aber es ist jetzt Winter, und das Licht wird schwächer. Ich habe einen Beruf in diesem Bild. Ich bin Bankier oder Geschäftsführer, was immer das genau ist, oder ich arbeite für eine Stiftung. Jeden Tag nach der Arbeit gehe ich ins Y, und ich schwimme im Pool hin und her, oder ich mache in der winzigen, dunklen Turnhalle Liegestütze. Im Umkleideraum sind noch andere Frauen, vielleicht diese Frauen und noch andere. Ihre Leben sind weniger wertvoll als meines, und sie ziehen sich schnell und einfach an und gehen vor mir nach Hause in kleine Apartments. Ich dusche und trockne mich ab und nehme aus meinem Umkleideschrank einen langen seidenen Unterrock und ein Kleid. Ich lege eine Halskette und Ohrringe aus dunklen Perlen an, ziehe feine, helle Strümpfe über und schlüpfe in glänzende Schuhe mit sehr hohen Absätzen. Ich nehme aus meinem Umkleideschrank eine lange Pelzstola und wickle mich darin ein. Ich schreite die Stufen hinab – das Mondlicht wirft den Schatten des Drahtgitters über meine behandschuhte Hand auf dem Geländer, und meine glänzenden Schuhe hallen auf dem Linoleum wider. Als ich das Gebäude verlasse, eilen noch ein paar andere auf dem matschigen Gehweg davon oder schließen von dem Ständer vor dem Gebäude ihre Fahrräder los. Jetzt bin ich allein auf der breiten Eingangstreppe, wo ich warte.

Ich wünschte, es wäre jetzt Winter.

Ellen ruft an und fragt, was ich so mache. Als ich sage, daß ich es nicht so genau weiß, sagt sie: «Na ja, ich meine, du stehst auf, und dann, was tust du dann?»

Manchmal kommt es mir vor, als gäbe es eine wachsende Zahl von Frauen, und ich bin nicht unter ihnen.

Bin heute ins Y eingetreten. Es wird sich als eine riesige, entsetzliche Geldverschwendung herausstellen, aber ich wollte einfach im Y sein, wo es kühl ist und düster und wo es widerhallt. Es beruhigt mich automatisch, in diesem Gebäude voller Menschen verschiedener Hautfarbe und Herkunft und unterschiedlichen Alters zu sein. Die Gemeinschaft ist ein Sicherheitsnetz, falls jemand fallen sollte. Fallen...

Seit Tagen bin ich nicht in der Lage, die Wohnung zu verlassen. Ungefähr an dem Punkt, an dem mir klar wird, daß es unmöglich ist, hinauszugehen, fange ich an, wütend zu werden. Ich habe das Gefühl, als würden sich Jahre der Wut an den Seiten meines Gehirns verdichten, würden von dort in mein Gehirn hineintröpfeln und darin Pfützen bilden, durch die sein gesamter übriger Inhalt klitschnaß und unbrauchbar wird.

Heute gehe ich ins Y, und ich ziehe mich um und dusche und schwimme und dusche und fahre in der Mini-Turnhalle auf einem Fahrrad, das sich nicht von der Stelle bewegt, und dusche und gehe in die Sauna und dusche und ziehe mich um, und nun habe ich all diese Dinge allein geschafft.

Oh, ich verstehe, woher Kathy weiß, ob der Fahrstuhl

aufwärts oder abwärts fährt. Da ist ein kleiner Pfeil, der aufleuchtet, wenn sich die Tür öffnet, entweder rot, dann zeigt er nach unten, oder grün, dann zeigt er nach oben.

Heute war ich zum sechstenmal im Y. Ich kenne Kathy gut, aber dies habe ich nicht über sie gewußt: Sie lebt ein ganzes Leben im Y, das sie mit Massen und Massen von Menschen verbringt, die sie überhaupt nicht kennen. Es gefällt mir, mit Kathy ins Y zu gehen und überall dazuzugehören, aber es gefällt mir auch, allein zu kommen. Ich spüre, daß ich ein Stück Brachland meines Lebens kultiviere.

Ich glaube, ich schwimme ein wenig besser. Ich schaffe inzwischen fünf Bahnen, und ich kann auf dem Rücken und auf beiden Seiten schwimmen. Meinen Kopf traue ich mich allerdings noch immer nicht richtig unter Wasser zu tauchen. Das Wasser ist zuerst immer kalt, aber ich stelle mir vor, wie kurz eine halbe Bahn ist, und dann geht es.

Ellen ruft wieder an, um sich zu erkundigen, ob ich okay bin, was ich war, bis sie anrief. Ich erzähle ihr, wie oft ich derzeit schwimme. Sie sagt: «Ich wußte nicht, daß du schwimmen kannst. Wieviel schaffst du?»

Die Menschen gehen so weit, gegenseitig dafür zu sorgen, daß sich der andere schlecht fühlt. Aber ich fühle mich nicht schlecht. Immerhin gehe ich schwimmen.

Das Y ist ein Geheimtip, den jeder kennt! Ich sehe dort Leute, die ich von allen möglichen anderen Sachen her kenne, und ich sehe überall im Viertel Leute vom Y. Manchmal erkenne ich in einem Laden einen Menschen hinter dem Tresen oder jemanden, der seinen Einkaufswagen durch den Nebengang schiebt und in Wirklichkeit ein liebenswürdiger Seehund aus dem Pool ist.

Heute im Umkleideraum treffe ich Jennifer, eine Frau, die ich von anderswoher flüchtig kenne. Sie erzählt mir, daß Schwimmen das beste Training ist, das es gibt! Was für eine nette Person.

Der Pool ist heute so kalt, daß ich nicht einmal meine halbe Bahn schaffe, um warm zu werden. Ich stehe und stehe im flachen Teil, aber ich bringe es einfach nicht fertig.

Unten erzähle ich Bess: «Konnte einfach nicht schwimmen heute. Einfach zu kalt.»

«Hmmmm», sagt sie ruhig.

Ich gehe heute wieder ins Y, aber ich ertrage die Vorstellung nicht, in den Pool zu steigen oder es nicht zu schaffen, hineinzusteigen. Aber ebensowenig ertrage ich die Vorstellung, wieder zurück nach Hause zu gehen, und so begebe ich mich in die Mini-Turnhalle, wo es sehr beruhigend ist. Es herrscht dort die gespenstische Atmosphäre eines Klassenzimmers während der Ferien.

Heute macht ein Mann Klappmesser, das Gesicht zum Fenster. Eine Frau, ebenfalls mit dem Gesicht zum Fenster, knickt genau in dem Moment in der Hüfte ab, in dem die Finger des Mannes seine Zehen berühren. Eine andere Frau, die der ersten gegenübersteht, streckt die Arme in einem Bogen über ihren Kopf. Ich entscheide mich für eine Position mittlerer Breite, im rechten Winkel zu den anderen. Ich liege auf der Seite und fange an, in dem stummen Rhythmus ein Bein zu heben.

Mir ist gerade etwas Entsetzliches klargeworden – *ich schwimme nicht!* Ich fühle mich elend. Was hatte ich mir eigentlich dabei gedacht, schwimmen zu gehen? Ich bin nicht schwimmen gegangen! Ich kann nicht schwimmen! Ich kann nicht einmal den Kopf unter Wasser tauchen.

Ich kann nicht weiter einfach nur ins Y gehen, um Gymnastik zu machen. Es ist eine *bekannte Tatsache*, daß kein Mensch regelmäßig Gymnastik machen kann. In absolut jedem Zeitschriftenartikel zu dem Thema heißt es, Gymnastik sei einfach zu langweilig, um sie regelmäßig zu machen. Außerdem dauert das Ganze nur eine halbe Stunde. Einmal umziehen, einmal duschen, und dann muß ich nach Hause gehen.

Spät in der Nacht denke ich an die schrecklichen Dinge, die ich in den vergangenen Monaten meinen Freunden zugemutet habe. Ich beginne, an die Dinge zu denken, die ich ständig meinen Eltern zugemutet habe, und ich weiß, das bedeutet großen Ärger. Schwitzend vor Angst steige ich aus dem Bett und rufe meine Freunde an, weine heftig und weine noch mehr, weil ich sie geweckt habe.

DONNERSTAG Heute im Y setzen sich Brocken eines Gesprächs, das um mich herum in der Dusche stattgefunden hatte, plötzlich wieder zusammen – Füße, Minuten, Meilen und Tempo – und entpuppen sich, lückenlos in meinem auditiven Gedächtnis, als eine Unterhaltung über das Laufen.

NOCH DONNERSTAG *Daß ich nicht schwimmen kann, heißt nicht notwendigerweise, daß ich nicht laufen kann.* Dieser Gedanke bricht mit immer neuer, frischer Kraft über mich herein, wie Donnerschläge, die durch meine Phantasie hallen.

FREITAG Jetzt, wo ich darauf achte, wird mir klar, daß ich seit Monaten von einem ständigen Gemurmel über das Laufen umgeben bin.

SONNABEND Laufen ist nicht nur nicht kalt, sondern ich würde auch nicht ertrinken, wenn ich plötzlich mittendrin anhielte. Ich denke, am Montag werde ich einfach einen Versuch wagen.

MONTAG Ich schaffe es nicht, die Wohnung zu verlassen. Die Stunden ziehen sich in die Länge und schieben sich zusammen. Ich finde mich plötzlich über den Küchentisch gelehnt, dem ich mich vorher aus irgendeinem Grund genähert hatte. Ich reiße mich zusammen, nur um festzustellen, daß schon wieder ein paar Minuten vergangen sind, während derer ich in den Spiegel gestarrt habe. Um was zu sehen, frage ich mich. Ich erinnere mich, daß ich etwas vom Tisch hatte holen wollen, aber ich scheine im anderen Zimmer zu sitzen, wo mich ein träges Bewußtsein der Dinge befällt, die zu erledigen sind. Draußen vor dem Fenster, in nervösen Zuckungen, stirbt der Tag.

DIENSTAG Heute morgen treibt es mich ins Y. Ich weiß nicht genau, wie ich mein Vorhaben, zu laufen, anpacken werde, wenn ich dort bin, aber es kann doch nicht ganz und gar unmöglich sein. Ich erinnere mich noch deutlich an die Bahn, die Kathy mir an dem Tag, als sie mich zum erstenmal mitnahm, gezeigt hat, und es war eine Bahn, nichts weiter, mit Leuten, die darauf liefen.

Außerdem könnte ich jederzeit den freundlichen Wärter ausfragen, der, wie ich erfahren habe, auf den Namen Surf hört – oder Serf, das könnte auch sein. Oder – es könnte Cerf sein, wenn ich es recht überlege. Ich ziehe meine Gymnastiksachen an und ein Paar Socken, die ich von einer sockentragenden Freundin geliehen habe, und meine alten, aber ungeliebten blauen Turnschuhe und gehe hinaus in die Halle, wo ich Surf tatsächlich finde.

Soll ich ihn bei den Schultern packen, seine Hände mit Küssen bedecken und ihn anflehen, mir zu sagen, was ich tun soll? Nein. Ich erwähne beiläufig, daß ich beabsichtige, heute ein wenig zu laufen.

«Sind Sie schon mal gelaufen?» fragt er. Ich sehe ihn forschend an, aber das Gesicht, mit dem er zurückschaut, hat einen neutralen Ausdruck. Ich sage ihm, daß ich noch nicht gelaufen bin. «Na, nehmen Sie sich nicht zuviel vor», sagt er. «Ungefähr vier Runden heute. Sie müssen es ruhig angehen lassen.»

Gut. Ohne seinen Verdacht erregt zu haben (was soll das heißen? Verdacht weshalb?), bin ich in den Besitz der Information gekommen, die ich brauche, nämlich der, daß es, trotz der wichtigtuerischen Atmosphäre bei den Gesprächen über das Thema, keinen besonderen Trick beim Laufen gibt. Es sei denn, natürlich, es handelt sich um etwas dermaßen Augenfälliges, daß Surf nicht daran gedacht hat, es mir zu erzählen, oder um etwas dermaßen Peinliches, daß er sich nicht überwinden konnte, es mir zu erzählen, oder um etwas dermaßen Unbeschreibliches, daß er nicht in der Lage war, es mir zu erzählen.

Ich fahre mit dem Fahrstuhl in den achten Stock, wo die Bahn ist. Das weiß ich, obwohl ich sie seit meinem ersten Tag nicht mehr gesehen habe.

DIE BAHN Jetzt, da ich im Begriff stehe, sie zu betreten, finde ich die Bahn weit interessanter als bei meinem ersten Besuch. Auf der gegenüberliegenden Seite der Bahn gibt es eine winzige, verführerische Treppe. Auf einem Schild, das darauf weist, steht ZUR AMBULANZ. Was für ein Zimmer kann das sein?

Auf der Bahn sind ein paar Leute, die ich schon im Umkleideraum, im Pool oder in der Mini-Turnhalle gesehen habe, sowie einige ganz und gar neue Leute, darunter ein paar ledergesichtige Männer, die selbst zum Gehen zu alt zu sein scheinen. Alle diese Leute laufen langsam ihre Runden auf der Bahn, und ich beobachte sie sorgfältig, um zu sehen, ob sie irgend etwas tun, das ich von ihnen abgucken kann, aber die grundsätzliche Bewegung scheint genau die zu sein, die man auch erwarten würde – ein Fuß runter, dann den anderen davor, dann wieder den ersten nach vorne, und so weiter.

Dann trete ich plötzlich selber hinaus auf die Bahn und fädele mich in den leichten Verkehr ein. Fast sofort wird mir klar, daß die Langsamkeit, mit der die anderen zu laufen schienen, eine Illusion war. Sie laufen schnell, wirklich sehr schnell. Meine Beine bewegen sich so schnell, wie ich sie zu bewegen vermag, ich lehne mich nach vorne, meinen Füßen voraus, mein Kopf ist, abgesehen von den Geräuschen der Füße und des Atems, gänzlich leer, aber alle auf der Bahn schießen an mir vorbei. Die Bahn selbst, die noch vor Minuten ein winziges Oval zu sein schien, hat jetzt gewaltige Ausmaße. Es dauert sehr, sehr lange, bis man die Kurven durchlaufen hat, und die Gerade dehnt endlos. Auch bemerke ich, daß ich mich, verglichen mit meinen Mitläufern, auf sehr holperige Weise waagerecht nach vorne werfe.

Mir scheinen die vier Runden, die Surf vorgeschlagen hat, eine unrealistische Zielvorgabe zu sein, und ich reduziere sie auf drei.

Unten steht Jennifer an ihrem Umkleideschrank, und während ich Kraft sammle, um meinen Schrank zu öffnen, erzähle ich ihr, daß ich jetzt laufe, statt zu schwimmen.

«Großartig», sagt sie freundlich. «Wieviel machst du?»

«Drei Runden», erzähle ich ihr. Wir sehen einander bestürzt an. Dann fällt mir ein, noch hinzuzufügen, daß heute mein erster Tag war, und wir sind ein bißchen weniger peinlich berührt.

MITTWOCH Meine Beine tun entsetzlich weh. Ich liege im Bett, und die Stunden stolzieren an mir vorbei, eiskalt und wissend, wie Kandidatinnen bei einem Schönheitswettbewerb.

DONNERSTAG Im Y laufe ich drei Runden, dann gehe ich fünf Runden, und dann laufe ich noch zwei Runden!

Auf dem Nachhauseweg spendiere ich mir, ganz spontan, ein Paar Socken, die einzig und allein mir gehören und angemessen wirken. Ich gehe einfach in einen Laden und frage nach Röhrensocken.

Ich habe mich bis zu diesem Augenblick, wenn irgendwo die Rede davon war, immer gefragt, was Röhrensocken eigentlich sind. Nun wird mir klar, daß ich nicht nur, wie alle anderen, weiß, was Röhrensocken sind, sondern auch, daß sie genau das sind, was ich haben will. (Wie hatte ich jemals mir selbst gegenüber so tun können, als wüßte ich nicht, was Röhrensocken sind?! Kein Mensch kann nicht wissen, was Röhrensocken sind! Es sind SOKKENRÖHREN, und das ist die einzige Sorte Socken, die Sinn macht, weil man einfach seinen Fuß reinsteckt, wie man gerade Lust hat, und ihn drin läßt, und die Socke, nicht der Fuß, muß sich anpassen. Das Gefühl der Verwirrung, das der Begriff «Röhrensocken» hervorruft, hat seine Ursache nicht im Wesen der Röhrensocke selbst, sondern in der Implikation des Begriffes, daß nicht alle Socken Röhrensocken sind, und der daraus folgenden Frage, warum sie es nicht sind.) Das Paar, das ich mir aussuche, hat nahe dem oberen Rand elegante marineblaue und dunkelrote Streifen.

Es hat den Anschein, als wäre mein Bekenntnis zu den Socken gerechtfertigt gewesen. Es ist inzwischen einige Wochen her, seit ich sie gekauft habe, und ich laufe immer noch auf der Bahn. Nicht jeden Tag natürlich, aber ich würde schon sagen, mehrmals pro Woche. Ich fürchte nur, daß mein Drang zu laufen ein Irrtum ist, wie es beispielsweise mein Drang zu nähen ist, der sich, bei genauerem Hinsehen, beständig als Drang ganz anderer Art herausstellt – als Drang zum Beispiel, ein bestimmtes Kleidungsstück zu besitzen, oder als Drang, *in der Lage zu sein* zu nähen, oder als Drang, der Typ Mensch zu sein, der gerne näht, oder was auch immer, aber es ist nicht in erster Linie ein Drang zu nähen.

In dem Versuch, mögliche Elemente der Selbsttäuschung aus meinem Verhalten zu entfernen, habe ich beschlossen, mich zu prüfen, während ich am Rande der Bahn stehe. Ich sage zu mir mit einer zutiefst leidenschaftlichen Stimme, mit einer Stimme, die zu ignorieren unhöflich wäre und auf die anders Antwort zu geben, als sie offensichtlich Antwort zu bekommen hofft, schwerfällt: «Na, das sieht wirklich schwierig aus. Wenn wir heute nicht wollen, müssen wir auch nicht, ganz bestimmt. Wir können einfach morgen wiederkommen! Wir müssen nicht immer Lust haben zum Laufen – manchmal sind wir einfach zu müde, oder wir haben zuviel zu tun, oder wir fühlen uns zu schwach. Das heißt nicht, daß wir niemals wieder laufen werden; es heißt nur, daß wir heute nicht laufen.» Aber hinter den verführerischen Andeutungen bemerke ich einen wohlbekannten Gegner, der versucht, mich um mein kleines bißchen Freude zu bringen.

Auf der Bahn füllt sich mein Kopf bis obenhin mit Laufen.

HERBST Heute zittere ich, als ich ins Y komme. Die Wärter am Fahrstuhl, die mich inzwischen immer grüßen, sagen: «Was'n los? Is' Ihnen kalt?» Ich nicke. Sie sehen sich an und kichern. «Sie brauchen 'nen Mann», riskiert einer zu sagen. «Das stimmt!» fällt der andere ein. «Sie brauchen 'nen Mann!» Sie brüllen vor Lachen und hauen sich gegenseitig auf den Arm. «Sie brauchen –» sie lehnen sich aneinander, erschöpft von ihrem Heiterkeitsausbruch.

«Sie brauchen 'nen Mann, einen wie uns!» rufen sie, während die Fahrstuhltür zugeht und mich mit fünf Männern einschließt, deren finster gaffende Blicke nicht von der abgebrochenen Szene weichen.

Die Leute haben aufgehört, mir direkt auf der Bahn Ratschläge zu geben, ich scheine also sicherer zu wirken. Die Leute fragen mich oft, wie lange ich schon laufe und wie weit ich laufen kann, und sie erzählen mir, daß die ersten zwei Meilen am härtesten sind, aber das ist etwas anderes. Ich kann inzwischen fünfzehn Runden laufen, manchmal, was eine Menge mehr ist als drei, und ich kann fast mit dem langsamsten der winzigen uralten Männer mithalten, die am Innengeländer der Bahn entlangtrippeln.

Was nicht aufgehört hat, ist etwas weitaus Demütigenderes als die unerbetenen Ratschläge. Wenn ich mit der Gymnastik fertig bin, gehe ich zu Fuß die vielen Treppen hinauf zur Bahn, statt den Fahrstuhl zu nehmen. Das ist verdammt schwierig, und ich tue es hauptsächlich wegen der positiven Wirkung, die es deshalb auf meine Willenskraft haben muß. Fast jedes dritte Mal, wenn ich diese Reise unternehme (also ungefähr einmal pro Woche), donnert irgendein riesiger Kerl an mir vorbei und sagt etwas wie: «Meinen Sie, daß Sie's schaffen? Ha, ha», oder: «Was haben *Sie* sich denn da vorgenommen? Ha, ha.» Ich pflegte einfach zu nicken und milde zu lächeln. «Ha, ha», pflichtete ich jedem dieser Kerle bei, wenn er davontrampelte, aber inzwischen habe ich das Gefühl, reifer geworden und dieser Form von Dialog entwachsen zu sein.

Während ich heute die Stufen erklimme, kommt von hinten ein immenser rosiger Mann in winzigen weißen Shorts herangewankt. «Sie sehen echt geschafft aus!» brüllt er fröhlich. Ich bin entschlossen, mich auf eine Diskussion darüber einzulassen, wie *er* aussieht, aber schon ist er verschwunden. Mich befällt das wohlvertraute Gefühl von brennendem Gummi direkt unter meinen Follikeln, ein Zeichen dafür, daß sehr bald Wut oder Schmerz mich überwältigen werden und ich den Rest des Tages in rasender Bewegungslosigkeit verbringen muß. Ich setze mich auf die Stufen. Ich werde jetzt nicht laufen können, aber ich wage auch nicht, nach Hause zu gehen. Dieser Mann ist ganz zufällig vorbeigekommen, und ich bin kurz davor, von ihm *aus der Fassung* gebracht worden zu sein.

Die Schläge des Lebens kommen so schnell. Man lebt einfach vor sich hin (steigt beispielsweise ein paar Stufen hoch), und jeden Augenblick kann man sich eine Virusinfektion des Gehirns zuziehen, oder ein geliebter Mensch kann von einem Auto zermalmt werden, oder eine Kiste mit Zinnfiguren kann einem auf den Fuß fallen. Hätte ich etwas länger Gymnastik gemacht, wäre ich diesem Mann nie begegnet, der mit einem unachtsamen Hieb den Trümmerhaufen bloßgelegt hat, der mein Leben ist.

DAS VERBLÜFFENDE AUSBLEIBEN VON FOLGEN Es stellte sich heraus, daß alles in Ordnung war, nachdem ich gestern diesem Mann begegnet war. An irgend etwas hatte er schuld (ich zumindest hatte an gar nichts schuld). Aber wie sich herausstellte, hatte er keine schuld daran, daß ich nicht laufen konnte, denn ich *konnte* laufen. Ich lief, ging in die Sauna, duschte, zog mich an und ging nach Hause.

Was schön ist beim Laufen – man tut einfach weiter, was man gerade getan hat, ohne daß man innehalten muß, um darüber nachzudenken.

Ich riskiere bewusste Empfindungen von Begehren Ich kann nicht länger vor mir selbst leugnen, wie deutlich mir bewußt ist, daß, während ich schlichte marineblaue Turnschuhe trage – verschlissen wahrscheinlich von meinen schrecklichen Ferienlagerzeiten, die mir, wie alles andere auch, bleibende Narben zufügten –, alle anderen in hochentwickelten, gestreiften, eleganten Turnschuhen herumlaufen, die die Farben von in Italien entworfenem Spielzeug für reiche Kinder haben.

Heute in der Sauna erzählt mir jemand, daß man anfängt abzunehmen, wenn man angefangen hat, jeden Tag zwei Meilen zu laufen. «Natürlich», fügt sie hinzu, «muß man außerdem auch aufhören zu essen.»

Nun, mit diesem Problem beschäftige ich mich, wenn ich soweit bin. Außerdem laufe ich sowieso nicht jeden Tag.

Ich unterhalte mich wie andere Ich fange an, Gespräche über das Laufen zu führen, wie andere Leute auch. Aber ich verstehe den Sinn der Sache nicht ganz. Wenn die Leute lächelnd zu mir sagen: «Sie wollen doch nicht etwa behaupten, daß *Sie* laufen», denke ich, daß es wahr sein muß, daß ich im eigentlichen Sinne nicht laufe. Es ärgert mich, daß ich auf so unsicherem Terrain so beharrlich sein muß, damit die Leute mir glauben, daß ich laufe, und damit es sie dann, wenn sie mir glauben, nicht mehr interessiert.

Ich bin ein Mensch mit Selbstvertrauen Ich mache es mir zur Regel, nach ungefähr der Hälfte meinen Lauf zu unterbrechen und um die Bahn zu gehen oder mich auf einem Lockerungsapparat, den ich andere Leute habe benutzen sehen, durchschütteln zu lassen. Ich kann auf diese Weise länger laufen, und das zweite Pensum fällt leichter.

Kathy sagt, sie würde den Apparat auch gerne benutzen, aber sie meint, es könnte peinlich wirken. Sofort ist es mir peinlich, aber dann fällt mir ein, daß doch im eigentlichen Sinne nicht ich es bin, die peinlich berührt ist. Ich benutze den Apparat weiter.

Heute bekomme ich ein Gespräch zwischen einem Mann und einer Frau mit, die ich kenne. «Oh, hallo», sagt sie. «Ich habe mir diese Adidas besorgt, die Sie mir empfohlen haben.»

«Die grünen?» fragt er. «Phantastisch.»

Mein Gott. Jahrelang habe ich geglaubt, Adidas sei eine Luftfahrtgesellschaft. Ich mache eine plötzliche Wahrnehmungsintensivierung durch, als wäre ich ein Spezialinstrument, das von Fachleuten für seine eigentliche Aufgabe getestet wird. Ich ziehe mir einen Stuhl heran und setze mich. Meine Bekannten lächeln und funkeln und werfen ihr schönes Haar zurück. Die Frau sagt: «Sie haben recht, was das Laufen im Freien angeht. Das ist eine vollkommen andere Sache, wirklich phantastisch.»

«Ich laufe auch!» sage ich plötzlich.

«Sie?» Sie drehen sich um und starren mich an. «In den Dingern?» Sie zeigen auf meine schwarzen Stiefel mit den hohen, spitzen Hacken und lachen. Ich ziehe meine Füße unter meinen Stuhl und sehe zu Boden.

Eine Art Schmerz braut sich im Bereich meiner linken Ferse zusammen. Wenn er nicht weggeht, werde ich mich vielleicht erkundigen, ob die AMBULANZ für so etwas zuständig ist.

Der Schmerz ist immer noch da. Wenn er beim nächstenmal, wenn ich laufe, wieder da ist, gehe ich in die AMBULANZ.

Kein Zweifel, der Schmerz ist wieder da. Ich werde in die AMBULANZ gehen, wenn ich ihn beim nächsten Laufen noch habe.

Heute tut meine Hacke so weh, daß ich nach ein paar Runden aufhören muß. Nachdem ich eine Zeitlang am Rande der Bahn gestanden habe, raffe ich mich auf und folge dem Pfeil zur AMBULANZ.

DURCHBRUCH Die AMBULANZ entpuppt sich als kleiner, grünlicher Raum. Ein grinsender Mann begrüßt mich, und wir nicken uns mehrmals zu, und dann erkläre ich, daß ich mir etwas an der Ferse getan habe. Der Mann sticht mit etwas Spitzem hinein. «Ich weiß nicht», sagt er versuchsweise. «Scheint, als hätten Sie sich was an der Ferse getan.»

Ich pflichte ihm bei, das müsse es sein. «Was soll ich machen?» frage ich. «Ich kann beim besten Willen nicht laufen.»

«Es würde sich wahrscheinlich empfehlen, ein paar Tage nicht zu laufen», erklärt mir der Mann.

«Meinen Sie, ich sollte mir Laufschuhe besorgen?» frage ich.

Der Mann sieht nachdenklich in die Ferne. «Wissen Sie», sagt er, «wahrscheinlich könnten Sie ein Paar Laufschuhe ganz gut gebrauchen.»

«Na, vielen Dank dann», sage ich erleichtert. Wir nikken und lächeln und winken.

Plötzlich weiß ich genau, was ich will, was ich dafür tun muß und wohin ich gehen muß, um es zu tun. Plötzlich fällt mir ein, daß ich ein paarmal an einem Laden vorbeigekommen bin, der Runners World heißt und in dessen Fenster leuchtende Schuhe aufgereiht stehen.

ICH BEKOMME HILFE Ich mache mich auf die Suche nach Runners World, und zu meiner Überraschung ist der Laden genau dort, wo ich ihn erwarte. Es sind mehrere Leute im Laden, alle reden über das Laufen, und ich sitze da und höre ihnen eine Zeitlang interessiert zu, bis ein Mann, der am Tresen lehnt, mich fragt, ob er mir helfen kann. Er scheint der ideale Mann zu sein, intelligent, gutaussehend und fürsorglich, und darum sage ich zu ihm, ja, das könne er. Ich erkläre ihm, daß ich glaube, ich bräuchte vielleicht Schuhe. Er fragt mich, wo ich laufe und wieviel.

«Dann ist dies der Schuh für Sie», sagt er. «Der SL 72.» Er reicht mir ein paar klobige, königsblaue Schuhe mit weißen Streifen und tief gerippten Sohlen. Ich hatte mir etwas Stromlinienförmigeres erhofft, mit schrägen, aerodynamischen Streifen statt diesen ordentlichen horizontalen, und in einer weniger gewöhnlichen Farbe; aber wenn dies der Schuh für mich ist, dann ist dies der Schuh für mich.

Und als ich sie anziehe, haben es meine Füße bequemer

als je zuvor. Der Mann, der diese Schuhe nur für mich ausgesucht hat, erzählt mir, daß er Lauftrainer im Y ist.

«Laufen Sie morgens?» fragt er. «Viele Mädchen laufen morgens.»

Ich habe das Gefühl, daß es nichts gibt, was ich zu diesem Mann nicht sagen kann. Ich strecke mich zu ihm empor und frage sanft: «Was ist der Unterschied zwischen drinnen laufen und im Freien laufen?»

«Kälter im Freien», sagt er und reicht mir meine Schuhe, die sorgfältig in ihrem Karton verpackt sind.

Meine Schuhe wohnen in meinem Umkleideschrank, zusammen mit meinem Badeanzug, meiner Schwimmbrille und meiner Badekappe (die ich, wer weiß, vielleicht eines Tages benutzen möchte), meinen Trainingshosen, meinem T-Shirt, meiner Seife, meinem Shampoo, meiner Hautcreme und einigen Paaren Röhrensocken.

Ich kann leichter und schneller laufen, und meine Füße tun nicht weh.

Heute, als ich hereinkomme, ist Jennifer im Umkleideraum, und ich zeige ihr meine Schuhe. «He, toll», sagt sie. Sie greift in ihren Umkleideschrank. «Sieh mal!» sagt sie und hält mir ein gleiches Paar hin.

WINTER Heute treffe ich Ellen, und ehe sie Gelegenheit hat zu fragen, was ich so treibe, erzähle ich ihr, daß ich in letzter Zeit viel laufe. Sie ist erfreut, das zu hören. Es scheint, daß auch sie, wenn sie aus dem Büro nach Hause kommt, den Kindern vorgelesen, hinter den Dinnergästen aufgeräumt, für ihre mündlichen Prüfungen gelernt und ein oder zwei Artikel für irgendeine kleine Zeitschrift hingehauen hat, ganz gerne ein paar Meilen läuft.

Gestern habe ich die Frau in der Wäscherei um die Ecke gefragt, warum ich immer weniger Unterwäsche zurückbekomme, als ich abgebe. Ich habe Jahre gebraucht, um diese Frage zu stellen. Die Frau antwortet mir, daß ich selbstverständlich immer dieselbe Menge Unterwäsche zurückbekomme, die ich abgegeben habe, und macht sich mit einem halb beleidigten, halb blasierten Ausdruck wieder an ihre Arbeit. Ich stehe da und starre sie an, und mir fällt nichts ein, was ich erwidern könnte, während mir Tränen des Hasses übers Gesicht laufen.

Den Rest des Tages verbringe ich damit, wutentbrannt kurze Strecken zu gehen und mich zwischendurch in Telefonzellen zu stellen, wo ich fünf oder zehn Minuten bleibe. Es gibt niemanden, den anzurufen ich ertragen könnte. Ich denke, die Frau in der Wäscherei könnte recht haben. Selbst wenn sie nicht recht hat, ist es wahrscheinlich nicht wirklich ihre Schuld, daß meine Unterwäsche verschwindet. Selbst wenn es ihr aus irgendwelchen Gründen Vergnügen bereitet, meinen lumpigen Vorrat an Unterwäsche zu dezimieren, ist es eigentlich nicht weiter schlimm. Aber warum bin ich dann so wütend?

Im Umkleideraum bekomme ich mit, wie eine Frau ein paar Freundinnen erzählt, sie habe sich am Morgen mit ihrem Freund gestritten, sie habe brutale und demütigende Dinge zu ihm gesagt und ihn dazu gebracht, brutale und demütigende Dinge zu ihr zu sagen. Nachdem sie ihn aus der Wohnung geworfen hat, zerschlitzt sie ihre sämtlichen Bilder.

Als sie das hören, ringen ihre Freundinnen nach Luft. «O nein!» sagen sie mit einem Entsetzen, das ich als außerordentlich höflich und hohl empfinde. «Wie schrecklich!»

«Nein, ist es nicht», sagt die Frau. «Es waren schlechte Bilder. Sie waren alle seicht und eitel und feige.»

Oh, wie ich mir wünsche, malen zu können! Meine Bilder wären auch seicht und eitel und feige, und ich würde auf der Stelle nach Hause gehen und sie in schmale Streifen schneiden.

Im Umkleideraum wimmelt es von ehemaligen Raucherinnen, die unvorstellbare Mengen von Gymnastik absolvieren, sich wortreich in unkontrollierter Lautstärke unterhalten, in einem phantastischen Tempo Gewicht zulegen, in der Sauna liegen, bis sie ohnmächtig werden, weinen, Unmengen Karottensaft trinken und im Laufe der Wochen einen leuchtenden Regenbogen von Schuhen vorführen.

Kathy ist nach monatelanger Abwesenheit wieder in der Stadt, und ich nehme sie auf meinen Gästeausweis mit ins Y, und wir benutzen meinen Umkleideschrank. «Hallo», «Hallo, Kath», «Wie geht's dir?» sagen die Leute und freuen sich, sie zu sehen, ohne darüber im geringsten überrascht zu sein, weil alle kommen und gehen. Kathy ist zur rechten Zeit zurückgekommen, um festzustellen, daß ich jemand bin, mit dem man gut laufen kann.

LAUFEN Manchmal ist es ganz einfach zu laufen. Ich trete hinaus auf die Bahn, und ich laufe Runde um Runde um Runde, und hin und wieder geschieht es, daß nach ungefähr einer Meile eine Feder in meinem Körper ausklinkt und ich von Kraft durchströmt werde. Schweiß tritt mir auf die Haut, und ich rase mühelos dahin, wie in einem Traum, in dem ich fliege. Ich versuche, diese kleinen Zwischenspiele zu vergessen, sobald sie vorüber sind; ich würde weiterlaufen in der Hoffnung auf mehr solcher Zwischenspiele, und es käme mir ungefähr so vor, als würde man an Gott glauben, damit man um einen Mercedes beten kann.

Manchmal ist es sehr schwierig zu laufen und auch langweilig. Jede Runde kommt mir endlos vor, und meine Beine scheinen steif und bleischwer zu sein. An solchen Tagen habe ich sogar Schwierigkeiten, mir zu merken, wie viele Runden ich gelaufen bin. Manchmal bin ich an diesen Tagen so matt, daß selbst der Nachhauseweg eine erhebliche Anstrengung bedeutet. Die Leute auf der Straße scheinen meine Erschöpfung zu spüren und sagen verletzende Dinge über mich. Sie sollten vorsichtiger sein. Menschen sehen so robust aus, ich sehe so robust aus, wenn ich meines Weges gehe; aber wenn Menschen plötzlich einen Schlag mit etwas Schwerem bekommen, kann es passieren, daß sie einfach zu Boden stürzen oder durch die Luft gewirbelt werden wie alte, leere Pappkartons.

An außerordentlich guten Tagen trete ich munter aus der Tür, um nach Hause zu gehen, und die Leute auf der Straße machen Platz, damit ich mich unter sie mischen kann, oder sie nicken mir sogar anerkennend zu, wenn ich vorbeigehe und menschliches Wohlbefinden ausstrahle. An solchen Tagen erscheint mir der Winter mild und angenehm.

Eine unangenehme Begegnung Heute komme ich später ins Y als jemals zuvor, und alles ist vollkommen anders. Auf dem Basketballfeld unter der Bahn wimmelt es von winzig kleinen Mädchen, die in hellen Trikots stecken und über Schwebebalken flimmern und auf Trampolinen in die Luft hüpfen wie helle Puffreiskörner. Die Bahn ist sehr voll, und die Leute machen einen ernsten und schnellen Eindruck. Unter den Läufern ist ein Rechtsanwalt, den ich kenne, und ich werde unsicher. Von der zunehmenden Dunkelheit in den Fenstern, die so ganz anders ist als die blasse, stille Brühe, die ich sonst dort gewöhnt bin, fühle ich mich merkwürdig bedrückt.

Nachdem ich eine Meile gelaufen bin, verschnaufe ich am Rande der Bahn, und ein Mann, der neben mir steht, sagt: «Sie waren aber nicht sehr lange da draußen.» Ich kann nicht sagen, worauf dieser Mann hinauswill, aber ich weiß, daß es mir nicht gefällt. «Wieviel haben Sie geschafft?» fragt er.

«Ungefähr 'ne Meile», sage ich.

«Das ist nicht gerade viel», sagt er in dem weinerlichen, strafenden Ton eines Erwachsenen, der ein Kind unbedingt zwingen will, einen Fehler zu gestehen. «Wie lange laufen Sie schon?»

Als ich ungefähr dreizehn war, schob mir ein Mann, der neben mir im Zug saß, seine Hand mehr oder weniger unter den Rock. Dann saß er einfach da, vollkommen glücklich, und ich saß einfach da und hatte Angst, seine Gefühle zu verletzen, für den Fall, daß er nicht gemerkt hatte, wo seine Hand war, oder daß er einen guten Grund hatte, sie dorthin zu legen, oder sonstwas, bis zu der Haltestelle vor meiner, als ich sagte: «Oh, entschuldigen Sie, ich muß bald aussteigen.» Seitdem habe ich mich immer sehr bemüht, meine eigenen Rechte und Bedürfnisse nüchtern gegen die der anderen abzuwägen; aber das ist nicht so einfach, wie wir alle wissen, und häufig irre ich mich zum Vorteil der einen oder der anderen Seite.

Ich beschließe, im Zweifel zugunsten des Mannes neben mir zu entscheiden und erzähle ihm, wie lange ich schon laufe. «Oh?» sagt er. «Das ist komisch. Sie sollten sich inzwischen daran gewöhnt haben.» Und er tritt wieder hinaus auf die Bahn.

Auch ich trete hinaus, um weiterzulaufen, aber ich stelle fest, daß ich nicht kann, und verharre reglos an der Innenseite der Bahn, obwohl es, aus gutem Grund, strengstens verboten ist, dort stehenzubleiben. Mein Blickfeld – ein Ring von trampelnden Männern, die einen Raum umkreisen, durch den kleine rote und blaue und grüne Mädchen fliegen – schwankt und dreht sich wie in einem Film.

Der Mann kommt einmal, zweimal, dreimal an mir vorbei. Er weiß, daß ich da bin, aber er sieht mich nicht an. Als er zum viertenmal vorbeikommt, schießt meine Hand vor und faßt ihn beim Arm. Ich bemerke aus den Augenwinkeln, daß der Rechtsanwalt, den ich kenne, überrascht ist, aber nicht überrascht genug für mich. «Was haben Sie damit gemeint, ich sollte mich daran gewöhnt haben?» frage ich den Mann, den ich gepackt habe. Meine Hände zittern. «Oh, nichts weiter», sagt er. Sein Ton ist vorsichtig. «Irgend etwas müssen Sie gemeint haben –» ich spreche langsam, mit bewundernswerter Selbstkontrolle – «und ich frage mich, was es war, das Sie gemeint haben.»

«Ich werd's Ihnen sagen», sagt er. «Ich will erst zu Ende laufen, und dann werde ich mich mit Ihnen unterhalten.» Er macht sich los. Ich warte. Ich warte, und der Mann läuft. Er ist offensichtlich ziemlich erschöpft, aber er hat zuviel Angst, um aufzuhören. Als er blau anzulaufen beginnt, schlängele ich mich von der Bahn, stelle mich einen Augenblick außer Sichtweite ins Treppenhaus, und spähe dann um die Ecke, wobei ich den Blick des Mannes auffange, der mittlerweile langsam geht. Damit zeige ich ihm, daß er nicht zu denken braucht, ich sei gegangen. Er fängt wieder an zu laufen. Befriedigt gehe ich hinunter in den Umkleideraum.

Vor einem Umkleideschrank nicht weit von meinem zieht sich eine blonde Frau um, die eine nette Ausstrahlung hat und die ich oft auf der Bahn gesehen habe. Ich erzähle ihr, was ich gerade erlebt habe.

«So ein Waschlappen», sagt sie. «Die meisten Leute hier sind ganz anders. Ich wette, Sie hätten ihn am liebsten an den Füßen gepackt und seinen Schädel auf der Bahn zerschmettert», sagt sie mit ihrer angenehmen Stimme, während sie ihre Socken hochzieht.

«Puh, ich fühle mich schrecklich», sage ich und ziehe die Nase hoch.

«Ich mich auch», sagt sie. «Ich glaube, bei mir bahnt sich eine Erkältung an.» Zusammen gehen wir nach unten und hinaus in den milden Abend.

MEIN TRAUM Es ist ein Traum, den ich oft habe: Ich sehe hinunter auf meine Hand. Die Haltung, die ich ihr so lange versagt habe, die Geste, zu der sie so oft vergeblich angesetzt hat, wird plötzlich in köstlicher Weise vollendet. Ich halte eine brennende Zigarette! Ich bin nunmehr in der Lage, so überlege ich mir in meinem Traum, den Spielraum meines Willens auszuschöpfen. Ich kann entweder von dieser Zigarette in meiner Hand einen Zug nehmen, oder ich kann es lassen, ich habe die freie Entscheidung. Ich entscheide mich frei, einen Zug zu nehmen, und sofort bricht die Vorstellung in sich zusammen;

das ganze trügerische Bild erbebt, stürzt vor mir ein und läßt mich – einen Sklaven, der nun für alle Zeit wird rauchen müssen – zurück in der öden wachen Welt, in der es so einfach ist, jene Scheußlichkeit zu entlarven, die ich einen Moment lang fälschlicherweise für freie Entscheidung gehalten hatte. Dann wache ich wirklich auf, mit leeren Händen, an einem barmherzigen Morgen.

FRÜHLING Ich laufe drei Meilen! Nach der zweiten Meile und auch nach zweieinhalb Meilen habe ich nicht das Gefühl, am Ende meiner Kräfte zu sein, sondern ich spüre vielmehr, daß sich zwischen mir und meinen Beinen eine neue Beziehung entwickelt hat, und ich möchte niemals aufhören zu laufen. Am Ende der dritten Meile tue ich es dennoch, weil ich mich nicht verletzen und auch kein anderer Mensch werden will, ohne die Angelegenheit gründlich durchdacht zu haben.

Ich rufe Kathy an und erzähle ihr alles. «He, Kath, ich bin drei Meilen gelaufen!» «He, toll, das ist echt phantastisch!» sagt sie zu mir. Ich versuche, das Gefühl plötzlicher Leichtigkeit und unbegrenzter Energie zu beschreiben. «Das ist es, nehme ich an, was man unter ‹zweitem Wind› versteht», sagt Kathy. «Darum sind Leute wie du oder ich in der Lage, drei oder sechs oder sechsundzwanzig Meilen zu laufen, weil man diesen zweiten Wind wieder und wieder kriegen kann.»

«Irgendwann werde ich es mit fünf Meilen versuchen», sage ich zu Kathy. «Warum nicht?» sagt sie, begeistert von dem Gedanken. «Es heißt, die ersten drei Meilen seien die schwersten.»

Die Tage werden heller und länger. Die Luft und die Stadt haben sich in der Wärme ausgedehnt, und es gibt Platz zum Herumlaufen. In verschiedenen Teilen der Stadt funkeln Ansammlungen silbriger Gebäude, in deren Oberflächen sich der klare Himmel oder segelnde Wolken spiegeln, und Männer und Frauen, deren Kleider wehen wie Fähnchen, schreiten zwischen ihnen umher. Im hellen Sonnenlicht schießen Geschäfte aus dem Boden, die Schaufenster voller protziger Laufschuhe. Wie langweilig.

DIENSTAG Auf dem Weg zum Y fällt mir auf, wie heiß es ist. Viel zu heiß zum Laufen. Ich kehre um und gehe nach Hause, wo ich einiges zu tun habe.

MITTWOCH Heute ist es noch heißer.

DONNERSTAG Heute laufe ich, aber nach einer Meile könnte ich vor Langeweile und Erschöpfung tot umfallen.

Während der letzten paar Wochen habe ich mich im Y richtig ungeduldig gefühlt. Ich stelle fest, daß ich irgendwie kaum laufen kann, daß es zu heiß ist, um in die Sauna zu gehen, daß die Unterhaltungen, die ich mitbekomme, langweilig und nichtssagend sind, und daß die Trainingsgeräte schäbig und albern wirken.

Der Mann, über den ich mich auf der Bahn geärgert habe, lebt in meinen Gedanken fort. Ich stelle fest, daß in dem gleichen Maß, in dem er Macht über mich ausübt, ich Macht über ihn ausüben kann. Dieser Mann in meinen Gedanken mag zwar eine schlechte Meinung von mir haben, aber ich kann, wenn ich will, auch eine schlechte Meinung von ihm haben. Auch kann ich eine schlechte Meinung von der schlechten Meinung haben, die er von mir hat. Oder ich kann, so stelle ich fest, von der schlechten Meinung, die er von mir hat, eine hohe Meinung haben, eine Meinung, die nach diesem einfachen Schema völlig wertlos ist. Ich amüsiere mich damit, daß ich ihn in meiner Einschätzung hebe und sinken lasse, daß ich ihn, seine Meinung von mir, mich und meine Meinung von ihm auf unterschiedliche Weise kombiniere und dann wieder auseinanderdividiere.

Es hat den Anschein, als sei eine Meinung, die man von jemandem hat, keine ernste Angelegenheit.

Die Sonne dringt durch den Himmel zu meiner Haut vor, und ich blinzele in das Licht wie ein Bär, der aus dem Winterschlaf erwacht. Ich spüre, daß ich in diesem Winterschlaf aufmerksam geträumt habe und mein schlafendes Gehirn die Verantwortung für das Verstreichen vieler Jahre übernommen hat. Jetzt bin ich plötzlich erwacht, schüttele die Last meiner Träume ab und stelle fest, daß weniger Zeit vergangen ist, als in meinem Schlaf beklagt wurde.

Jahre sind vergangen, das ist wahr, aber nicht viele, viele Jahre.

Auf halbem Weg zum Y fällt mir ein, daß ich mein Handtuch vergessen habe. Ich kehre um und gehe zurück zur

Wohnung. Nachdem ich die Tür wieder abgeschlossen habe, die Treppe hinunter- und drei oder vier Blocks in Richtung Y gegangen bin, fällt mir ein, daß ich mein Handtuch wieder vergessen habe. Ich kann mir im Y eins leihen, aber das, das ich leihen kann, ist nicht *mein* Handtuch, welches ich (natürlich im angemessenen Verhältnis zu seiner geringen Bedeutung) in meine Pläne für den Tag einbezogen hatte. Ich kehre um, gehe nach Hause, hänge ein paar Sachen auf, die ich auf einem Stuhl hatte liegenlassen, mache das Bett, damit ich nicht wieder hineinsteige, und verlasse die Wohnung, schließe die Tür ab und mache mich auf den Weg zum Y, wobei ich, wie mir ein paar Blocks später einfällt, mein Handtuch vergesse.

Offensichtlich soll ich heute nicht ins Y gehen. Aber was soll ich statt dessen tun? Ich bleibe stehen, um nachzudenken, wodurch ich einen Verkehrsstau an der Ecke verursache.

Wieder zu Hause setze ich mich auf das ordentlich gemachte Bett. Ich lege die Hände über die Ohren und schließe die Augen, um meine Gedanken zu ordnen. Eine kleine Anweisung rückt ins Bild. Sie taucht so klar und deutlich auf, als sei sie auf den Papierstreifen in einem Glücksplätzchen gedruckt. ICH HABE HUNGER, lautet sie, und in der Tat, ich *habe* Hunger. Heute werde ich mich, statt ins Y zu gehen, zum Essen einladen.

Ich lasse mich von meinen neuerworbenen Fähigkeiten in ein Restaurant führen. Ich stelle mit einiger Überraschung fest, daß das Restaurant, für das ich mich entschieden habe, ein protziges, überfülltes und ungemütliches vegetarisches Restaurant ist. Ich halte Rücksprache mit mir, und es stellt sich heraus, daß ich eine Tagessuppe und einen Salat nach Art des Hauses möchte. Die Suppe, von der ich bereits weiß, daß sie überteuert ist, entpuppt sich darüber hinaus als scheußlich. Ich esse sie mit großem Appetit.

Mein Salat kommt– eins schlaffer Berg von geraspeltem Gemüse, garniert mit Blauschimmelkäse.

«Stäbchen?» fragt die Kellnerin. Ich führe eine blitzschnelle innere Prüfung durch. «Ja, bitte.» Ich beschließe meine Mahlzeit mit einer Tasse lauwarmem Kaffee, bezahle die schockierende Rechnung und gleite mit einem zufriedenen Seufzer von meinem kleinen Folterstuhl.

Zu Hause frage ich mich erneut, was ich gerne tun würde, und wieder kommt meine Antwort. Ich möchte, wie es aussieht, Briefe schreiben. Vielleicht, denke ich, ist da irgendein Fehler unterlaufen. Aber ich beschließe, es zu versuchen, und stelle fest, daß es stimmt: Ich möchte in der Tat Briefe schreiben.

Es ist faszinierend, daß ich in der Lage bin, herauszufinden, was ich in jedem beliebigen Augenblick tun möchte, und zwar allem Anschein nach aus dem Nichts, aus dem völligen Nichtwissen heraus. Das ist geheimnisvoll und jedesmal wieder aufregend, als wäre ich in der Lage, die Faust zu öffnen und einen Schwarm weißer Tauben in den Himmel steigen zu lassen.

Meine neue Selbsterkenntnis hat den Dauertest bestanden. Drei Tage sind vergangen, und sie ist nicht schwächer geworden. Ich rufe Kathy an und erzähle ihr, daß ich den Sinn des Lebens entdeckt habe.

«Wahnsinn!» sagt sie. «Worin besteht er?» Kathy ist immer scharf auf Neuigkeiten.

Ich erzähle Kathy, daß der Sinn des Lebens darin besteht, sich ein schönes Leben zu machen. «Huh», sagt Kathy und rollt diesen Gedanken in ihrem Hirn herum. «Das ist sehr interessant. Aber weißt du», fügt sie sanft hinzu, «ich bin nicht sicher, ob das genau das ist, was ich will, mir ein schönes Leben machen.»

Natürlich hatte ich diesen Einwand vorhergesehen. Niemand will sich ein schönes Leben machen, aber das liegt an einer falschen Definition dessen, was ein schönes Leben und was ein billiges Vergnügen ist, erkläre ich großspurig. «Die Sache ist die», sage ich zu Kathy, «du bist der einzige Mensch, der sagen kann, was es dir bedeutet, sich ein schönes Leben zu machen, und da du der einzige Mensch bist, der sich sein eigenes schönes Leben machen kann, ist das, was ein schönes Leben in deinem Fall ausmacht, genau das, was ein schönes Leben ist! Du kannst also ganz einfach wissen, was es ist, und es für dich verwirklichen.»

«Wahnsinn», sagt Kathy. «Vielleicht ist es so. Ich werde drüber nachdenken.» Sie ist selbst bester Stimmung, weil sie einen tollen neuen Job gefunden hat, über den sie mir alles ganz genau erzählt.

Ich befürchte ständig, meine neue seherische Fähigkeit könnte angesichts meiner Unersättlichkeit mit der Zeit verschleißen, so wie jemand, der einen verzauberten Fisch fängt und mehr als die ihm zustehende Anzahl von Wünschen äußert, am Ende mit einem Pudding auf der Nase dasteht, in einem Schweinestall hockt oder was auch immer; aber sie scheint im Gegenteil immer zuverlässiger zu werden, und immer rascher und häufiger frage ich mich, was ich gerne tun würde, und tue es.

Die Tage sind vollgestopft mit Dingen, die zu tun ich Lust habe und die ich dann tue. Einen Tag nach dem anderen fülle ich bis zum Rand mit Dingen, die ich dann erledige.

SOMMER Ich bin seit Monaten nicht im Y gewesen und habe es fast vergessen, aber heute abend auf dem Weg zum Essen komme ich daran vorbei. Es ist ziemlich spät, und viele Leute verlassen das Gebäude, kommen allein, zu zweit oder zu dritt die Eingangstreppe herunter, schließen ihre Fahrräder von dem Ständer vor der Tür los und verschwinden in verschiedene Richtungen in den Abend. Ich bin ziemlich weit entfernt, habe aber trotzdem das Gefühl, sie deutlich erkennen zu können. Ihre Gesichter sind ruhig; sie wirken gestärkt, als wären sie gelaufen. Der Abendhimmel hängt wie eine Kuppel über dem großen, erleuchteten Gebäude, und immer mehr Männer und Frauen strömen aus den Türen, dem nächsten Vorhaben zu, und jeder scheint, so wirkt es jedenfalls von meiner Warte aus, genau auf sein Ziel zuzusteuern.

Transaktionen in fremder Währung

Ich hatte ein Feuer im Kamin gemacht, zwei Kaffee und zwei Cognac eingeschenkt, und machte es mir gerade auf dem Sofa neben einem Mann bequem, der mich zum Essen ausgeführt hatte, als nach über sechs Monaten Ivan anrief. Sobald mir bewußt wurde, daß es sich um Ivans Stimme handelte, drehte ich mich mit dem Hörer zur Wand, und als ich wieder zu dem Mann auf meinem Sofa sah, kam er mir vor wie ein Fetzen Papier, wie der Henkel einer zerbrochenen Tasse oder wie ein einzelnes Gummiband – wie ein aus seiner ordnungsgemäßen Umgebung entfernter Gegenstand, der einem des öfteren auffällt, ehe man begreift, daß man ihn am besten einfach wegwirft.

«Immer noch in Montreal?» sagte ich ins Telefon.

«Ja», sagte Ivan. «Ich werde eine Weile bleiben.»

«Wie ist es dort?» sagte ich.

«Kalt», sagte er.

«In New York ist es auch kalt», brachte ich heraus.

«Sag mal, wann könntest du herkommen?» sagte er. «Dann wärmen wir uns gegenseitig.»

Ich hatte schon geglaubt, es würde diesmal mit dem Warten kein Ende nehmen, aber hier war er, hier war Ivan, brach wieder ein in mein Leben und zerschnitt die zarten Fäden, die ich zum Rest der Welt gesponnen hatte.

«Ich kann nicht einfach weg», sagte ich. «Ich habe einen Job, wie du weißt.»

«Die werden dir doch wohl ein paar Wochen geben, oder nicht?» sagte er. «Über Weihnachten?»

«Ein paar Wochen», sagte ich, doch als er schwieg, bereute ich, das gesagt zu haben.

«Das besprechen wir alles, wenn du hier oben bist», sagte er schließlich. «Ich weiß, es ist schwer. Für mich ist es auch schwer.»

Ich drehte mich ein wenig zum Fenster. Die kleine Pflanze auf der Fensterbank hatte kaum Blätter, stellte ich fest, und von der Decke darüber löste sich an einigen Stellen die Farbe. Wie hatte ich mir einreden können, diese Wohnung sei mein Zuhause? Diese Wohnung war nichts.

«Okay», sagte ich. «Ich komme.»

Ich legte den Hörer auf, aber der Mann auf dem Sofa saß einfach da und schob mit einem leisen, klirrenden Geräusch den Löffel in seiner Kaffeetasse hin und her.

«Ein alter Freund», sagte ich.

«Das dachte ich mir», sagte er.

«Na dann», sagte ich, aber ich konnte mich nicht einmal mehr erinnern, warum dieser Mann hier war. «Ich glaube, ich sage jetzt lieber gute Nacht.»

Der Mann erhob sich. «Fährst du weg?»

«Bald», sagte ich.

«Na ja, ruf mich an, wenn du zurück bist», sagte er.»

«Ich weiß nicht, ob ich zurückkomme», sagte ich.

«Aha, aha», sagte er und nickte, als hätte ich ihm eine lange Geschichte erzählt. «Na dann, viel Glück.»

Mein Flug ging irgendwann früh am Morgen, und ich verließ meine Wohnung, als es draußen noch dunkel war. Ich hatte gepackt und meine Pflanze mit geheuchelter Fürsorge unter Wasser gesetzt, was ihren Tod zwar hinauszögern, aber nicht verhindern würde, und dann saß ich da und wartete darauf, daß die Uhrzeiger einen Zeitpunkt markierten, zu dem ich vernünftigerweise aufbrechen konnte.

Am Flughafen war es dunkel, und vor Einsetzen der Morgendämmerung herrschte noch kein Betrieb. Die vereinzelten Menschen dort schienen seit Tagen in der unnatürlich verlängerten Helligkeit oder Dunkelheit von Flügen gelebt zu haben; für sie war dieser Aufenthaltsort räumlich nicht klarer einzuordnen als ein Traum.

Wie viele Flugzeuge und Busse und Züge hatte ich im Laufe der Jahre genommen, um mich mit Ivan zu treffen! Und wie unvermeidlich es jedesmal erschien, so, als würde ich durch einen naturgesetzlichen Vorgang zu ihm befördert.

Als ich neunzehn war, hatten wir uns in Atlanta kennengelernt, wo ich für eine Fotoagentur arbeitete. Er wohnte dort mit seiner Frau Linda, die in Atlanta aufgewachsen war, und ihrer beider Sohn Gary, damals ein Jahr alt. Aber er war viel auf Reisen, und als er mich anrief und fragte, ob ich ihn begleiten oder über ein Wochenende irgendwo besuchen würde – na ja, Ivan war einer von diesen Männern. Wenn ich bloß neben ihm stand, hatte ich schon ein Gefühl, als stände ich in der Sonne, und es kam mir nie in den Sinn, zu zögern oder irgendwelche Fragen zu stellen.

Und auch Ivan taute in meiner Gegenwart auf. Er erzählte mir, daß Linda nach ihrer frühen Heirat zunehmend ängstlich und vereinnahmend geworden war, und während jahrelanger Versuche, die Probleme mit ihr zu regeln, hatte er sich die vorsichtige Zurückhaltung eines widerwilligen Beschützers angeeignet. Es war eine Haltung, die er anscheinend dringend ablegen wollte.

Nach einiger Zeit kam es zur Scheidung, und Ivan zog von Ort zu Ort, machte Besuche und Fotos, und ich bekam einen Job in New York. Aber irgendwann rief er dann wieder an, und ich verschloß die Tür der Wohnung, in der ich eben gerade lebte, und fuhr zu ihm in wildfremde Städte, die ich stets wieder verließ, ehe ich die transparenten Schichten durchdringen konnte, hinter denen sie geheimnisvoll und träge lagen. Und ich spürte immer das gleiche, wenn ich Ivan sah – ich fühlte mich wie ein Tier, das in Gefangenschaft aufgewachsen ist und in dem nach Jahren verwirrter Einsamkeit im Käfig die Berührung mit einer ähnlichen Kreatur plötzlich das natürliche, flammende Bewußtsein seiner Art wachruft.

Aber als wir uns das letzte Mal getroffen hatten, lagen wir auf einer Böschung, von der aus wir einen sonnenbeschienenen See überblicken konnten, und ein Stengel zitterte in meiner Hand, während ich langsam und ruhig erklärte, daß es so nicht weitergehen könne. Ich sei jetzt achtundzwanzig, sagte ich, und er müsse, was mich anging, irgendeine Entscheidung treffen.

«Redest du von einer Entscheidung, die ehrlich getroffen werden kann?» Er hielt mein Kinn hoch und sah mir in die Augen.

«Das macht eine Entscheidung aus», sagte ich. «Wenn sich der nächste Schritt von selbst ergibt, spricht man nicht von einer Entscheidung.»

«Ich will nicht unfair sein», sagte er schließlich. Und da ich seitdem nichts von ihm gehört hatte, schloß ich, daß die Entscheidung gefallen sei.

Weiches Winterlicht wälzte sich über die Erde, als das Flugzeug landete, und in den langen Gängen des Flughafens spiegelte sich ein mildes, dunkles Glühen.

Ein Beamter öffnete meinen Koffer und durchwühlte einen Stapel Unterwäsche. ZOLLPFLICHTIGE WAREN ... KEINE ZOLLPFLICHTIGEN WAREN las ich auf Schildern über meinem Kopf, und jeweils darunter fremde Wörter. Oh, ja – ein Teil dieser Stadt war englischsprachig, ein Teil französischsprachig. Ein kläglicher Adventskranz hing in der Eingangshalle, und mir fiel eine Äußerung Ivans nach einem seiner zahlreichen Besuche bei Gary und Linda in Atlanta ein: «Ich kann nicht viel Mitgefühl für sie aufbringen. Wenn sie denkt, ich sorgte mich nicht genügend um sie, nimmt sie, halb aus Versehen, eine geringe Überdosis von irgendwas, oder sie verursacht einen leichten Autounfall.»

«Liebt sie dich so sehr?» fragte ich.

«Das ist keine Liebe», sagte er. «Bei all ihrer Abhängigkeit liebt sie mich kein bißchen.»

«Aber», sagte ich, «was glaubt sie denn? Glaubt sie, daß sie dich so sehr liebt?»

Er stand auf und reckte sich, und einen Augenblick dachte ich, er hätte meine Frage nicht gehört. «Ja», sagte er. «Das glaubt sie.»

In der Nähe des Flughafenausgangs war eine Wechselstube, und mir wurde klar, daß ich neues Geld brauchen würde. Der Mann hinter dem Gitter zählte mir die reichverzierten, bunten kanadischen Geldscheine hin. «Ah», sagte er, als er meinen Ausdruck bemerkte – er sprach mit einem leichten, mir jedoch unvertrauten Akzent –, «eine ungewohnte Währung, ja?»

Fremde zeigten mir den Weg zu einem kleinen Bus, der mich durch eine Ebene in die Stadt brachte, ein steinernes Gebilde, das auf dem kalten Gipfel der Welt kauerte. Es gab einzelnstehende Häuser, die schwer wirkten in dem fahlen Lichtschleier, Reihen niedriger Gebäude und viele Kirchen. Ich entdeckte ein Taxi, umging das Sprachproblem, indem ich dem Fahrer einen Zettel mit Ivans Adresse gab, ich wurde schweigend zu einem düsteren, bombastischen, viktorianischen Haus gebracht, das sich, in einer dichten Reihe ähnlicher Gebäude, drohend über einer ziegelgepflasterten Straße erhob.

Ivan kam nach unten, brachte das Gold des Morgens

mit und ließ mich hinein. Seine Haut und seine Haare hatten die Farbe von Weizen und Honig, und er roch, als habe er auf einer sonnigen Wiese geschlafen. «Ivan», sagte ich und genoß es, seinen Namen auszusprechen. Als er mich umarmte, spürte ich einen schrecklichen Schmerz von mir weichen, den ich bis zu diesem Augenblick nicht bewußt wahrgenommen hatte. «Ich bin so müde.»

«Willst du wach werden, oder willst du schlafen gehen?» sagte er.

«Schlafen», sagte ich, aber minutenlang konnte ich mich zu keiner Bewegung aufraffen.

Oben ließ das Morgenlicht, das allmählich kräftiger wurde, die schmelzenden Eisblumen auf der Scheibe des Schlafzimmerfensters erglühen. Ich schlief, als hätte ich eine Woche lang kein Auge zugetan, und dann wachte ich auf und tastete mich eilig durch mein Leben, um festzustellen, wo ich war. Ich sah aus dem Fenster, durch den Lichtschimmer der nächtlichen Stadt in den Eisblumen hindurch, und begriff: Ich war mit Ivan in Montreal, und ich hatte den Tag verschlafen.

Ich stand eine Weile im Türrahmen des Wohnzimmers und schaute. Ivan saß dort und trank zusammen mit zwei Frauen eine Flasche Wein. Die eine war schlank und sehr schön, mit einem Schwall heller Locken; die andere war klein und dunkel und machte einen zerbrechlichen Eindruck. Wann war Ivan so gealtert?

Die kleine Frau betrachtete ein Foto, und ihr glänzendes Haar fiel über ihr hübsches, kleines, spitzes Gesicht. «Nein, es ist wunderbar, Ivan», sagte sie. Sie sprach sehr korrekt, als würde sie sich ihren Weg durch die Wörter suchen, und mit demselben Akzent, den ich auf dem Flughafen gehört hatte. «Es ist das Porträt einer ganzen Klasse.

Einer Klasse, die sich gegen ihre eigenen Interessen ausspricht. Es ist... eine *Fotografie* des falschen Bewußtseins.»

«Na ja, jedenfalls ist es ein verdammt guter Abzug», sagte die andere Frau. «Wunderbare Arbeit, Ivan.»

«Wir machen hier den themenbezogenen Wahrnehmungstest», sagte Ivan, und das dunkle Mädchen wurde rot und senkte geziert den Blick. «Wir hatten jetzt Reaktionen aus Quebec und aus England. Hören wir also, was unsere Repräsentantin aus den USA zu sagen hat.» Er reichte mir das Foto. «Was siehst du?»

Zwei Frauen, die, sofern man das aus der vom Fotografen gewählten Perspektive erkennen konnte, mittleren Alters, übergewichtig und arm waren, standen vor einem Schaufenster und starrten die geschmacklose Damenunterwäsche in der Auslage an. Ganz oben in der Fensterscheibe spiegelten sich Wolkentürme und dichtbelaubte Bäume. Ich hatte keine Lust, über das Bild zu reden.

«Hallo», sagte die kleine Frau und begegnete meinem Blick, als ich aufsah. «Ich bin Micheline, und dies ist meine Freundin Fiona.»

Fiona streckte träge die Hand aus. «Hallo», sagte ich und lenkte damit die Aufmerksamkeit von dem Foto ab. «Lebst du hier, Fiona, oder in England?»

«Tja, warte mal», sagte sie. «Wo lebe ich? Nun ja, es ist eine ganze Weile her, daß ich England das letzte Mal auch nur gesehen habe. Ich wohne schon ziemlich lange in Montreal, und davor war ich in L. A.»

«Tatsächlich?» sagte ich. «Was hast du da gemacht?»

«Was man so macht», sagte sie. «Ich hab in der Filmbranche gearbeitet.»

«Beim Film!» sagte Micheline. Für einen Moment tauchten hektische Flecken unter ihrer weißen Haut auf, als hätte ihr eigener Ausruf sie erschreckt. «Damit kann man ja eine Menge Geld verdienen, aber welche Zugeständnisse muß man dafür machen!»

«Fiona hat hier eine Galerie», sagte Ivan.

«Kein Geld, keine Zugeständnisse.» Fiona lächelte.

«Es ist großartig», sagte Micheline. «Fiona stellt die wichtigsten neuen Fotografen Kanadas aus. Bald wird sie eine Ausstellung mit Ivans Arbeiten machen.»

«Wunderbar», sagte ich, aber keiner der anderen fügte etwas hinzu. «Wir sind hier ziemlich auf dem Präsentierteller, Ivan», sagte ich. «Hast du irgendwelche Pläne, was Vorhänge angeht?»

Ivan lächelte. «Nein.» Ivans seltenes Lächeln warf mich immer wieder aus der Bahn, und ich lächelte zurück, während wir uns ansahen.

«Das spielt doch keine Rolle», sagte Micheline und zog das Gespräch wieder an sich. «Die ganze Welt ist ein einziges Fenster.»

»Totaler Blödsinn», sagte Fiona gutgelaunt und gähnte.

«Doch, das ist wahr, Fiona», sagte Micheline. «Privatsphäre ist eine – wie heißt das? – *korrumpierte* Form von Würde. Sie ist der... entartete Auswuchs der Würde.»

«Wie gut dein Englisch geworden ist», sagte Fiona lächelnd, aber Ivan nickte zustimmend.

«Die strenge nordische Mentalität», sagte Fiona zu mir. «Manchmal sehne ich mich danach, noch mal ein einziges Wochenende in Los Angeles zu sein.»

«Ich mich nicht!» sagte Micheline.

Sie wippte ungeduldig mit den Füßen.

«Hast du auch dort gelebt?» fragte ich.

«Nein», sagte sie. «Aber ich bin ganz sicher. Strände, Hotels, Drinks mit kleinen Hütchen –»

«Das ist wohl eher Hawaii», sagte ich.

«Vielleicht», sagte Micheline und sah mich aus ihrem Puppengesicht von der Seite an.

«Also was soll's?» sagte Ivan. «Habt ihr beiden euch entschlossen, zum Abendessen zu bleiben?»

«Nein», sagte Micheline und sprang auf. «Komm, Fiona.» Sie streckte Fiona ihre Hand hin und errötete bis in die Haarwurzeln. «Wir müssen gehen.»

«Okay.» Fiona gähnte und stand auf. «Aber die Einladung gilt, Ivan. Micheline schwärmt wie verrückt von deinen Kochkünsten. Vielleicht kommen wir am Wochenende vorbei, wegen Michelines Sachen. Tut mir leid, daß wir sie so lange hiergelassen haben. Es hat eine Zeitlang gedauert, bis wir alles geregelt hatten.»

«Kein Problem», sagte Ivan. «Jede Menge Platz im Schrank.»

An der Tür zog Micheline unzählige Schichten von Sachen übereinander und stampfte auf wie ein kleines Pony, das in den Schnee will.

«Erzähl mir von ihnen», sagte ich nach dem Abendessen zu Ivan. Wir lagen auf dem Sofa, und unsere Füße berührten sich. «Wer sind die beiden?»

«Was meinst du mit ‹wer›?» sagte er. «Du hast sie doch kennengelernt.»

«Komm, Ivan», sagte ich. «Ich wollte lediglich sagen, daß ich gerne mehr über deine Freunde wüßte. Wie du sie kennengelernt hast, und so weiter.»

«Fiona», sagte er, «kenne ich im Grunde kaum. Micheline brachte sie irgendwann mal mit, das war alles.»

«Micheline ist ziemlich affektiert», sagte ich lächelnd.

«Sie ist sehr jung», sagte Ivan.

«Ich war früher auch jung», sagte ich. «Aber ich war nie so affektiert, oder?»

«Sie ist eine Puristin», sagte Ivan. «Sie ist ein sehr ernsthafter Typ.»

«Mir kam sie ein bißchen albern vor», sagte ich. «Sind sie und Fiona schon lange zusammen?»

«Erst einen Monat oder so», sagte er.

«Micheline macht nicht den Eindruck, als sei sie es gewohnt, mit einer Frau zusammenzusein», sagte ich. Ivan starrte auf eine Zeitungsseite, die vor ihm auf dem Boden lag. Offensichtlich hatte irgendeine Schlagzeile seine Aufmerksamkeit erregt. «Sie war irgendwie trotzig», sagte ich. «Oder nervös. Als lege sie ein öffentliches Bekenntnis ab, lesbisch zu sein.»

«Im Gegenteil», sagte Ivan. «Für sie ist das ein absolut verlogener Gegensatz von Kategorien – lesbisch, hetero. Total verlogen.»

«Für dich auch?» sagte ich.

«Was soll das?» sagte Ivan. «Bereitest du deine Anklage gegen mich vor? *Das Volk der Vereinigten Staaten von Amerika versus Ivan Augustine Olmstead.* Ich weiß.»

«Wie lange hat sie hier gewohnt?» sagte ich.

«Drei Monate», sagte er. Dann schwiegen wir ungefähr eine Viertelstunde lang, und keiner von uns rührte sich.

«Ivan», sagte ich. «Ich hab dich nicht angerufen. Du wolltest, daß ich hier raufkomme.»

Er sah mich an. «Tut mir leid», sagte er. «Aber wir sind beide ziemlich nervös.»

«Natürlich bin ich nervös», sagte ich. «Ich höre sechs Monate nichts von dir, und dann zitierst du mich aus heiterem Himmel zu einer Art Audienz herbei, und ich hab keine Ahnung, was du sagen wirst. Ich weiß nicht, ob du dir irgendeine Zukunft mit mir vorstellst oder ob das unsere letzte Begegnung ist, oder was.»

«Sieh mal», sagte er. Er saß aufrecht auf dem Sofa. «Ich weiß nicht, wie ich es dir sagen soll. Weil es dir merkwürdig vorkommen muß, so wie du denkst. Aber für mich kam es absolut nicht aus heiterem Himmel, verstehst du. Weil du immer bei mir bist. Aber du willst dich anscheinend verlassen fühlen.»

«Ich will mich nicht verlassen fühlen», sagte ich. «Aber wenn man mich verläßt, möchte ich es auch möglichst schnell wissen.»

«Du bist nicht verlassen», sagte er. «Du kannst es gar nicht sein. Du bist ein Teil von mir. Aber statt zu genießen, was zwischen uns geschieht, machst du dir ständig Gedanken darüber, was zwischen uns geschehen *ist* oder was zwischen uns geschehen *wird.*»

«Ja», sagte ich. «Weil es so etwas wie eine isolierte Gegenwart nicht gibt. Wie sollte ich mir nicht jedesmal, wenn wir uns sehen, Gedanken darüber machen, ob es das letzte Mal ist?»

«Du tust so, als hätte ich die alleinige Macht über uns», sagte er. «Du hast genausoviel Macht wie ich. Aber ich kann sie dir nicht geben. Du mußt sie dir nehmen.»

«Wenn das wahr wäre», sagte ich, «würden wir mindestens die Hälfte der Zeit zusammenleben.»

«Und wenn wir zusammenlebten», sagte er, «hättest du dann das Gefühl, du müßtest mich bei meiner Arbeit begleiten oder mit mir in die Dunkelkammer kommen, um festzustellen, ob sich meine Gefühle dir gegenüber nicht ständig verändern? Es hängt nicht von der Menge der Zeit ab, die wir miteinander verbringen, wie nah oder fern wir uns sind. Menschen sind für einander, was sie sind.»

«Aber das kann sich ändern», sagte ich. «Die Interessen der Menschen widersprechen sich bisweilen.»

«Nicht wirklich», sagte er. «Nicht grundsätzlich. Und du würdest das begreifen, wenn du nicht so verbissen damit beschäftigt wärst, die Dinge aus dem Zusammenhang zu reißen und überall Rivalitäten zu wittern.»

«Wovon um Gottes willen redest du, Ivan? Willst du ernsthaft behaupten, daß es zwischen Menschen keine Konflikte gibt?»

«Ich sage nur, daß es absurd ist, wenn sich die Leute so besessen an ihre kleinen Rollen klammern. Die Lebensumstände der Menschen sind nur ein winziger Teil ihrer gesamten Existenz – die Unterschiede sind nebensächlich, willkürlich. Im Grunde gehören wir alle zu einem einzigen riesigen menschlichen Organismus, und kein Teil kann auf Kosten eines anderen überleben. Würdest du deinen Strumpf ausziehen und ihn über deine Hand ziehen, weil du frierst? Schau – kümmert es das Universum, ob du Louis Pasteur bist, oder ob Louis Pasteur Louis Pasteur ist? Nein. Aus dieser Perspektive betrachtet sind wir alle gleich.»

«Na ja, Ivan», sagte ich, «wenn wir alle gleich sind, warum zitierst du mich hier rauf? Warum bleibst du dann nicht einfach mit Micheline zusammen? Oder holst dir eine Nachbarin rüber?»

Er sah mich an, und er seufzte. «Vielleicht hast du recht», sagte er. «Vielleicht empfinde ich nicht so für dich, wie du es von mir erwartest. Ich weiß es nicht. Ich will über meine Gefühle nichts Falsches behaupten.»

Doch als ich sah, wie erschöpft und elend er aussah, ließ die Einsamkeit meine Wut erstarren, und ich schämte mich, daß ich mich so kindisch benommen hatte. «Ist schon gut», sagte ich. Ich wünschte, daß er mich berühren würde. «Ist schon gut. Wir werden eine Lösung finden.»

Erst in der zweiten Woche gewann ich allmählich mein Gleichgewicht zurück, und Ivan kam hinter seinem Schutzschild hervor. Wir waren in der Lage, ohne versteckte Absichten miteinander zu reden und erinnerten uns wieder daran, wie es war, miteinander glücklich zu sein. Und doch schien es mir, als nähme ich jeden Augenblick des Glücks, schon während er sich ereignete, als Erinnerung wahr und beklagte damit gleichzeitig seinen Tod.

Eines Tages saß Ivan bereits angezogen in der Küche, als ich aufwachte. «Linda hat heute morgen angerufen», sagte er. «Sie ließ es ungefähr hundertmal klingeln, bis ich ranging. Es wundert mich, daß du davon nicht aufgewacht bist.»

Ich goß mir eine Tasse Kaffee ein und setzte mich.

«Ich frage mich, warum Menschen so etwas tun», sagte er. «Es ist ärgerlich, und es bringt nichts.»

«In diesem Fall hat es was gebracht», sagte ich. «Du bist aufgewacht.»

«Möchtest du Toast?» fragte Ivan. «Eier?»

«Nein, danke», sagte ich. Ich aß fast nie etwas zum Frühstück. «Und, geht es ihr gut?»

«Sehr gut», sagte er. «Nehme ich an.»

«Na, das ist schön», sagte ich.

«Erinnerst du dich noch an die Wohnung, die ich in Washington hatte?» sagte er. «Die habe ich geliebt. Es war von all den Orten, an denen ich gewohnt habe, der einzige, wo mir die Zeitung gebracht wurde.»

«Wie geht es Gary?» sagte ich.

«Tja, ich weiß nicht», sagte Ivan. «Laut Linda hat er irgendeine Art von Grippe oder so. Sie hat sich in den Kopf gesetzt, daß es psychosomatisch sei, weil ich zum erstenmal seit seiner Geburt Weihnachten nicht zu Hause bin.»

«Zu Hause», sagte ich.

«Na ja», sagte Ivan. «Garys Zuhause.»

«Vielleicht solltest du hinfahren», sagte ich.

«Irgendwann muß er sich daran gewöhnen», sagte Ivan. «Es ist vor allem Linda, die auf diese Weise versucht, die Gegebenheiten zu manipulieren.»

Ich zuckte die Achseln. «Es liegt bei dir.» Ich fragte mich wirklich zum erstenmal, wie Ivans Sohn wohl aussah. «Hast du ein Foto von Gary?»

«Irgendwo bestimmt, nehme ich an», sagte Ivan.

«Ich würde gern mal eins sehen», sagte ich.

«Klar», sagte er. «Du meinst jetzt sofort?»

«Na ja, am liebsten schon», sagte ich.

Dampf stieg von meinem Kaffee auf und verflog in dem hellen Zimmer. Vor dem Fenster fing es leicht an zu schneien. Nach wenigen Minuten kam Ivan mit einem brieftaschengroßen Schnappschuß zurück.

«Wie kommt es, daß du auf dem Bild bist?» sagte ich.

Er nahm es mir aus der Hand und sah es sich genau an. «Oh. An dem Tag waren ein paar Freunde von Linda da. Die haben es aufgenommen.»

«Das ist also Linda», sagte ich. Neun Jahre lang hatte ich mir die falsche Frau vorgestellt, eine müde und verbitterte Person. Die Frau auf dem Foto hatte feine Züge, so wie Ivan. Sogar in ihren Jeans sah sie aristokratisch aus, und ihre Miene war irgendwie zufrieden, als hätte sie sich gerade einer kleinen Unannehmlichkeit entledigt. Sie und Ivan hätten Bruder und Schwester sein können. Der kleine Junge zwischen ihnen machte dagegen einen plumpen und unbeholfenen Eindruck. Sein Kopf war groß, rund und sah wackelig aus, und die Kamera hatte ihn erwischt, als er sich gerade umdrehte, den Mund offen vor Schreck, als sei er aus dem All in das Foto gefallen. Eine Welle von Wut durchflutete mich und ließ mich ebenso leer zurück, wie es das Kind auf dem Bild zu sein schien. «Was wäre, wenn er wirklich krank ist?» sagte ich.

«Kinder werden andauernd krank», sagte Ivan.

«Du könntest Heiligabend runterfliegen und am Sechsundzwanzigsten oder Siebenundzwanzigsten zurückkommen.»

«Heiligabend zu fliegen ist sowieso aussichtslos», sagte er.

«Na, du könntest morgen runterfliegen.»

«Was ist mit dir?» sagte er.

«Was ist mit mir?» sagte ich.

«Wenn ich jetzt überhaupt noch eine Reservierung kriege», sagte er.

«Ruf an und versuch's», sagte ich. «Oder ich rufe an.» Linda hatte sich wahrscheinlich nie aus Ehrfurcht vor Ivans honigfarbener Eleganz, die ihrer eigenen so ähnlich war, gescheut, ihn anzufassen, wie ich manchmal. Wie ich in diesem Moment.

Am nächsten Tag kaufte Ivan Spielzeug, das einen viel fröhlicheren und robusteren Eindruck machte als das Kind, für das es bestimmt war, und dann sah ich ihm beim Packen zu. Und dann fuhren wir zusammen raus zum Flughafen.

Ich fuhr alleine in dem kleinen Flughafenbus zurück und hatte das Gefühl, ich sei von einer geheimnisvollen Instanz vorbereitet worden: Ich wußte, ohne zu fragen, wie ich in eine fremde Stadt kam, meine Taschen waren vollgestopft mit fremder Währung, und in der Hand hielt ich die Schlüssel zu einer Wohnung in dieser Stadt. Es schneite immer noch ein wenig, die Flocken lösten sich eine nach der anderen aus dem weißen Himmel und verschluckten alle Geräusche. Die Gestalten, an denen wir vorbeifuhren, wirkten in ihren schweren Kleidern fast unbeweglich und unvollständig geformt, als handele es sich um Körper, die darauf warteten, daß ausgestoßene Seelen in ihnen Zuflucht suchten. In der dunklen Stille des Busses ließ ich meine Gedanken treiben. Städte, die Städte, in denen ich Ivan besucht hatte, waren Sammelbehälter für diese Körper, die darauf warteten, belebt zu werden, dachte ich schläfrig, doch wie gelang es einer Seele, in einem solchen Körper zum Leben zu erwachen?

Ich schlief die ganze Nacht vollkommen ruhig, davongetragen auf den Wogen meines neuen, befreiten Lebens, aber ich erwachte in einer dröhnenden Stille. Ivan hatte die Uhr mitgenommen.

Ich sah mich um. Wahrscheinlich war es bereits ziemlich spät. Die Sonne stand schon hoch, und ich sah zu, wie die Eisstrukturen auf der Fensterscheibe, die immer irgend etwas zu bedeuten schienen, zu den Rändern hin verliefen. Ich saß in der Küche und beobachtete, wie das Licht in üppigen Winterfarben auf dem Linoleum zu Flecken gerann. Schließlich kam der rosa- und zinnfarbene Abend, und wieder breiteten sich Eisblumen auf den Fenstern aus. Wie schnell der Tag verschwunden war. Der Tag hatte am Küchenfenster gesessen, aber die Erde war einfach unter ihm hinweggeglitten.

Als ich aufwachte, war es wieder hell. Plötzlich fiel mir die kleine Pflanze auf meiner Fensterbank in New York ein. Sie mußte inzwischen eingegangen sein. Mir war übel, doch dann erinnerte ich mich, daß ich am Tag zuvor nichts gegessen hatte.

Der Eisschrank war leer, aber im Tiefkühlfach entdeckte ich eine Rolle Keksteig mit Schokoladenstückchen. Wie untypisch für Ivan, so etwas im Eisschrank zu haben – was hatte ihn wohl dazu veranlaßt, diesen Keksteig zu kaufen? Ah – ich sah Micheline und Ivan mit einem Einkaufswagen, lachend: Die Puristin hat ihren freien Tag.

Ich suchte zwischen Töpfen und Pfannen – ein furchtbares Geklapper –, aber es gab ein Kuchenblech. Gut. Ich stellte den Ofen an und zersäbelte den gefrorenen Teig. Bald breitete sich in der Küche Wärme aus. Doch sie wurde von einem penetranten Geruch begleitet, und als ich die Ofentür öffnete, fand ich die Überreste einer Lammkeule von vor ein paar Tagen, die wir vergessen hatten wegzuwerfen. Der Knochen stak heraus, fast durchsichtig, und der porige Anschnitt des Fleisches war in der Mitte noch rot. «Wirf dies ganze alte Zeug weg», hörte ich mich laut mit einer sonderbaren, fröhlichen Stimme sagen, und ich stach mit einer großen Gabel in den Braten. Aber ich mußte mich ein paar Minuten hinsetzen und mit gesenktem Kopf tief durchatmen, ehe ich das Lamm und die Teigstückchen vom Blech in den Mülleimer werfen und mich wieder ins Bett schleppen konnte, wo ich für den Rest des Tages blieb.

Am nächsten Nachmittag hatte ich das Gefühl, ich sei so weit, daß ich die Wohnung verlassen könnte. Ich nahm ein heißes Bad und wusch mich sorgfältig. Dann sah ich meine Kleider durch, nahm jedes einzelne Stück heraus und legte es beiseite. Nichts von dem, was ich mitgebracht hatte, schien mir geeignet zu sein. Die Heizkörper dampften, aber der Wärmeschleier vermochte die Wirkung der kleinen spitzen Kältepartikel im Zimmer kaum zu mindern.

Der Flurschrank war voller Frauenkleider, und dort fand ich, was ich brauchte. Ich vermutete, die Sachen gehörten Micheline. Obwohl sie so klein ausgesehen hatte, war alles weit genug für mich. Ich entschied mich für einen bauschigen Rock, einen Rollkragenpulli und einen langen, schweren Pullover. Ich fand auch ein Paar Stiefel – wunderschöne Stiefel, feingenarbt und geschmeidig. Wenn sie Micheline gehörten, mußte es sich um ein Geschenk handeln. Sie hätte sie sich gewiß niemals selbst ausgesucht.

Die Frau, die im Spiegel stand, war gut gekleidet, aber das Gesicht über den schweren, dunklen Sachen wirkte in dem strahlenden Sonnenlicht farblos. Ich schminkte mir stark die Augen, malte mir den Mund dick mit einem roten Lippenstift an, der auf Ivans Kommode stand, und prüfte das Ergebnis erneut im Spiegel. Viel besser. Dann entdeckte ich eine Jacke, die wahrscheinlich Ivan gehörte, und ein großes Tuch, das ich mir um Kopf und Schultern legte.

Draußen lag alles in einem flüssigen Glanz, und der Schnee stieß unter den Füßen gelegentlich harsche Quietscher aus. Die Luft war so dünn, als könnte sie zerspringen und dabei die Stadtlandschaft, durch die ich ging, in Stücke brechen: breite Gebäude mit flachen Dächern und stumpfen Fensterscheiben, niedrig hingekauert vor dem endlosen Himmel. Weitere Gestalten hoben sich von der Landschaft ab, alle wie ich gegen die Kälte dick eingepackt, und obwohl die Stadt noch immer unergründlich war, konnte ich mir keinen anderen Ort vergegenwärtigen. Irgendwo hier, unerreichbar für meine Erinnerung, schienen die Überreste einer Vergangenheit verborgen zu sein.

Ich trat durch eine Tür und tauchte in Lärm und Betriebsamkeit ein. Ich war in einem Supermarkt, der eingerichtet war wie eine Halluzination; die Gänge führten in unerwartete Richtungen davon, und vertraute und unvertraute Artikel standen Seite an Seite. Hätte ich mir doch bloß einen Zettel gemacht! Ich hielt meinen Wagen mit festem Griff und vertraute darauf, daß mich die leuchtenden Verpackungen richtig führen und in meiner Auswahl leiten würden.

Die junge Frau an der Kasse registrierte meine Einkäufe

mit ihren Klingelzeichen: Eier (oh, ich hatte Butter vergessen; na ja, macht nichts, man konnte die Eier zur Not auch kochen oder bei etwas anderem mitverwenden); eine neue Rolle tiefgekühlten Keksteig; ein Paket Spaghetti; ein Glas eingelegte Okras aus Texas; ein Päckchen Pfefferminztee; Backfolie; Waschpulver; Allzweckreiniger; violettes Toilettenpapier (ein Artikel, den ich zuvor noch nie gesehen hatte) und eine Packung Aspirin. Das Mädchen streifte mich mit einem Blick, während sie mein Geld nahm.

Ein paar Türen weiter betrat ich einen kleinen Laden voller Gebäck. Es gab Bleche mit Marmeladentörtchen und Rosinenbrötchen und Teller, auf denen Schokoladenstücke in Diamantenform gestapelt waren, Pyramiden von Karamelkugeln, Borde mit Croissants, Torten und Keksen, und die denkbar schönsten Düfte umwogten mich. «Madame?» sagte eine Frau in Weiß hinter dem Tresen.

Ich sah zu ihr auf, und mein Blick streifte ein Regal mit zuckergußüberzogenen Kuchen, auf denen in französisch verschlüsselte Botschaften standen. Auf einem der Kuchen steuerten glänzende Zuckerschwäne auf ein winziges Brautpaar zu, und mein Herz begann heftig zu flattern, wie eine gefangene Motte, die einen Ausweg sucht. Trotzdem sagte ich entschlossen auf englisch: «Es sieht alles so köstlich aus.» Das war doch sicher eine passende Bemerkung – so etwas sagte man bestimmt. «Warten Sie.» Ich zeigte auf ein Blech mit tannenbaumförmigen Keksen, die mit grünen Zuckerkristallen bestreut waren. In Abständen waren winzige leuchtende Kandisstückchen verteilt, die den Tannenbaumschmuck darstellen sollten. «Diese.»

«Sehr gut», sagte die Frau. «Die mögen Kinder ganz besonders gern.»

«Gut», sagte ich. Was hatte sie gemeint? «Ich nehme ein Dutzend.»

«Hatten Sie ein angenehmes Weihnachtsfest?» fragte sie mich, während sie meine Kekse behutsam in eine Schachtel legte.

«Ja», sagte ich, vielleicht zu laut, aber sie schien das Feuer nicht zu bemerken, das über mich hinwegtoste. «Und Sie?»

«Sehr schön», sagte sie. «Ich war bei meiner Schwester. Alle Kinder waren daheim. Dagegen kommt mir heute alles so still vor.» Sie lächelte, ich begriff, daß ihre Mitteilung beendet war, und wir nickten einander kurz zu, als ich hinausging.

«Guten Tag», sagte ich unsicher zu dem Schlachter in der Fleischerei nebenan. Ich dachte plötzlich, ich müßte dort hineingehen und etwas Nahrhaftes einkaufen.

«Was kann ich für Sie tun?» fragte der Schlachter in akzentfreiem Englisch.

«Ach», sagte ich und verdrängte eine flüchtige Erinnerung an die Lammkeule in Ivans Mülleimer, «ich hätte gern etwas zum Abendessen.» Ah! Ich mußte lächeln – die Frau in der Bäckerei hatte mir im Grunde nur mitgeteilt, wie man sich plötzlich als Mensch fühlen konnte, wenn die eigene Schwester und ein paar Kinder um einen waren.

«Irgendwas Bestimmtes?» fragte der Schlachter. «Ich möchte nicht neugierig erscheinen.»

«Bitte», sagte ich über eine Mauer von Übelkeit hinweg. «Würstchen.» Das war ein kluger Gedanke – die waren zumindest von Därmen umschlossen.

«Würstchen», sagte er. «Wie viele Würstchen?»

«Nicht so viele», sagte ich und versuchte, nicht allzu konkret an all die schillernden Fleischstücke um mich herum zu denken.

«Moment», sagte er. «Sagen wir ... für zwei?»

«Gut», sagte ich. Glücklicherweise gab es einen Stuhl, auf dem ich warten konnte. «Hatten Sie ein angenehmes Weihnachtsfest?» fragte ich.

«Wundervoll», sagte der Schlachter. «Gans. Und Sie?»

«Oh, wundervoll», sagte ich. Aus seinem Schweigen schloß ich, daß das nicht ausreichte, und darum fuhr ich fort. «Allerdings, heute ist es so still. All die Kinder sind wieder zurückgefahren.»

«Oh. Die Stille kenne ich», sagte der Schlachter. «Wenn sie fahren.»

«Es sind eigentlich nicht meine Kinder», sagte ich. «Es sind die meiner Schwester. Meiner Stiefschwester, meine ich. Meine Schwester wäre noch zu jung, um Kinder zu haben, die alt genug sein könnten, um irgendwohin zurückzufahren. Wissen Sie», sagte ich, «ich habe einen Freund, der meint, es sei in gewisser Weise gleichgültig, ob ich es bin, die eine Stiefschwester mit Kindern hat, oder ob es jemand anderes ist.»

Der Schlachter sah mich an. «Interessanter Gedanke», sagte er. «Das macht fünf achtundsiebzig.»

«Ich weiß, es klingt eigenartig», sagte ich und zählte das Geld ab. «Aber dieser Freund glaubt wirklich, daß es, angenommen, es gäbe eine Person mit einer Stiefschwester, letztendlich keine Rolle spielt – für das Universum beispielsweise –, ob zufällig ich diese Person bin oder jemand anderes. Und ich dachte – spielt es für Sie eine Rolle, ob ich diese Person bin oder jemand anderes?»

«Für mich ... spielt es für mich eine Rolle ...» Der Schlachter reichte mir mein Paket. «Also, für mich, junge Frau, *sind* Sie was Besonderes, egal, wer Sie sind.»

«Na ja.» Ich lachte beklommen. «Nein. Aber meinen Sie – warten Sie –, ich bin nicht sicher, ob ich richtig verstehe. Das heißt, meinten Sie, daß ich ebensogut die Person mit der Stiefschwester sein könnte? Daß es ein Irrtum ist, sich mittels bestimmter Lebensumstände zu identifizieren?» Wieder sah der Schlachter mich an. «Ich meine, wie würden Sie den Unterschied beschreiben zwischen dem Platz, den Sie in der Welt einnehmen, und dem Platz, den ich einnehme?»

«Nun –» er runzelte nachdenklich die Stirn – «ich stehe hier auf dieser Seite, ich sehe Sie da drüben stehen, ungefähr so.»

«Oh –» sagte ich.

«So», sagte er. «Haben Sie alles? Wissen Sie, wo Sie sind?»

«Danke», sagte ich. «Ja.»

«Dann ist also alles in Ordnung», sagte er. «Lassen Sie sich die Würstchen schmecken.»

Zurück in der Wohnung, packte ich meine Einkäufe aus und räumte sie weg. Sonderbar, daß mir Ivan soviel mehr fehlte, wenn wir zusammen waren, als wenn wir getrennt waren.

Ich war eingedöst, als ich plötzlich Geräusche in der Küche hörte. Ich ging hin und entdeckte einen Mann mit schwarzem Haar und sehr blasser Haut, der am Tisch stand und sich die Keksschachtel aus der Bäckerei ans Ohr hielt, als handelte es sich um eine große Muschel.

«Verzeihung», sagte er und stellte die Schachtel hin. «Die Tür war offen. Wo ist Ivan?»

«Weg», sagte ich.

«Oh», sagte er. «Kommt er bald zurück?»

«Nein», sagte ich. Gut, nun war ich also wach. Ich setzte den Kessel auf.

«Setz dich», sagte er. «Entspann dich. Ich beiße nicht.» Er lachte – ein Geräusch wie von zerbrechendem Geschirr.

«Heiße Eugene.» Er hielt mir eine Hand hin. «Darf ich mich 'ne Minute setzen? Fuß tut mörderisch weh.»

Er schlug die langbewimperten Augen nieder und zog sich einen Stuhl heran, der mir gegenüber stand.

«Was ist los mit Ihrem Fuß?» sagte ich nach einer Weile.

«Na ja, ich weiß nicht genau. Arzt sagte, es handele sich um eine Kalziumablagerung. Stört mich nicht besonders, nur manchmal eben.» Er schwieg einen Augenblick. «Trotzdem, vielleicht sollte ich mal wieder zu ihm hingehen. Ab und zu sind solche Sachen... *progredient*, so heißt das, glaube ich. Entwickeln sich sogar manchmal praktisch zu was ganz anderem.»

Ich nickte und wünschte ihn zur Tür hinaus. Ich wollte schlafen. Ich wollte etwas essen.

«Ich bin zufällig vorbeigekommen», sagte er, «und da dachte ich, ich schau mal rein und besuche Ivan.»

«Ich mache mir eine Tasse Tee», sagte ich. «Möchten Sie auch eine?»

«Er hat nicht zufällig Kräutertee?» sagte Eugene. «Das ist gut für die Nerven. Beruhigend.» Ich sah, daß er schwere Motorradstiefel trug, die klitschnaß waren. Kein Wunder, daß ihm die Füße weh taten. «Ja, Ivan schuldet mir Geld», sagte er. «Ich dachte, ich geh mal vorbei und sehe, ob er es zufällig im Haus hat.»

Ich stellte die Teekanne und Tassen auf den Tisch. Ich fragte mich, wie lange es dauern würde, bis ich Eugene wieder loswurde.

«Wo kommst du her?» sagte Eugene. «Du bist nicht von hier, stimmt's?»

«New York», sagte ich. Außerdem wollte ich gern aus diesen Klamotten raus. Sie wurden allmählich schrecklich unbequem.

«Ja, das dachte ich mir. Dachte ich mir.» Wieder lachte er kläglich. «Guter alter verfaulter Apfel.»

«Sie mögen die Stadt wohl nicht sehr, hm?» sagte ich.

«Oh, ich mag sie schon», sagte Eugene. «Ich liebe sie. Ich bin dort geboren und aufgewachsen. Meine ganze Familie lebt dort. Ja, ich vermisse sie sehr. Hin und wieder.» Er nippte vornehm an seinem Tee, den Blick noch immer nach unten gerichtet. Dann warf er sein dickes schwarzes Haar aus dem Gesicht nach hinten, als hätte er bemerkt, daß ich ihn anstarrte.

«Frieren Sie nicht?» fragte ich plötzlich. «So, wie Sie rumlaufen?» Ich streckte die Hand nach seiner Lederjacke aus.

«Oh, mir geht's prima, dank dir», sagte er. «Mir macht das Spaß. Natürlich hab ich noch einen Schal um. Der Hals ist ein sehr empfindlicher Körperteil. Wer seinen Hals den Elementen aussetzt, spielt mit dem Feuer. Aber das ist genau mein Wetter. Ich würde im Freien leben, wenn das ginge.» Er blickte zu mir auf. Seine Augen waren blaß und seicht, und das Licht brach sich in ihnen auf sonderbare Weise, wie in Flaschenscherben unter Wasser. «Nachtisch?» sagte er, holte ein kleines Fläschchen aus der Tasche und schüttete ein wenig von seinem pulvrigen Inhalt auf den Tisch.

«Nein, danke», sagte ich.

«Stört es dich, wenn ich was nehme?» Aus einer anderen Tasche zog er eine Rolle Papiergeld und pellte von außen einen großen Schein ab.

«Der ist hübsch», sagte ich, während ich zusah, wie er ihn zu einem festen braunen Röhrchen mit grünen und roten Punkten zusammenrollte. «Den hab ich noch nie gesehen.»

«Hübsch», sagte er. «Klar ist der hübsch. Ist 'n Hunni. Für mich allerdings immer noch Spielgeld. Wesentlich besser als dieses mickrige einfarbige Zeug bei uns zu Haus, was?»

Eugene kopfte noch etwas aus dem Fläschchen auf den Tisch.

«Und warum gehen Sie nicht zurück?» sagte ich. «Wenn es Ihnen so gut gefällt.»

«Zurückgehen.» Er schniefte geräuschvoll, mit geschlossenen Augen. «Weißt du, ich fühle das Zeug nicht so, wie eine Frau es fühlt. Man sagt, es sei eine Frauendroge. Ich krieg nicht dieses Gefühl im Hinterkopf, wie ihr es kriegt.» Seine hellen Augen ruhten auf meinem Gesicht. «Also, ich kann nicht zurück. Sofern sie mich nicht ausliefern.»

«Weshalb?» Vielleicht konnte ich Eugene einfach bitten zu gehen. Oder vielleicht konnte ich seine Teetasse nehmen und sie auf den Boden knallen.

«Hab 'nen Typen erschossen.»

«Ja?» Ich zog die Füße unter mich. Dieser lästige Rock! Ich haßte das Gefühl von Wolle direkt auf der Haut.

«Nun werd nicht gleich nervös», sagte Eugene. «Es war vollkommen gerechtfertigt. Der Typ wurde gewalttätig. Ich würde es außerdem wieder machen. Das hab ich auch dem Richter gesagt. Mein Anwalt sagte immer wieder zu mir: ‹Halten Sie den Mund, Idiot, halten Sie den Mund.› Und zu dem Richter sagte er: ‹Euer Ehren, Sie sehen selbst, mein Mandant ist verrückt wie eine Laborratte.› Wie findest du das? Also hab ich gesagt: ‹Hören Sie mal, Richter. Was würden Sie machen, wenn irgendein Wichser Sie mit dem Messer bedroht? Vielleicht bin ich verrückt, ein Idiot bin ich nicht.›» Eugene lehnte sich zurück und legte die Hand über die Augen.

Ich goß mir Tee nach. Er fühlte sich auf dem Weg durch die Kehle schleimig an. Mir fiel ein, daß ich eine ganze Zeit nichts zu mir genommen hatte, nicht einmal Wasser. «Möchten Sie noch eine Tasse?» fragte ich.

«Ja», sagte Eugene. «Danke.»

«Kennst du Ivan schon lange?» fragte er.

«Neun Jahre», sagte ich.

«Neun Jahre. In neun Jahren lassen sich viele Bande knüpfen. Wie kommt es, daß ich dich nie kennengelernt habe? Ivan und ich machen viel zusammen.»

«O Gott, ich weiß nicht», sagte ich. «Wir sind mal zusammen, mal getrennt. Jetzt klären wir die Sache gemeinsam.»

«Ihr klärt die Sache gemeinsam», sagte er. «Ihr klärt die Sache gemeinsam, aber ich sehe nur einen von euch beiden.»

«Stimmt», sagte ich. «Wie sind Sie denn eigentlich nach Kanada gekommen?»

«Oh. Sie haben mich in die Anstalt gesteckt», sagte er. «Aber ich hab Freunde. Hier», sagte er. «Sieh mal.» Er leerte den Inhalt einer Hosentasche auf den Tisch. Eine Schlüsselkette, ein Ohrring, etwas, das aussah wie ein Klappmesser, und einen Packen Papier – Visitenkarten, Telefonnummern und alles mögliche –, und dann begann er mir vorzulesen. «Mein Gott», sagte er, als er bemerkte, daß ich das Messer untersuchte. «Auf diese Weise schneidest du dir den halben Arm ab. So mußt du es machen.» Zur Demonstration ließ er die Klinge hervorschnellen, dann klappte er das Messer zusammen und steckte es in die Tasche. «Hier – sieh dir die mal an.» Er reichte mir eine Karte mit einer chaotischen Ansammlung von Punkten. «Jetzt halt sie ans Licht.» Er nahm sie und hielt sie vor mir über eine Lampe. Aus den Punkten wurde ein Paar, das Fellatio miteinander trieb. «Ist das nicht toll?»

«Doch», sagte ich. «Aber ich glaube, Sie gehen jetzt besser. Ich hab ein paar Sachen zu erledigen.» Sein Gesicht verschwamm in Wellen vor meinen Augen.

«Warte –» sagte er. «Du siehst nicht gut aus. Hast du genug gegessen?»

«Mir geht es gut», sagte ich. «Ist mir auch egal. Bitte gehen Sie.»

«Du bist in keiner guten Verfassung, Mädchen», sagte er. «Dir geht's nicht gut. Bist du sicher, daß du von dem Zeug hier nichts willst?» Er bot mir das Fläschchen an. «Das bringt dich hoch. Dann machen wir dir noch 'n Tee oder so was. Flößen dir ein paar Vitamine ein.»

«Nein, nein. Es sind nur diese Klamotten», sagte ich und zerrte an ihnen. «Ich muß aus diesen Klamotten raus.» Ich bemerkte, daß er wunderschön war. Er war wunderschön. Er funkelte vor Schönheit; sie floß in glitzernden Strömen an ihm herab, als sei er einem See von Schönheit entstiegen. Ich trat gegen Michelines Stiefel, aber Eugene war schon auf den Knien und zog sie mir aus, und die dicken Strümpfe auch, und darunter kamen meine Beine zum Vorschein, sehr lang, fast glänzend in der zunehmenden Dunkelheit.

«Hab sie», sagte er und stand vor mir.

«Ja», sagte ich und streckte die Arme in die Höhe. «Jetzt den hier», und er zog mir den Pullover über den Kopf.

«Sch-h-h», sagte er, während er sorgfältig den Pullover zusammenlegte. «Alles okay.» Aber ich klapperte in meinem Körper wie ein Halloween-Skelett, während er mich zu Ivans Bett trug und in eine Decke wickelte.

«Sieh nur, wie weiß», sagte ich. «Sieh nur, wie weiß deine Haut ist.»

«Als ich im Dschungel lebte, war sie wie Leder», sagte er. «Anderthalb Jahre, Schuhleder. Sch-h-h», sagte er wieder, als ich bei einem Geräusch zusammenzuckte. «Es ist nur das Ding hier.» Und ich begriff, daß es das Messer in seiner Tasche war, das ein Geräusch machte, als er seine Sachen auf den Boden fallen ließ. «Das gefällt dir, stimmt's?» sagte er und hielt mir das Messer hin.

Wieder und wieder und wieder ließ ich die Klinge ausklappen und Luft von Luft trennen, während Eugene wartete. «Das reicht jetzt», sagte er. «Alles der Reihe nach. Du kannst später damit spielen.»

Nachdem wir miteinander geschlafen hatten, stand der Mond als voller Kreis hoch in dem schwarzen Fenster. «Wie findest du das?» sagte Eugene. «Natur.» Wir lehnten uns aneinander und betrachteten ihn. «Hast du zufällig irgendwas Eßbares da?» fragte er. «Ich bin am Verhungern.»

Als ich endlich einen Bademantel entdeckt hatte – ein warmes gestreiftes Ding aus Ivans Schrank –, durchwühlte Eugene bereits den Eisschrank. «Hast du damit was Bestimmtes vor?» sagte er und hielt das violette Toilettenpapier hoch, das ich offensichtlich in den Eisschrank getan hatte.

«Mal sehen...» sagte ich. «Es sind Würstchen da.»

«Würstchen», sagte er. «Die Dinger sind was Herrliches, aber sie bringen einen um. Konservierungsmittel, gesättigte Fettsäuren. Außerdem voller Hormone.»

«Ehrlich?» sagte ich.

«Wußtest du das nicht?» sagte er. «Warum grinst du? Meinst du, ich mach Spaß? Hör mal, die Amerikaner essen sowieso zuviel tierisches Eiweiß. Ballaststoffe sind das Richtige.» Er nickte mir mit hochgezogenen Augenbrauen zu. «Was hast du sonst noch?»

«Es gibt noch eingelegte Okras», sagte ich.

«Ivan hat harte Zeiten vor sich, hm?» sagte er.

«Na ja...» Es stimmte, daß ich nicht sehr effizient eingekauft hatte. «Oh, dann gibt's noch das hier.» Ich packte die Schachtel vom Bäcker aus.

«Herr im Himmel», sagte Eugene. «Wie finde ich denn

das – kleine Weihnachtsbäume. Das ist doch was!» Er baute sie auf dem Tisch zu einem Wald auf und spazierte mit den Fingern zwischen ihnen umher. «O Tannenbaum, o Tannenbaum, wie grün sind deine Blätter», sang er, und es hörte sich ungeübt an, als tue er das selten.

O Tannenbaum, o Tannenbaum
wie grün sind deine Blätter!
Du grünst nicht nur zur Sommerzeit,
nein, auch im Winter, wenn es schneit!
O Tannenbaum, o Tannenbaum,
wie treu sind deine Blätter.

«Was ist los?» sagte er. «Magst du keine Weihnachtslieder?» Also übernahm ich die zweite Stimme, als er eine weitere Strophe sang.

O Tannenbaum, o Tannenbaum,
du kannst mir sehr gefallen!
Wie oft hat nicht zur Weihnachtszeit
ein Baum von dir mich hocherfreut!
O Tannenbaum, o Tannenbaum,
du kannst mir sehr gefallen.

Eugene klatschte. Dann schnitt er eine obszöne Grimasse und steckte sich einen Keks in den Mund. «Oh, Mädchen», sagte er und hielt mir den Keks hin, damit ich den Rest aß. «Die sind verdammt *lecker.*»

Das stimmte. Sie waren wahnsinnig gut, und wir mümmelten sie friedlich in der vom Mondlicht durchströmten Küche.

«Was ist denn nun mit dir und Ivan?» fragte Eugene.

«Ich weiß nicht», sagte ich. «Ich verhungere in Ivans Gegenwart, aber mein Leben ohne ihn – mein eigenes Leben – habe ich einfach vertrocknen lassen. Es ist in lauter verrottende Einzelteile zerfallen.»

«Hör mal, Kleines», sagte Eugene, «das ist nicht in Ordnung. Es ist dein Leben.»

«Aber nichts verändert oder entwickelt sich», sagte ich. «Ivan kann sich offensichtlich nicht entscheiden, was er will.»

«Nein?» Eugene sah taktvoll beiseite, und ich lachte vor Verblüffung laut auf.

«Das stimmt», sagte ich. «Ich nehme an, er hat sich schon vor langer Zeit entschieden.» Ich starrte auf den Tisch herab in unseren dezimierten Kekswald und spürte, daß Eugene mich anstarrte. «Na ja, ich wollte nicht diejenige sein, die die Sache beendet, weißt du?» sagte ich. «Aber mit der Zeit verändern sich die Dinge, auch wenn man nicht mitbekommt, wie es geschieht, und irgendwann muß einer derjenige sein, der sagt: ‹So, jetzt haben sich die Dinge verändert.› Wie dem auch sei, es ist nicht seine Schuld. Er hat mir gegeben, was er konnte.»

Eugene nickte. «Ivan ist irgendwie ein einzelgängerischer Typ. Ich respektiere ihn.»

«Ja», sagte ich. «Aber ich wünschte, es wäre anders.»

«Ich verstehe, Kleines.» Eugene tätschelte mir die Hand. «Ich höre sehr wohl, was du sagst.»

«Was ist mit dir?» sagte ich. «Hast du eine Freundin?»

«Wer, ich?» sagte er. «Nein, ich bin nur eine alte Hure. Ich hab eine Frau unten in den Staaten. Aber ich konnte es nicht mehr aushalten mit ihr.» Er seufzte und sah sich um. «Sechzehn Jahre. Also, was gibt es sonst noch Eßbares hier? Ich hab noch Hunger.»

«Na ja», sagte ich. «Im Tiefkühlfach ist eine Rolle Keksteig, aber der gehört eigentlich Ivan.»

«Dann sollten wir ihn essen.» Eugene lachte. «Geschieht dem arroganten Arschloch ganz recht.» Ich sah ihn an. «Hör nicht auf mich, Schätzchen», sagte er. «Du weißt doch, ich bin verrückt.»

In der Nacht wachte ich einmal auf, neben mir den laut schnarchenden Eugene, und als ich mit meinem Kopf sanft gegen seine Schulter stieß, damit er aufhörte, legte er seine herrlichen weißen Arme um mich. «Dachtest, ich hätte dich vergessen, was?» sagte er klar und deutlich und fing wieder an zu schnarchen.

Stunden später öffnete mir das Sonnenlicht die Augen. «Scheiße», sagte eine Stimme neben mir. «Wie spät ist es?» Die Sonne hatte Eugenes strahlende Schönheit ausgeblichen. Mit seiner Blässe und seinem groben schwarzen Haar sah er aus wie ein Phantom, das man auf der Straße im Vorbeigehen registriert. «Ich habe am Mittag eine geschäftliche Verabredung», sagte er, während er sich seine Jeans anzog. «Meinst du, es ist schon Mittag?»

«Ich weiß nicht», sagte ich. Es schien noch angenehm früh zu sein. «Keine Uhr.»

«Ich mach mich besser auf den Weg», sagte er. «Scheiße.»

«Hier», sagte ich und hielt ihm sein Messer hin.

«Ja, danke.» Er steckte es in die Tasche und sah mich an. «Jetzt alles in Ordnung mit dir, Mädchen? Wirst du zur Abwechslung ein bißchen auf dich aufpassen?»

«Ja», sagte ich. «Übrigens, wieviel schuldet dir Ivan?»

«Wie?» sagte er. «He, da ist ja meine Jacke. Mitten auf dem Fußboden. Wunderbar.»

«Weil er davon gesprochen hat, bevor er fuhr», sagte ich.

«Ja?» sagte Eugene. «Na ja, macht nichts. Ich hol es mir später mal ab, zum Beispiel – wann? Wann wird der Idiot denn wieder hier sein?»

«Nein», sagte ich. Es hatte wirklich keinen Sinn, auf Ivan zu warten. Ich wollte dieses Geschäft selbst regeln, und zwar sofort. «Er hat mir nicht gesagt, wieviel es war, aber er hat mir genug dagelassen, um es zu bezahlen.»

Eugene sah hinab auf seine Stiefel. «Zwei Scheine.»

Ich zog mir den Bademantel über und zählte aus meinem Portemonnaie zweihundert Dollar hin. Es war fast alles, was ich von dem bunten Bargeld noch hatte. «Und er läßt dir danken», sagte ich.

Ich stand in der offenen Tür, bis Eugene hindurchgegangen war. «Ja dann», sagte er. «Ich danke dir.»

Auf dem Treppenabsatz drehte er sich noch einmal zu mir um. «Schönen Tag noch», rief er herauf.

Ich ging wieder hinein und setzte ein paar Eier auf. Dann drehte ich mich langsam im Kreis, so daß die Streifen auf dem Bademantel flackerten.

Wie um alles in der Welt konnte ich nur Butter vergessen? Die Eier waren trotzdem gut. Ich genoß sie.

Nach dem Frühstück wühlte ich herum und fand einen Eimer und Schwämme. Es machte mich traurig, daß Ivan die Wohnung derart verkommen ließ. Früher hatte er Spaß daran gehabt, Dinge zu pflegen. Dann setzte ich mich mit einem Kreuzworträtsel hin, das ich in einem der Regale fand, und als Ivan durch die Tür kam, hatte ich es fast vollständig gelöst.

«Sieht toll aus hier», sagte er, nachdem er mir einen Kuß gegeben hatte.

«Ich hab ein bißchen saubergemacht», sagte ich.

«Das ist toll», sagte er. Ich mußte an meine eigene Wohnung denken. Da würde es viel zu tun geben, wenn ich nach Hause kam. «Mein Gott. Bin ich erschöpft! Das war vielleicht 'ne Reise.»

«Wie geht's Gary?» sagte ich.

«Na ja, er hatte ein bißchen Fieber, als ich kam, aber inzwischen geht's ihm bestens», sagte Ivan.

«Gut», sagte ich. «Hat er sich über die Geschenke gefreut?»

«Mhm.» Ivan lächelte. «Vor allem über das Spiel, in dem die Kugel herumrollt. Wir konnten es nachher beide ganz gut, nach den ersten paar hundert Stunden.»

«Es gefiel mir auch», sagte ich.

«Er ist ein guter Junge», sagte Ivan. «Ist er wirklich. Ich hoffe nur, daß Linda nicht allmählich ein Nervenbündel aus ihm macht.»

«Wie geht es ihr?» fragte ich.

«Na ja, ich glaube, es geht ihr ganz gut. Sie versucht endlich, selbständig zu werden. Sie macht ein Diplom in Tanztherapie.»

«Das ist gut», sagte ich.

«Sie wird es schaffen, wenn sie ihre Abhängigkeit überwindet», sagte er. «Ich bin gespannt, wie sie mit dieser neuen Sache klarkommt.»

Er würde sie genau beobachten, das wußte ich. Was für eine enge Familie sie bildeten, Ivan und Linda – nicht viel Platz für andere. Natürlich spielten Gary und ich unsere eigenen kleinen Rollen in dem Stück. Ich war wahrscheinlich ziemlich wichtig, um, oh, zum Beispiel Micheline auf Distanz zu halten, so wie Gary unentbehrlich war, um mich abzuwehren.

«He», sagte Ivan. «Wer hat auf meinem Stuhl gesessen?» Er bückte sich und hob einen Schal auf.

«Ein Typ namens Eugene ist vorbeigekommen», sagte ich. «Er sagte, du würdest ihm Geld schulden.»

«Mein Gott. Stimmt ja», sagte Ivan. «Na ja, ich werde das morgen oder so erledigen.»

«Ich hab es schon in Ordnung gebracht», sagte ich.

«Wirklich? Na, danke. Das ist prima. Ich werd's dir zurückgeben. Tut mir leid, daß du dich mit ihm rumschlagen mußtest.»

«Er gefiel mir», sagte ich.

«Ja?» sagte Ivan.

«Du magst ihn immerhin gern genug, um Geschäfte mit ihm zu machen», sagte ich.

«Ja, ich weiß, ich sollte mitfühlender sein», sagte Ivan. «Es geht einem nur so furchtbar auf die Nerven.»

«Ist irgend etwas Wahres an seinen Geschichten?» fragte ich. «Daß er jemanden erschossen hat? Daß er im Dschungel gelebt hat?»

«Jemanden erschossen? Keine Ahnung. Er hat eine ziemlich ausschweifende Phantasie. Aber er hat im Krieg gekämpft, das schon.»

«Oh», sagte ich. «Verstehe. Dschungel – Vietnam.»

«Ich vergesse das immer wieder», sagte Ivan. «Du bist noch so jung.»

«Es muß schrecklich gewesen sein», sagte ich.

«Na ja, er wäre aus der Sache rausgekommen, wenn er nicht gewollt hätte», sagte Ivan.

«Wahrscheinlich fand er, daß es eine gute Sache war», sagte ich. «Außerdem können sich die Menschen ihr Leben nicht immer so einrichten, wie sie es gerne hätten.»

«Da bin ich anderer Meinung», sagte Ivan. «Die Menschen glauben nur gerne, daß sie das nicht können.»

«Weißt du», sagte ich und versuchte, mir die Ereignisse vom Vortag ins Gedächtnis zu rufen. «Ich hab mich gestern mit einem Schlachter über dieses Thema unterhalten.»

«Einem Schlachter?» sagte Ivan.

«Ja», sagte ich. «Und, soweit ich mich erinnere, sagte er ungefähr, Menschen seien nur in dem Maße frei, in dem sie die Grenzen ihrer Existenz erkennen.»

«Klingt ziemlich finster», sagte Ivan. «Und ziemlich aussichtslos.»

«Nicht wirklich aussichtslos», sagte ich. «Er wollte, glaube ich, folgendes sagen: Wenn ich den Platz kenne, an dem ich stehe, habe ich auch eine Vorstellung von dem Platz, an dem du stehst, und sofort habe ich automatisch eine Karte, einen Kompaß. Damit ist meine Situation – ganz gleich, wie schlecht sie ist – die Quelle meiner Kraft.»

«Na ja», sagte Ivan. «Das ist eine sehr gefährliche Art zu denken, weil genau diese Sichtweise dazu mißbraucht werden kann, alle möglichen Formen von Selbstsucht, Unterdrückung und Habgier rational zu erklären. Ich wette, du hast dich mit diesem Gauner drüben bei St. Lawrence unterhalten, der grundsätzlich seinen Daumen auf der Waage hat, stimmt's?»

«Na ja, vielleicht gebe ich seine Worte falsch wieder», sagte ich. «Er hat sich ziemlich rätselhaft ausgedrückt.»

Ivan sah mich an und lächelte, aber ich konnte dieses liebevolle Lächeln kaum ertragen; deshalb wandte ich mich ab und ging zum Fenster.

Wie gut er aussah! Wie sehr ich mir wünschte, mir die goldene, schmerzende Hoffnung auf ihn bewahren zu können. Aber sie hatte begonnen, sich von mir zu lösen – oh, wer wußte, vor wie langer Zeit –, und ich spürte bereits, wie ich eine neue Gestalt annahm: leer, leicht.

«Und wie geht es dir?» sagte Ivan und trat zu mir ans Fenster.

«Ganz gut», sagte ich. «Es tut wohl, nicht auf dich zu warten.»

«Es tut mir leid, daß ich Weihnachten nicht hier war. Was meinst du, kriegen wir es nächstes Jahr besser hin?»

Er legte seinen Arm um mich, und ich lehnte mich gegen seine Schulter, während wir hinaus auf die Stadt sahen, in der ich am Tag zuvor umhergelaufen war. Der Abend hatte die Phase erreicht, in der alles in gleichen weichen Schattenfarben lag, und die Stadt schien dicht, sehr dicht vor dem Fenster zu treiben. Wie vertraut sie mir war, als hätte ich sie jahrelang durchkreuzt und erforscht. Nun, es war wirklich nur eine kurze Zeit gewesen, aber sie würde ein Teil von mir sein, diese Stadt, noch lange, nachdem ich die Namen der Straßen und die Farben des Lichts vergessen hätte, noch lange, nachdem ich das Gefühl von Ivans Hemd an meiner Wange und den im Dunkel versinkenden Anblick vergessen hätte, von dem mich jetzt eine gläserne Scheibe trennte, die ich beinahe mit ausgestrecktem Arm erreichen konnte, um sie zu zerschlagen.

Zerbrochenes Glas

Als ich den Flugsteig verließ, dachte ich einen Moment lang, die Maschine hätte mich genau an der Stelle abgesetzt, wo sie mich Stunden zuvor in die Lüfte gehoben hatte, nur uniformes Uhrticken trenne mich von den Dingen, vor denen ich geflohen war: der täglichen Fahrt nach Hause vorbei an den Krankenhaustürmen; dem Anblick der Zeitung, die ich jeden Abend nach Artikeln durchkämmt hatte, die die Glocke von Schmerz und Medikamenten zu durchdringen vermochten, unter der meine Mutter lag; den Klängen meiner eigenen Sprache, durch die das wilde Geplapper in meinem Gehirn mit entsetzlicher Gewalt hervorzubrechen schien. Flughäfen, Bahnhöfe, Krankenhäuser – eines sieht aus wie das andere, ganz gleich, ob es den Anfang einer Reise kennzeichnet oder das Ende; und wenn ich mich daran erinnerte, daß ich gerade mehrere tausend Meilen geflogen war, wurde mir klar, daß meine Mutter hier und jetzt ebenso tot sein würde, wie sie es an diesem Morgen in Chicago gewesen war.

In der überfüllten Ankunftshalle riefen Geliebte und Familienmitglieder einander zu und nahmen sich in die Arme, und mich nahm Ray, wie er unbedingt genannt werden wollte –, der Grundstücksmakler, in Empfang, der für mich ein Haus gefunden hatte in jener Stadt, die ich beinahe zufällig aus einem riesigen und wenig informativen Reiseführer herausgesucht hatte. Als ich ihm die Hand hinhielt, flackerte etwas wie Beunruhigung in seinem Gesicht auf. Hatte er einen anderen Typ Frau erwartet? Ganz egal; ich wollte es nicht wissen. Wir hatten ungefähr eine Stunde Fahrt vor uns, und ich war entschlossen, jener Art von intimer, bekenntnisreicher Unterhaltung, die Fremde angeblich miteinander zu führen pflegen, aus dem Weg zu gehen. Ich war in meinem Brief und am Telefon nicht näher auf die Umstände meiner Reise eingegangen – ich zog es vor, für einen ganz normalen Feriengast gehalten zu werden.

Im Auto suchte ich die größtmögliche Distanz zu Rays klammer Herzlichkeit und sah aus dem Fenster, während er redete. Ich war nie weit weg gewesen von Chicago und hatte mich entschieden, nach Lateinamerika zu kommen, weil es meiner Vorstellungswelt so wenig vertraut war. All die verlockenden Plätze, die zu sehen ich mir zu Lebzeiten meiner Mutter so sehnlich gewünscht hatte, gehörten nun, so empfand ich es, fest versiegelt einer abgeschlossenen Vergangenheit an, in der sie zusammen mit meiner Mutter bewahrt bleiben würden.

Die Farben der Landschaft, die mich umspülten, waren sanft und intensiv, aber das Licht selbst war ein kabbeliges Gold, und die Baumgruppen, die sandigen Böschungen und Mulden schienen bewegliche Inseln zu sein, die sich in dem zarten Luftozean zu uns hin, dann wieder von uns weg neigten. Schließlich fuhren wir hinab in eine von Bergen umringte Ebene, und das irritierende Gleißen der Luft verschmolz in der Wärme des Tieflands, und bald stach aus der gelbbraunen Trockenheit vor uns ein Wirrwarr von gefiedertem Grün und Blüten hervor. Ray nickte. «Seit ungefähr tausend Jahren eine erstklassige Immobilie», sagte er feierlich.

Wir fuhren hinab in ein Labyrinth kopfsteingepflasterter Straßen, die von hohen, rosenroten Mauern gesäumt waren, und verlangsamten unsere Fahrt, um einer

Frau mit mehreren Kindern auszuweichen, die unseren Weg kreuzte. Auf dem Kopf trug die Frau ein Bündel – in Plastik eingeschlagen, wie ich erkannte, als ein Pickup uns überholte und eine Wolke glitzernden Staubs aufwirbelte. Auf der Ladefläche des Wagens saß eine Gruppe von Männern, über deren Arbeitshemden kupferbraune Gesichter und schwarze Haare glänzten. Ich streifte die ziemlich schwammige Person neben mir mit einem flüchtigen Blick. «Oh, Sie werden sich nicht langweilen», sagte er. «Wir sind eine wunderbare Gemeinschaft hier unten. Sehr nette Menschen aus allen Berufssparten. Tennis, Golf, Sehenswürdigkeiten von historischer Bedeutung, Pools. Perfektes Klima natürlich – was Sie wollen. Um Ihnen die Wahrheit zu sagen, wir haben eine ziemlich hohe Meinung von uns. Nicht, daß wir das jemals gegenüber unseren Freunden daheim so ausdrücken würden.» Er lächelte fröhlich, für einen Moment von seinem eigenen Witz aufgeheitert, und ich wandte mich peinlich berührt ab, als hätte ich etwas entsetzlich Persönliches erfahren.

Wir parkten hoch oben am Rande der Stadt. Ich folgte Ray durch ein großes Holztor und war erstaunt, hinter der Mauer, so dicht an der trockenen, staubigen Straße, einen üppigen Garten zu sehen. «Sie wohnen oben, über der Garage», sagte Ray und führte mich durch den Garten und über die mit Schiefer geplättete Veranda zu einem weißen Haus mit Ziegeldach. «Aber wir müssen von Norman die Schlüssel holen.»

Die Vorderfront des Hauses war aus Glas, und obwohl die Sonne zu kräftig schien, als daß ich im unbeleuchteten Innern irgend etwas hätte klar erkennen können, hatte ich einen Moment lang den Eindruck, ein Mann in einer Art Bademantel schwebe durch den Hintergrund. «Mr. Egan. Mr. Egan», rief Ray, und als eine Frau an die Tür kam, war dort, wo ich den Mann gesehen zu haben meinte, nur noch Schatten. «Oh, hallo, Dolores», sagte Ray.

«Mr. Egan ist nicht zu sprechen», sagte die Frau und lächelte mich an. Durch ihren Akzent bekamen die Worte einen frischen, sonderbaren Klang, als stünde ihre Bedeutung nicht ganz fest. «Ich werde Sie hinaufbegleiten.»

«Das wird nicht nötig sein, danke, Dolores», sagte Ray. «Gib mir einfach die Schlüssel, wir kommen schon zurecht.»

Ray führte mich eine weißgetünchte Treppe außen am Haus hinauf zur Tür der, wie sich herausstellte, kleinen Wohnung. «Wegen Trinkgeldern brauchen Sie sich übrigens keine großen Gedanken zu machen», sagte er. «Die rechnen nicht damit. Nur beim Essen und solchen Sachen. Also – Küche, Schrank, Badezimmer. Oh, Bett – na ja, Sie sehen schon. Wasser ist prinzipiell trinkbar, aber Sie sollten es vielleicht abkochen, um sicherzugehen. Wir finden, das ist ein hübsches kleines Plätzchen. Normans Frau hat es früher als eine Art Atelier benutzt, glaube ich. Soweit ich weiß, hat sie gemalt.» Er hielt inne, und dann schien ihm etwas einzufallen. «Netter Kerl, Norman. Ein zusätzliches Einkommen können wir natürlich alle gebrauchen.»

«Lebt sie noch?» fragte ich.

«Verzeihung?» sagte Ray.

«Die Frau von Mr. Egan», sagte ich. «Ist sie gestorben?»

«Ich verstehe.» Ray nickte, als hätte ich irgendeine wichtige Feststellung getroffen. «Absolut nicht, absolut nicht. Also, sieht so aus, als hätte Norman Ihnen ein paar Vorräte dagelassen, aber in der Stadt gibt es jede Menge Restaurants. Das Essen ist in der Regel ziemlich in Ordnung. Müssen natürlich ein bißchen mit Männern aufpassen, aber nichts wirklich Gefährliches, meine ich.» Er hielt mir die Schlüssel hin und legte sie dann auf den Tisch. «So», sagte er und sah mich an, und seine Arme hingen an den Seiten herab.

«Danke», sagte ich. «Ich bin sicher, alles wird bestens sein.»

Er ging, und ich stand still da, um den Klang seiner Stimme im schweren, strahlenden, summenden Nachmittag versickern zu lassen. Dann öffnete ich meinen Koffer, legte meine Sachen in den Schrank und ordnete meine Gläser mit Lotionen und Cremes auf der Kommode.

Was war zu tun? Bei der Arbeit hätte ich jetzt für heute Schluß gemacht und meine Akten für den nächsten Morgen geordnet. Und im Krankenhaus würden die Patienten jetzt bald kleine Pappbecher mit Tabletten bekommen, wie die Becher mit Bonbons bei einem Kindergeburtstag.

Ich ging hinaus und setzte mich auf den kleinen Balkon, von dem aus man den Garten überblickte. Die Luft strich ungewohnt seidig gegen meine Haut, und gezackte Bergringe umgaben mich wie kleine Wellen. Hier und da konnte ich sanft gerundete Kirchen mit Turmspitzen und Kreuzen erkennen. Meine Mutter war so lange krank gewesen, daß alle Zeit ihrem Tod entgegengeströmt war, und ich fürchtete, daß nun auch alle Zeit zu ihm zurückfließen würde. Im Warten darauf, daß meine eigene Lebensspanne diesen Dreh- und Angelpunkt erreichte, war ich vierunddreißig geworden – eine unwiderrufliche Position.

Unter mir steckte ein kleines weißes Kaninchen seine Nase zwischen den Pflanzen hervor und verschwand hakenschlagend. Seine rosa Augen und die rosa Ränder seiner Ohren sahen besonders schmerzempfindlich aus.

Ich bemerkte, daß mein schöner Reiserock bereits zerknittert und staubverdreckt war, und eine Welle von Kummer überflutete mich, als hätte ich Verrat an etwas begangen, das meiner Sorge anvertraut war. Das lag, so begriff ich, lediglich an der Belastung in den vergangenen Wochen – an den zusätzlichen Stunden im Krankenhaus, den Überstunden im Büro zur Rechtfertigung der freien Tage, von denen ich wußte, daß ich sie nehmen würde, der Beerdigungsformalitäten, der schweren Prüfung vor allem, die Papiere meiner Mutter zu ordnen und über den Verbleib all der kleinen Dinge zu entscheiden, die sie im Laufe der Jahre zu diesem oder jenem, nun ebenfalls dahingerafften Zweck angeschafft hatte.

Wie sorgfältig meine Vorbereitungen gewesen waren! Meine Mutter selbst hingegen war äußerst schlecht vorbereitet. Fast zwanzig Jahre lang hatte ihr Leben aus kaum etwas anderem als den Schmerzen einer sie schrittweise verzehrenden Krankheit bestanden, doch in dem Maße, in dem ihre Zukunft an Wert verlor und ihre Leiden zunahmen, wuchs auch ihre Furcht. Sie hatte den Tod außerordentlich gefürchtet, und das Leben klebte an ihr wie ein brennendes Gewand.

Ich dachte mit plötzlicher Wut an den Arzt, der noch vor wenigen Tagen mit mir im Krankenhauskorridor gestanden hatte. Auch er war schlecht vorbereitet gewesen, und er sah hilflos aus, wie ein kleiner Junge, der in einen Arztkittel geschlüpft ist. Und doch mußte er seit langer, langer Zeit gewußt haben, daß er früher oder später jemandem so würde gegenübertreten müssen wie an jenem Tag mir, und daß er jene Dinge würde sagen müssen.

In der Nacht schlief ich leicht und schlecht, und als ich aufwachte, hatte ich das Übelkeit erregende Gefühl, unterbrochen worden zu sein, wie wenn man von einem Boot auf festen Boden tritt, und mit diesem Gefühl erinnerte ich auch die Tatsache, daß meine Fahrten zum Krankenhaus endgültig der Vergangenheit angehörten.

Gerade als mir klar wurde, daß ich, schon um einen Kaffee zu bekommen, in ein unbekanntes Universum würde eintauchen müssen, erschien ein Mann mit einem gestutzten silbernen Bart an meiner Tür. «Guten Morgen, guten Morgen. Ich bin Norman, Ihr böser Vermieter», sagte er und hielt mir einen Armvoll Rosen hin.

«Danke», sagte ich. Die Blumen, noch in üppiger Knospe und schwer von Tautropfen, hatten eine frische, changierende, leicht eklige Lachsfarbe.

«Vase ist unterm Spülbecken», sagte Norman. Ich schätzte ihn auf Ende Fünfzig, und er hätte recht gut ausgesehen, dachte ich, hätte nicht ein Hang zur Genialität sein Gesicht geprägt, der inzwischen vernachlässigt worden war. Trotz seiner flotten weißen Sachen schien er sich unbehaglich zu fühlen.

«Meine Frau hätte ein richtiges Blumenarrangement für Sie zusammengestellt», sagte er. «Sie hat eine Hand für so was. Auch fürs Gärtnern.»

«Hat Mrs. Egan diesen Garten angelegt?» fragte ich.

«Sandra», sagte er. «Na ja, inzwischen macht sie nicht mehr allzuviel. Der Junge kümmert sich darum.» Norman ging hinüber zum Fenster und sah suchend hinaus, die Hand über den Augen. «Ich denke, nach einer Weile hat man genug davon.» Ich blieb stehen, begierig darauf, den Tag in Angriff zu nehmen.

«Es ist eine Schande», sagte Norman und wandte sich mir zu. «Früher, als wir hierherzogen, konnte man von diesem Fenster aus an jedem Tag des Jahres den Berg sehen. Heilig, müssen Sie wissen. Natürlich, diese ganze Gegend galt als etwas Besonderes – immer wieder von verschiedenen Stämmen erobert, bis die Spanier kamen und sie sich einverleibten. Hier sind Städte direkt auf andere Städte gebaut worden. Aber – und das ist faszinierend – all diese Volksstämme haben dieselbe große Pyramide oben auf dem Berg benutzt, um auf ihre jeweilige Weise ihre Götter zu verehren. Herrliche Ruinen – Sandra und ich haben dort oben Picknicks gemacht...»

Mit zusammengekniffenen Augen sah ich aus dem Fenster. «Oh, heutzutage können Sie rein gar nichts sehen.» Norman bedachte den blauen Himmel und die blendende Sonne mit einer abfälligen Handbewegung. «Alle möglichen Industrien verdrecken jetzt die Gegend. Leute, die vom Land hierherkommen – Überbevölkerung, Umweltverschmutzung, lauter solche Sachen.» Er seufzte. «Wie dem auch sei, gut zu wissen, daß Sie eine schöne Aussicht haben, stimmt's? Ob Sie sie nun sehen können oder nicht. Nun...» Er gab die milde, förmliche Variante eines Kicherns von sich. «Aber wir sind trotzdem gern hier. Und bitte – wenn Sie irgendwas brauchen, werden Sie hoffentlich fragen. Es gibt immer so viele kleine Dinge, bei denen man nicht genau weiß, was man zu tun hat. Man erwartet, daß etwas so oder so läuft, und dann stellt sich heraus – na ja, daß es eben nicht ganz genau so läuft, wie man es erwartet hat.»

«Ja», sagte ich aus der Tiefe einer plötzlichen Müdigkeit heraus. «Vielleicht können Sie mir sagen, wo ich eventuell ein bißchen Kaffee kaufen kann.»

«Kaffee», sagte er. «Nun – Kaffee. In der Stadt gibt's so was natürlich. Dolores kümmert sich bei uns um solche Sachen. O ja», sagte er, da er meinen überraschten Blick mißverstand, «wir sind sehr zufrieden mit Dolores. Wir sind hier nicht gerne so übermäßig, *übermäßig* förmlich –» er zwinkerte mir zu – «aber Dolores ist schon in sehr jungen Jahren zu uns gekommen. Ehemann verschwunden – Sie wissen ja, wie sie so sind –, und Sandra hat ihr alles beigebracht.»

«Tatsächlich», sagte ich.

«Nun, wir waren in der Gastronomie, müssen Sie wissen. Wir hatten herrliche Restaurants. New Orleans, Dallas, Cincinnati, Fort Lauderdale – überall. Und in all diesen Häusern hatten wir eine wunderbare, kultivierte Klientel. Sandra und ich haben immer alles persönlich beaufsichtigt. Oh», sagte er. «Ich habe Ihnen noch etwas mitgebracht.» Er reichte mir ein kleines Buch. «Das könnte sich als nützlich erweisen. Und vergessen Sie nicht, keine falsche Schüchternheit. Wenn Sie etwas wissen wollen oder brauchen, kommen Sie einfach runter und fragen.»

«Ich glaube nicht, daß ich Sie oft belästigen muß», sagte ich und nutzte die Gelegenheit, um weiteren Besuchen von ihm vorzubeugen. «Ich bin wirklich in erster Linie hier, um –»

«Natürlich», sagte er. «Sie sind jung und unternehmungslustig. Sie sind nicht hergekommen, um Ihre Zeit mit ein paar alten – ein paar alten ... Leuten zu verbringen.»

Jung und unternehmungslustig, dachte ich gereizt, als wir zusammen hinausgingen; jung und unternehmungslustig. Doch als ich hinter uns die Tür schloß, warf ich einen flüchtigen Blick zurück in den Raum und hatte das Gefühl, eine Ohrfeige bekommen zu haben. Es stimmte, mit den Cremes in ihren Gläsern auf der Kommode sah das Zimmer wie die erste eigene Wohnung eines jungen Mädchens aus, wie die Wohnungen, die meine Zimmergenossinnen vom College sich nach dem Abschluß gesucht hatten, als ich wieder zurück zu meiner Mutter zog.

Ich öffnete das Gartentor, und die Stadt, durch die ich erst am Tag zuvor gefahren war, überraschte mich – als hätte meine Vorstellungskraft auf perverse Weise eine flüchtige

Halluzination rekonstruiert. Der konkave Wirrwarr verflochtener Straßen lag zu meinen Füßen unter einer Sonnenglasur, und ich schlängelte mich hinab, irritiert durch die hohen Mauern. Wie ruhig all die Menschen um mich herum waren! Sie sprachen mit gesenkter Stimme und wandten den Blick aus langbewimperten Augen von mir ab, wenn ich vorbeiging. Sogar die Kinder machten kaum Lärm. Lastwagen, Motorräder und hin und wieder ein aufgescheuchtes Huhn waren die einzigen Geräuschquellen.

Am tiefsten Punkt der Stadt entdeckte ich einen kleinen Platz, und obwohl ich dringend ein paar Besorgungen machen und mir eine erste Orientierung verschaffen wollte, waren die verzierten kleinen weißen Eisenbänke so feierlich und einladend, daß ich mich veranlaßt fühlte, mich einen Augenblick hinzusetzen. Ich entschied mich für einen Platz im Schatten eines breitblättrigen Baumes und begutachtete das sonderbare Fleckchen Park, das mich umgab. Gepflasterte Fußwege schlängelten sich hindurch, und überall standen winzige gekachelte Brunnen. Schwere grelle Strahlen von vielen verschiedenen Sonnen schienen sich hier zu sammeln und verliehen allem übertriebene Ausmaße, so daß es unmöglich war, Entfernungen zu schätzen, und genau in der Mitte stand ein muschelförmiger Musikpavillon, aus Locken von Eisen und milchigem Glas gebaut, dessen Kuppel sich über die Blätter der umstehenden Bäume erhob. An den Rändern des Platzes boten Leute, die in ihren Trachten und mit ihren strähnigen schwarzen Haaren aussahen wie Puppen, Sachen zum Verkauf: angemaltes Spielzeug, Eisenwaren, aufgeplatzte rote Früchte, Kleider, gräßliche ausgestopfte Hunde oder Masken – eine phantastische, unglaubliche Ansammlung von Gegenständen. Der Geruch nach reifen – überreifen – Früchten, Staub und irgendeinem pfeffrigen Bratöl umhüllte mich in trägen Schwaden.

Es war heiß. Ich sah auf meine Armbanduhr und erschrak, als ich feststellte, daß sie stehengeblieben war. Was tun? dachte ich und stand hastig auf. Aber ich zwang mich, mich wieder hinzusetzen und mich zu entspannen. Ich schlug das Büchlein auf, das Norman mir gegeben hatte – eine Sammlung von Sätzen, die dem Autor als für Reisende unentbehrlich erschienen sein mußten, auf englisch und in Übersetzung:

> Dieses Kleid ist zu lang (zu kurz).
> " " hat einen schlechten Schnitt.
> Es ist schlecht gearbeitet.
> Soviel kann ich für dieses Kleid (diesen Korb/ Teppich / Schlüssel) nicht ausgeben.
> Nein, danke, ich möchte es nicht.
> Gut. Das ist ein angemessener Preis.

«Lesen Sie etwas Unerfreuliches?» hörte ich jemanden sagen, und ich blickte auf und sah über mir einen Mann stehen. In meinem Schrecken schien er so nah zu sein, daß jede Einzelheit der Medaille, die auf seiner nackten Brust lag, riesig aussah: Das Haar drumherum und die Haut, auf der Schweiß glitzerte, wirkten wie durch ein Vergrößerungsglas betrachtet.

«Nein», sagte ich zu den riesigen weißen Zähnen über mir. Ich schlug das Buch zu und ging auf zitternden Beinen davon.

Bald hatte ich mich wieder unter Kontrolle, und ich blieb stehen, um zu sehen, wo ich war. Durch eine Öffnung neben mir in der Mauer, die die Straße säumte, konnte ich eine Art Gemischtwarenladen ausmachen. Drinnen mußte ich vorbei an verstaubten Bierkisten, die entlang der krummen, wasserfarbenen Wand gestapelt waren, und fand schließlich Kaffee und andere Dinge, die ich brauchte. An der Kasse klaubten zwei kleine mandeläugige Mädchen gewissenhaft aus einem Haufen Münzen, den ich vor sie hingeschüttet hatte, das Geld heraus, das, wie ich hoffte, den fälligen Betrag ausmachte. Überwacht wurde dieser Vorgang von einer dicken Frau in einem langen Rüschenrock, die mich angrinste. Mir war schmerzlich bewußt, daß ich die lächerliche Touristin war, und ich starrte die Frau an, die mit um so größerem Genuß grinste.

Ich brauchte ziemlich lange, um den Weg zurück zu dem Platz zu finden, wo ich dann stand und hilflos die Straßen betrachtete, die sich trichterförmig in allen Richtungen davonschlängelten. Schließlich gelang es mir, die richtige Straße für meinen Rückweg zu finden, aber an ihrer Einmündung saßen inzwischen eine Reihe von in Tücher gehüllten Frauen und streckten, als ich mich näherte, die Hände aus, ohne mich anzusehen. Es gab keine Möglichkeit, ihnen auszuweichen. Ich sortierte mein Kleingeld in gleiche Teile und verteilte es unter den Frauen, wobei ich sorgfältig darauf achtete, sie nicht zu berühren.

Als ich die Tür zu meinem Apartment öffnete, sah ich als erstes die herzlose Aufreihung von Cremes und Lotionen auf der Kommode. Schnell packte ich die Gefäße in den Arzneischrank und begutachtete dann die Pakete und Konserven mit Eßbarem, die Norman besorgt hatte. Später legte ich mich hin, um zu lesen. Aber anstatt das Buch zu halten, erhob ich mich so weit, daß ich mir selbst beim Schlafen zusehen konnte. Ich träumte von einem kühlen, dunklen Schlaf, den auf der Stelle lautstarke Eindringlinge heimsuchten, die Stunde um Stunde in den unterschiedlichsten Erscheinungsformen und Landschaften stritten und leidenschaftliche Reden hielten. Mehrmals im Laufe der Nacht scheuchten sie mich in die Einsamkeit des Erwachens, an dessen Schwelle sie johlend und hopsend warteten, bis ich schwach genug war, um mich wieder einfangen zu lassen.

Als ich am Morgen aufwachte, erblickte ich meine wenigen Einkäufe vom Vortag, die ich auf der Kommode hatte stehenlassen. Wie sonderbar alles aussah in diesem Licht – der Kaffee, der Zucker, die Seife –, wie drohende kleine Götzen. Und als ich später das Tor zur Straße öffnete, erlebte ich wieder einen kleinen Schock, als hätte die Stadt, die unter mir im staubigen Gold siedete, eben erst reale Gestalt angenommen, um mich zu begrüßen.

Ich war entschlossen, den Tag gut zu beginnen, und ging darum geradewegs hinunter zum Platz, wo ich mich erinnerte, einen Zeitungskiosk gesehen zu haben. Es stellte sich heraus, daß der überwiegende Teil der Publikationen, die es dort zu kaufen gab, Comichefte voller Gemetzel und Tragik waren, aber es gab auch eine Reihe von Zeitschriften mit interessanten Bildern. Ich bezahlte bei dem älteren der beiden Jungen, die in dem Kiosk arbeiteten, während der andere, der ungefähr sieben sein mußte, mich anstarrte, was sein Gesicht aussehen ließ wie einen am Kinn ausgebeulten Kreis.

In der Nachmittagshitze, als vor den Ladeneingängen Rolläden heruntergelassen wurden, inspizierte ich die Restaurants und Cafés, die an dem Platz lagen, aber alles war voller ungepflegt gekleideter Männer, die bereits zu dieser Tageszeit tranken, und Fremder, die in arroganter Lautstärke Englisch oder Deutsch sprachen. Bedrückte fliegende Händler kreisten um die Tische, und es gab Fliegen.

Ich blieb hartnäckig und entdeckte ein Restaurant in

einem kleinen Hof, das sauber und ruhig zu sein schien. Nachdem ich mich an einen Tisch in der Nähe eines mit Blumen zugestellten Brunnens gesetzt hatte, wurde mir klar, daß das Restaurant zu einem Hotel gehörte, dessen Gäste – kleine uralte Leute in Morgenmänteln – eine Sprache sprachen, die ich nicht zu identifizieren vermochte. Es gelang mir, bei einem jungen Kellner, der mich in meinen unbeholfenen Sprachversuchen mit unangenehmem Enthusiasmus bestärkte, meine Bestellung loszuwerden, doch als mein Essen kam, dampfend und übergossen mit einer brutal scharfen Soße, konnte ich spüren, daß der Ausdruck auf meinem Gesicht jenem glich, den ich so oft auf dem Gesicht meiner Mutter gesehen hatte, wenn sie vor ihrem Tablett mit den zitternden Krankenzimmersubstanzen saß. Gedemütigt sah ich, daß die welken Gäste um mich herum mit offensichtlichem Vergnügen kräftig zulangten und erinnerte mich daran, daß ich keine Schwierigkeiten gehabt hätte, einen schönen knackigen Salat und ein erfrischendes Glas Eistee zu bekommen, wenn ich jetzt in Chicago gewesen wäre.

Als ich zurückkam, saß Norman auf seiner Veranda und plauderte mit einem Mann und einer Frau, die ungefähr in meinem Alter zu sein schienen. Alle drei nippten an geeisten Gläsern, und ganz in der Nähe krabbelte ein kleiner Junge auf dem Boden und bellte drohend einen unglücklichen Setter an. «Hör bitte auf damit, John-John», sagte der Mann.

«Oh, das macht ihm nichts», sagte Norman und lächelte mich zur Begrüßung an. «Mister ist an Kinder gewöhnt, stimmt's, Mister?» Der Hund gähnte genußvoll, während Norman ihm das Ohr kraulte. «Mister und das alte Karnickel gehören unseren Nachbarn, aber sie kommen gerne auf Besuch.»

«Entschuldigen Sie», sagte der Mann, während der

Junge in engen Kreisen davonraste, wobei er zischte wie ein Luftballon, aus dem die Luft entweicht. «Ich bin Simon Peter Murchison, und das ist meine Frau Annette. Und jene würdige Persönlichkeit, die sich derzeit gerade im Kompost vergnügt, ist unser Erstgeborener, John-John.»

«Ist es denn zu glauben?» sagte Annette. «Das kleine Hemdchen haben wir ihm in Florenz gekauft.»

«Ich hoffe, Sie sind nicht in Eile», sagte Norman. «Wollen Sie sich nicht setzen und mit uns einen Drink nehmen, bitte? Dolores –» rief er.

«Woher hat unser Sohn nur dieses *Benehmen*?» Annette lud mich mit einem Lächeln dazu ein, ihre Verwunderung zu teilen.

«Ja, wir sind ziemlich rumgekommen seit seiner Geburt», warf Simon Peter obenhin ein.

«Aus Spaß?» fragte ich.

«Aus Kostengründen.» Er kicherte seinen Drink an. «Universitätsgehälter.»

«Wie angenehm, auf einem Gebiet tätig zu sein, das einem das Reisen ermöglicht», sagte ich artig, während ich mich reckte, um auf seine Armbanduhr sehen zu können.

«Geschichte der Kirchenarchitektur in Kolonialländern», sagte Simon Peter. Wir alle schauten hinauf zu den Silhouetten der Kreuze, die um uns herum auf den Berggipfeln standen, schwarz vor dem leuchtenden Himmel.

«Die sind einfach köstlich, Norman», sagte Annette und nahm von Dolores einen neuen Drink entgegen. «Was tust du da rein?»

«Oh, so ziemlich alle Sorten Obst, die du dir vorstellen kannst. Und so ziemlich alle Sorten Alkohol, die du dir vorstellen kannst.» Norman zwinkerte mir zu.

«Lehren Sie jetzt hier?» fragte ich Simon Peter.

«Ich nehme hier ein Semester mit», sagte er. «Aber im Prinzip leben wir derzeit in Europa.»

Annette wandte sich mir zu. «Kennen Sie Europa?»

«Nein», sagte ich.

«Sie sollten es kennenlernen», sagte sie. «Sie sollten es ausprobieren. Die Sachen, die hier gut sind? Dort sind sie noch besser. Natürlich, die Preise sind kräftig gestiegen, seit wir das erste Mal da waren. Aber auch hier sind die Preise, trotz der Abwertungen, auf einem vollkommen anderen Niveau als früher. Die Preise hier wachsen uns richtig über den Kopf, bei Simon Peters Gehalt.» Sie warf einen mürrischen Blick hinüber zum Haus. «Sie haben hier aber wirklich etwas Günstiges gefunden.»

«Ich bin nur für kurze Zeit hier. Außerdem», sagte ich mit Absicht, «habe ich einen kleinen Geldbetrag geerbt.»

«Na also», sagte sie. «Seht ihr?»

«Wie dem auch sei, wir sind froh, Sie bei uns zu haben», sagte Norman.

«Für Kinder scheint es ein herrlicher Platz zu sein», sagte ich.

«In vieler Hinsicht, ja», sagte Simon Peter mit einem Anflug von Bedachtsamkeit. «In vieler Hinsicht stimmt das, würde ich sagen. Zumindest sind sie sehr glücklich.»

«Diese Kinder können es sich leisten, glücklich zu sein», sagte Annette. «Sie sind total verzogen.»

«Na ja, trotzdem», sagte Norman.

«Nein, es ist eine Schande», sagte Annette. «Ich kenne diese Leute. Meine Eltern sind, bis ich zwölf war, jeden Winter hergekommen. Diese Leute sind lieb und nett; ich bin unter ihnen aufgewachsen. Sie wollen niemandem weh tun – sie sind Indianer. Aber sie sind so verantwortungslos. Sie kriegen ein Kind nach dem anderen; man kann ihnen nicht beibringen, das endlich zu lassen. Und sie haben nicht genug zu essen, sie haben nicht genug Geld, also hungern sie. Und neuerdings sind sie unehrlich geworden. Früher konnte man ihnen sein Haus mit allem Silber und was weiß ich nicht zum Einhüten anvertrauen, wenn man verreist war. Jetzt stehlen sie einem auf offener Straße die Brieftasche.»

«Es sind wirklich gute Menschen», sagte Norman zu mir. «Zum größten Teil. Und die Kleinen sind Schätze.»

«John-John», ermahnte Simon Peter seinen Sohn, der über einer Pflanze lauerte, hinter der zuckend das Kaninchen hervorlugte.

«Nein, ich liebe diese Leute, Norman», sagte Annette. «Aber man kann ihnen nicht mehr trauen. Na ja, jeder muß essen, natürlich. Das verstehe ich. Aber sie vermehren sich wie –» Annette sah ärgerlich hinüber zu dem Gebüsch, wo John-John mittlerweile mit einem Stein in der Hand hockte – «wie ich weiß nicht was.»

«Na ja», sagte Simon Peter, «das Klima ist immer noch ideal.»

«Waren Sie schon oben auf dem Berg?» Annette deutete hinauf in den leeren Himmel.

«Ich bin gerade erst angekommen», sagte ich.

«Wir gehen mal rauf, solange Sie da sind», sagte sie. «Da oben gibt es einige ausgezeichnete Marktplätze. Man bekommt nach wie vor wundervolle Stoffe und Keramik für so gut wie nichts.»

«Wie schön», sagte ich. «Also...» Ich hatte das Gefühl, genug Zeit mit diesen geistlosen Plünderern vergeudet zu haben. «Ich muß jetzt wirklich nach oben.» Als ich stand, merkte ich, wie stark Normans Drink gewesen war.

«Will irgend jemand zum Abendessen bleiben?» fragte Norman.

«Du fändest es bestimmt toll, wenn Mami dich hier

ließe?» sagte Annette zu John-John. «Danke, Norman. Ich wünschte, wir könnten bleiben.»

«Na ja, kommt bitte bald wieder», sagte Norman. «Sandra wird darauf brennen, euch beide zu sehen.»

«Los jetzt, Schatz», sagte Annette zu John-John. «Wir sagen jetzt gute Nacht.»

«Sie wird Ende der Woche kommen», sagte Norman. Wir alle sahen hinüber zu John-John, der an Annettes Hand zerrte und ein immer tieferes, wortloses Gewimmer von sich gab. «Sandra.»

«Na, ist das nicht herrlich, Norman», sagte Simon Peter und runzelte die Stirn.

Das ist es also, was man unter «Reisen» versteht und unter «Urlaub machen» – diese unschiffbaren Strömungen, dieses plötzliche Eintauchen in das Leben gänzlich Fremder, in ihr kümmerliches, fürchterliches Leben.

In jener Nacht kam der Schlaf über mich wie ein großes Schiff, das zwischen dem dunklen Himmel und dem dunklen Wasser dahingleitet, und es trug mich fort in eine Gegend, die ich entsetzt als die aus der vergangenen Nacht wiedererkannte, ehe ich das Bewußtsein verlor. Meine Träume wanden und vermischten sich, bis ich mir meinen Schlaf nicht länger bewahren konnte und erschöpft aufwachte, von einer kreischenden Menge auf das Bett geschleudert, auf dem ich mich wiederfand.

Die Luft war prickelnd und strömte frisch durch die offenen Fenster herein. Während ich dalag und versuchte, dem Schlaf endgültig zu entfliehen und zu Bewußtsein zu kommen, durchfuhr mich eine Erinnerung wie ein tiefer, vibrierender Ton: Meine Mutter stand im Wasser und lächelte mich an. Sie war kaum älter als ich jetzt. Ich trug einen vanilleeisfarbenen Badeanzug, mit ganz auffälligen Pünktchen – ungewöhnliche, herrliche Farben. Meine Mutter streckte die Hand aus, um mich weiter hinauszulocken. Der kühle Sand, auf dem ich stand, wurde wieder und wieder vom sanften Pulsschlag des Wassers durchnäßt. Jedesmal, wenn eine Welle zurücklief, gab der Sand unter meinen Füßen nach, um sich dann, bevor die nächste kam, auf geheimnisvolle Weise wieder zu glätten. Ich nahm die Hand meiner Mutter und ging mit ihr ins Wasser hinaus bis zu der Stelle, wo aus dem Sand runde Steine wurden. Ich sah auf meine gespreizten Beine und auf die Steine, die in dem klaren, fremdartigen Zeug wackelten, wenn ich mich bewegte. Meine Mutter war glücklich. Wann hatte ich sie je so glücklich erlebt? Wo waren wir da gewesen? Ich klammerte mich an ihre Hand und schob mich weiter hinein.

Als ich wieder aufwachte, stand die Sonne als gelber, von Strahlen umgebener Kreis über dem Garten.

Ungefähr eine Woche lang sah ich Norman nicht, und die Vorhänge im Haupthaus waren zugezogen. Aber Dolores kam und ging und lächelte ihr strahlendes Lächeln, und mehrmals erschien ein Gärtner und verteilte Berge von Mist mit einem aggressiven Ausdruck von Langeweile und Sachkenntnis auf dem Gesicht, der zweifellos für Normans Augen gedacht war. Und da es mir unnötig vorkam, mich nach Norman zu erkundigen, tat ich es nicht. Morgens eilte ich hinab zu dem Zeitschriftenkiosk und trank dann, während ich die Zeitschriften durchblätterte, im Restaurant des Hotels meinen Saft und Kaffee. Ich machte Spaziergänge, dann besuchte ich das verwahrloste kleine Museum der Stadt, und nach dem Mittagessen schloß ich mich oft einer Busladung raubgieriger Touristen an, um eines der nahe gelegenen Dörfer zu besuchen, wo die Indianer Stoffe webten oder Kupfer schmiedeten, oder ich ging auf den Platz und las über die Geschichte der Gegend. Anschließend kaufte ich für das bescheidene Abendessen ein, das ich dann in meinem Apartment zubereitete. Ich hatte keine Zeit zu vergeuden.

Eines Morgens dann, als ich nach unten kam, sah ich Norman mit einem Stapel Päckchen aus seinem Wagen steigen. Er machte einen fröhlichen Eindruck in seinen frischen weißen Sachen, und er winkte mir freundlich zu, als er zum Haus ging.

«Was hast du mir mitgebracht?» rief ihm eine Frau von der Haustür entgegen. «Leckereien», sagte sie. «Gut. Und siehe da – ein amerikanisches Mädchen. Er ist wunderbar», sagte sie zu mir. «Er tut alles, was er kann, um mich fernzuhalten vom – um mich bei Laune zu halten. Sie *sind* doch ein amerikanisches Mädchen, oder? Sie verstehen, was ich sage?»

«Das ist unsere kleine Untermieterin, Sandra», sagte Norman.

«Na ja, wenigstens hat er mir nicht die Van Kirks hergebracht», fuhr die Frau fort. «Oder die Murchisons. Oder, Gott bewahre, die Geldzahlers.»

«Also bitte, Sandra», kicherte Norman zögernd in meine Richtung.

«Aber die werden noch früh genug hier sein. Und außerdem», sagte Sandra, «lieben wir sie. Sie sind unsere Freunde. Jetzt –» sie lächelte mich formell an – «bleiben Sie zumindest auf ein – ein Glas Saft bei uns, oder gehören Sie zu diesen ach so beschäftigten Leuten, die immer gerade irgendwo hineilen?»

«Hier gibt es nichts, wo man hineilen muß», sagte Norman.

«Ich bleibe einen Augenblick», sagte ich widerstrebend, «aber ich habe noch einiges zu erledigen.» Was wäre, wenn das Hotel nur bis zu einer bestimmten Zeit Frühstück servierte?

«Dolores –» Sandra sah sich um und verließ dann den Raum.

«Also ...» sagte Norman und setzte sich.

Ich konnte natürlich mit den Zeitschriften bis nach dem Frühstück warten, aber ich hatte nichts zu lesen bei mir. Außerdem hatte ich geplant, direkt nach dem Frühstück ins Museum zu gehen, und der Kiosk lag nicht auf dem Weg.

«Wie schön», sagte ich zu Norman, «daß Ihre Frau angekommen ist.»

«Sieht gut aus, nicht wahr?» sagte er unbestimmt.

«Sagen Sie», meinte Sandra, als sie zurück ins Zimmer kam, «spielen Sie Bridge? Oder Golf?» Sie war groß und sah sportlich aus, und ihr schulterfreies Kleid stand ihr, aber sie hatte das harte Fleisch von jemandem, der zu lange am Swimmingpool gelegen hat.

«Ich bin keine große Spielerin», sagte ich.

«Gut», sagte sie und warf ihr drahtiges bronzenes Haar zurück. Ihre sinnliche, ein wenig klapprige Vitalität schien sie zu ärgern, und ich war dankbar, im Besitz eines folgsamen Körpers zu sein. «Norman spielt nur, um sich zu Tode zu langweilen.» Norman, der mit irgendwelchen kleinen Holzklötzchen herumgefummelt hatte, lächelte vorsichtig zu seiner Frau empor, doch sie vermied es, ihn anzusehen. «Früher hat es solchen Spaß gemacht mit ihm. Danke, Dolores.» Sie strahlte Dolores an, die vor jeden von uns ein Glas Saft hinstellte. «Ach ja. Sie müssen kommen und mich unterhalten, wenn er mit seinen... *Kumpels* spielt.» Sie wandte sich plötzlich an Norman. «Was hast du da?» fragte sie.

«Oh», sagte er und öffnete die Hand, in der ein kleiner Hund zum Vorschein kam, den er aus den Holzklötzchen zusammengesetzt hatte. «Eins von diesen blöden Dingern. Niedlich, nicht? Aus Japan.» Er und Sandra starrten staunend und geistesabwesend auf die kleine Figur in seiner Hand.

«Was für hübsche Gläser», sagte ich und griff nach meinem Saft.

«Ja», sagte Sandra. Sie wandte sich von Normans Hand ab. «Diese hier. Ja, sie sind ganz hübsch, nicht wahr? Sie kommen hier aus der Gegend. Ein Jammer, daß sie nicht mehr hergestellt werden.»

«Na ja, wir haben unsere ja», sagte Norman und zog vergnügt eine Augenbraue hoch. «Wir haben sie uns vor Jahren angeschafft, und wir haben sie noch immer.»

«Wie alles, was wir uns vor Jahren angeschafft haben», sagte Sandra gereizt. Sie trank einen Schluck von ihrem Saft, stellte ihr Glas ab und schob es auf dem Tisch ein Stück von sich fort. «In der Gegend hier wurden früher so wunderschöne Sachen produziert», sagte sie zu mir. «Norman und ich haben sie kofferraumweise mit nach Hause gebracht. Oh, diese Fahrten!» Sie sah Norman einen Augenblick an. Als sie wieder wegsah, streckte sie ihre Hand aus, und er drückte sie. In dem langen Schweigen war ich Jahrzehnte von ihnen entfernt.

«Möchtest du irgendwas anderes als den Saft, Liebling?» sagte Norman.

«Ob ich irgendwas anderes als den Saft möchte?» Sandra sah ihn an und entzog ihm ihre Hand.

«Nein, ich meinte nur –» sagte er und hielt inne. Er stellte den kleinen Holzhund auf den Tisch und beobachtete ihn, als würde er gleich ein Kunststück vorführen.

«Nun», sagte Sandra und schien sich meiner zu erinnern. «Aber ich hoffe, Sie haben eine schöne, schöne Zeit.»

«Hat sie», sagte Norman.

«Wir jedenfalls genießen es immer sehr hier», sagte Sandra. «Wunderbares Klima, wunderbare Freunde – Pool, Sonne, Tennis...»

«Und sie sind ein fröhliches Volk», sagte Norman.

Mein Tag war natürlich ziemlich verdorben. Um wenigstens etwas von ihm zu retten, ging ich durch eine mir unvertraute Straße zum Platz; zwar sahen alle Straßen gleich aus, und die Mauern, deren Farben ein bejahrter, pulvriger Flaum dämpfte, verbargen das meiste von dem, was dahinter lag, aber jeder Hauseingang und jedes Tor gaben den Blick frei auf eine kleine Szenerie, so präzise und geheimnisvoll wie ein Bühnenbild, und heute ging ich langsam, um zu schauen. Hier und da sah ich den Ausschnitt eines mit abgefallenen Blüten übersäten Gartens oder den gewundenen Stamm eines Baumes, dessen Zweige sich über die Mauern reckten. Ich kam an einem Laden vorbei, wo Papierwaren mit einem Stolz und einer Sorgfalt ausgestellt waren, als handele es sich um kostbare Raritäten, und an einem winzigen Restaurant, das aus einigen lustig angemalten Tischen und einem Ofen bestand, auf dem ein Schmortopf stand. Ein juwelenfarbener Papagei führte von seiner Stange aus die Aufsicht. Ganz in der Nähe, auf einem überdachten Plätzchen, lehnte sich eine Frau gegen einen polierten Sportwagen und ruhte sich mit geschlossenen Augen aus. Sie trug eine kleine Uniform mit einer gestärkten Schürze und fächelte sich langsam mit einem großen, steifen Blatt Luft zu. Hinter ihr erkannte ich einen Abhang mit winzigen Hütten, der sich endlos hinzog. Wäscheleinen hingen kreuz und quer, und Kinder spielten. Einige Ponies – es waren natürlich echte Ponies – standen da und schlugen mit den Schwänzen. Als das Dienstmädchen seine großen Obsidianaugen öffnete, fühlte ich mich unbehaglich, als würde aus ihnen etwas Mächtiges hervorströmen. Aber sie schien mich nicht zu sehen. Vielleicht war ich unsichtbar in dem grellen Licht.

Später schlenderte ich über einen Markt unter freiem

Himmel, den ich erst jetzt entdeckt hatte. Eine Schar Miniaturen zog mich an auf einer Wolldecke, und ich nahm eine auf, um sie zu bewundern. Sie stellte eine winzige Szene dar, die genau der glich, vor der ich in diesem Augenblick stand: Eine Frau mit einem Tuch um Kopf und Schultern und einem langen Rock saß hinter ihrem Warenarrangement, genau wie die Frau, die jetzt zu mir aufsah. Aber die Miniaturfrau verkaufte winzige Lebensmittel – Karotten und Schalotten, Tomaten und Milchflaschen, wie man sie sich kleiner nicht vorstellen konnte. Ich war hingerissen von der winzigen Darstellung; doch als ich das Ganze ein wenig kippte, um das Gesicht der Spielzeugfrau zu betrachten, sah ich, daß es ein Totenschädel mit in verzückter Gier geöffnetem Mund war. Als die Marktfrau meinen Gesichtsausdruck sah, brach sie in schallendes Gelächter aus, und meine Hand schien an dem gräßlichen Spielzeug festgefroren zu sein. Ich zitterte, als ich zum Zeitschriftenkiosk kam. Beide Jungen sahen mich besorgt an, und ich war froh, daß wir uns nicht verständigen konnten.

In meinem Apartment an jenem Abend überraschte ich mich selbst im Spiegel. Ein amerikanisches Mädchen – kein Wunder, daß Norman und Sandra darauf bestanden, ich sei jung. Ich hatte ein zierliches Gesicht mit ungewöhnlichen Zügen erblickt, mit einer fast aggressiv frischen, rosigweißen Hautton, der weder inneren noch äußeren Unwettern ausgesetzt gewesen zu sein schien. Ich war immer davon ausgegangen, daß für mich das Leben ungefähr in dem Alter beginnen würde, das ich jetzt erreicht hatte; es war das Alter, in dem für meine Mutter, wie sie fand, das Leben begonnen hatte, das Alter, in dem sie zum ersten und einzigen Mal geheiratet, in dem sie ihr erstes und einziges Kind empfangen hatte. Doch schon bald nach jenem späten, kurzen Aufblühen ihres Lebens blieb sie allein mit einem Ehering, einer Unterhaltsregelung, einer Krankheit und einer Tochter natürlich – einer Tochter, die nunmehr vierunddreißig Jahre alt war.

Seit Sandras Ankunft war unten sehr viel mehr los. Sandra und Norman lagen häufig draußen in der Sonne oder saßen auf der Terrasse, wo Dolores ihnen auserlesene kleine Mahlzeiten servierte. Abends gaben sie oft Gesellschaften. Die Gäste, nicht selten Leute, die in den Vereinigten Staaten kaum ein Wort miteinander gewechselt hätten, fühlten sich hier verbunden, weil sie – basierend auf der Kaufkraft ihrer Dollars – an ihre eigenen Verdienste glaubten und damit notwendigerweise auch an die ihrer anwesenden Landsleute. Sie bekräftigten diese Überzeugung durch permanente Klagen über die Stadt (und es stimmte, daß nichts jemals pünktlich geschah, daß nichts ordentlich erledigt wurde, daß es immer wieder zu endloser und unerklärlicher Verknappung von Waren kam – es war eine Welt des ärgerlichen Schulterzuckens und des Lächelns), und sämtliche Gespräche an diesen Abenden bewegten sich in einer Atmosphäre der Komplizenschaft Exilierter, von denen niemand in der Vergangenheit irgendwelche Demütigungen oder Enttäuschungen erlitten hatte, von denen in der Tat niemand überhaupt irgendein Vorleben zu haben schien. Keiner fragte mich auch nur ein einziges Mal nach meinem eigenen Leben. Jegliche scharfkantigen Überbleibsel des Lebens «daheim», die so manchen geschmeidigen Nachmittag zu entstellen vermochten, wurden in den Alkoholfluten der Nächte weggespült. Die Morgensonne brannte die Katerstimmung aus. Es gab nur einen herrlichen Tag nach dem anderen, und das Leben wurde vergeudet.

Während dieser Parties bei Sandra und Norman ging

ich so früh wie möglich nach oben. Aber der Lärm von Stimmen und Gelächter schien in meinem kleinen Apartment noch verstärkt zu werden, und nach ein oder zwei Stunden war ich zittrig vor Kummer und Wut, wie man sich fühlt, wenn man krank ist. Wenn es mir gelang, mich einem derartigen Ereignis ganz und gar zu entziehen, erschien bestimmt Dolores an meiner Tür mit einer Einladung, mich doch der Gesellschaft anzuschließen, und wenn ich sie an solchen Abenden mit Entschuldigungen und Ausflüchten wieder nach unten schickte, kam sie mit einem Tablett voller Partyhäppchen zurück, dekoriert mit Blumen oder Papiergebilden oder geschnitzten Miniaturen. Gewöhnlich stellte ich das Essen in den Eisschrank und hob es mehrere Tage auf, ehe ich es wegwarf, doch einmal schmiß ich es, obwohl ich schrecklich hungrig war, wütend in den Mülleimer, sobald ich hinter Dolores die Tür geschlossen hatte. Wenn keine Parties stattfanden, saß ich bei gedämpftem Licht drinnen, denn ich fürchtete die anstrengenden Zudringlichkeiten von unten, die zweifellos einsetzen würden, sobald ich mich auf meinem Balkon blicken ließe.

Eines Abends ging ich, um Sandra und Norman zu entkommen, auf den Platz. Und als ich mich näherte, stellte ich erstaunt fest, daß die ganze Stadt auf den Beinen war. Die Mauern entlang der Straße strahlten die gespeicherte Hitze des Tages aus, und ein plötzlicher Duft nach Honig erfüllte die Luft, während von allen Seiten Arm in Arm die Menschen herbeiströmten und sich auf die verzierten Bänke oder die Ränder der gekachelten Brunnen setzten oder die schmalen Pfade entlangschlenderten. Der Himmel verfloß von Rosa zu Grün, und über ihn hin schossen in weiten Bögen kreischend die Vögel und ließen sich mit der Dunkelheit in den Bäumen nieder.

Ich fand ein Plätzchen für mich auf einer Bank zwischen

zwei älteren Frauen. Obwohl mir gegenüber, hoch am Himmel, der Schimmer des Tageslichts hing, war es hier, unter dem Baldachin von Bäumen und Vögeln, bereits tiefe Nacht. Das stetige, verworrene Spiel der Brunnen verwob sämtliche Geräusche zu einem, und kleine Lampen ergossen ihr Licht über die glänzenden Blätter. Rings um den Platz füllten sich die Cafés mit Gästen.

Niemand belästigte mich. Niemand sprach mich an. Ich sah den Kindern zu, die durcheinanderpurzelten, die kleinen Pfade rauf und runter Fangen spielten oder einander große, leuchtende, schwerfällige Bälle zukickten. Zwei kleine Mädchen in identischen gestärkten Rüschenkleidern kauften von einem Jungen, der kaum älter war als sie, einen Luftballon. Fachmännisch befreite er den Ballon ihrer Wahl aus der mächtigen Traube, die über ihm tanzte. Eine Gruppe kleiner Mädchen mit Bändern in den seidigen schwarzen Haaren tapste in kindlichem Wackelschritt unter einem Strom durchsichtiger Kugeln einher, die ein Seifenblasenverkäufer aus seinem Zauberstäbchen erblühen ließ. Kleine Jungs rannten die niedrigen Stufen einer Steintreppe hinauf und rutschten wieder und wieder das breite Geländer herab. Teenager saßen eng umschlungen, küßten sich oder lasen Comics, und ältere Paare spazierten Hand in Hand. Einige Verkäufer hatten Tücher ausgebreitet, um ihre Waren auszulegen, und andere verkauften von Karren herab Süßigkeiten oder den Saft ausgepreßter Früchte. Musiker spielten – die einen in Gruppen, andere einzeln –, ohne voneinander Notiz zu nehmen. Dann tauchte in dem kleinen bonbonförmigen Musikpavillon eine Band auf, und der messingne Glanz der Blechblasinstrumente drang weiter als ihr Klang. Die poröse Nacht verschluckte sogleich alle Geräusche, und dann umspülte einen das Treiben schweigend wie in jenen Träumen, in denen der Körper gefesselt und die Stimme aufgesogen wird, während man darum kämpft, in die Welt des Wachseins durchzudringen.

Nach diesem Erlebnis floh ich am Abend oft auf den Platz. Es war, als wäre man Teil einer kleinen Spieldose. Jeden Abend nahmen die Figuren ihre Positionen ein – die Vögel, die Jungen und Mädchen, die Eltern, die Großeltern, die Paare, die Verkäufer und die Musikanten, alle begaben sich zur gleichen Zeit an ihre Plätze, und die Männer, die Seifenlauge verkauften, bliesen unermüdlich ihre Ströme von Seifenblasen in die Luft, während die kleinsten der Kinder verzaubert unter ihnen herumwirbelten.

Später, wenn ich schlief, brodelte und pulsierte es in der Stadt. Gesichter, die mir auf dem Platz kaum aufgefallen waren, tauchten um mich herum auf und redeten auf mich ein, doch konnte ich die Worte nicht verstehen. Im blassen Glanz meiner Träume brachen die blühenden Mauern entlang der Straßen auf und gaben den Blick frei auf breite Adern von Papphütten, in denen sich Leiber im Schlaf hin und her warfen und stöhnten. Frauen saßen in ihre Tücher gehüllt; sie streckten die Arme aus, doch als ich Kleingeld in ihre geöffneten Hände legte, warfen sie es auf den Boden und kreischten. Ich war krank; ich lag im Bett und träumte, die Hände auf der Bettdecke, und war unfähig, mich zu rühren oder zu schreien. Meine Mutter stand mit dem Rücken zu mir, Mondlicht floß auf sie herab. Sie goß durchsichtigen Saft aus einem Krug in ein Glas, ohne daß es irgendein Geräusch gab. Mit einem schmerzvollen Grinsen auf dem Gesicht drehte sie sich um und kam zu mir herüber, wobei sie einen Luftballon an einer Schnur tanzen ließ. In dem Ballon war ein Baby. Sein Gesicht schwamm, schrecklich verzerrt, der Oberfläche zu. Meine Mutter ruckte grinsend an der Schnur und ließ den Luftballon tanzen. Ich sah ihn fallen, ich sah ihn, plötzlich in weiter Ferne, auf die Schieferplatten hinabstürzen, aber brüllende Stille verschluckte das Geräusch des Aufpralls.

Ich wachte in der Ruhe vor der Dämmerung auf, stets mit klopfendem Herzen. Dann schenkte ich mir ein Glas Wasser ein. Während ich in meinem Zimmer auf und ab ging, trank ich es langsam leer, um meinen Atem zu regulieren. Das Mondlicht, das in meine Träume geströmt war, hatte einer weicheren Dunkelheit Platz gemacht, aber wie hell die Sterne noch waren – wie winzige Löcher in einer Haut, die ein reines Licht hinter sich verbarg. Oft wußte ich kaum, wo ich war, während ich mein Wasser trank und auf und ab ging, so sehr hatte sich die Welt im Schlaf verändert. Und überall um mich herum schlüpften die Traumbilder von meiner Mutter – vergessene Bilder aus allen Altersstufen, in denen ich sie gekannt hatte – in den Schatten davon. Ich selbst war in meinen Träumen alterslos, so alt, wie man in der eigenen Wahrnehmung stets ist. Die Erschöpfung ließ mich dann in mein Schlafleben zurückfallen, das unabhängig von mir seinen Lauf zu nehmen schien, genau wie das Leben, in das mein Körper am Morgen eintauchte. Und nach einigen weiteren Stunden spürte ich, wie ich mich mühsam wieder befreite, doch in dem Moment, da ich an die sonnenbeschienene Oberfläche emporschoß, begann das Bild sich zu drehen, und ich tauchte im Erwachen hinab in eine Tageswelt, die ebenso wandelbar war wie meine Träume.

Nachmittags, wenn die Sonne die Stadt zu undurchdringlichen, verläßlichen Formen gebacken hatte, saß ich auf dem Platz und erfrischte mich, indem ich über das Schicksal der Völker las, die die Gegend besiedelt hatten. Während der gesamten Geschichte militärischer Auseinandersetzungen hatte der Besiegte stets bis zu einem gewissen Grade den Sieger assimiliert und sich damit letztendlich eine subtile Form der Überlegenheit gesichert. Und obwohl die stattlichen Städte, von denen man vermutete, sie seien schichtweise unter mir begraben, ebenso unsichtbar waren wie der Berg, auf dem noch die Überreste der Pyramide standen, hatten unter diesen Menschen, die um mich herum auf dem Platz ihren stillen Verrichtungen nachgingen, Nester uralter Sprachen und Bräuche unbeschadet überlebt. Es schien mir bemerkenswert, daß diese Menschen an den Rändern einer Geschichte hausten, die inzwischen andernorts gemacht wurde, und dennoch die leibhaftigen Nachkommen nicht nur der letzten – feurigen spanischen – Eroberer, sondern auch jener strahlenden Völker waren, die hier geherrscht hatten, als dies das Zentrum der Zivilisation war. Ich las über sie alle – eine Kette lebensvoller untergegangener Reiche, die mit der Herrschaft eines kriegerischen, vom Tode besessenen Volkes endete, das technologisch und kämpferisch vollkommen, ansonsten aber weniger entwickelt war als seine Vorgänger. Diesen letzten indianischen Herrschern hatte die Pyramide als ein Altar für Menschenopfer gedient, und ich brachte es nicht über mich, die Ruinen zu besichtigen. Ich fragte mich, ob Norman oder Annette jemals an das Blut dachten, das die Steinstufen hinab über sein Picknickplätzchen und ihren Marktflecken geströmt war.

Eines Nachts, als ich vom Platz den Hügel hinaufkam, fand ich Norman und Sandra auf der Terrasse, zusammen mit einem jungen Paar, das ganz und gar anders war als die geröteten, knollenförmigen Wesen, denen man sonst dort zu begegnen pflegte. «Kommen Sie her», rief Sandra. «Ich möchte, daß Sie Marcos und Eileen kennenlernen.» Der

Rock der Frau lief von ihrer schmalen Hüfte ab auseinander, und ihre spielzeugartigen hochhackigen Schuhe waren verblüffend weiß und frei von jeglichem Staub. «Sie sind unsere Nachbarn.»

«Ja, ich bin Marcos», sagte der Mann und war aufgestanden. «Und meine Frau, Elena.»

«Also, wie bin ich bloß auf ‹Eileen› gekommen?» sagte Sandra.

«Wem darf ich etwas zu trinken bringen?» sagte Norman und klatschte in die Hände.

«Dolores hat heute ihren freien Abend», sagte Sandra. «Gott weiß, was sie treibt.»

«Was ist denn das, was du da trinkst, Norman?» fragte Elena und streckte einen schlanken Arm aus.

«Wasser.» Norman lächelte einfältig.

«Ja, gewiß, aber laß mich probieren», sagte Elena. Ihre langen roten Nägel funkelten auf dem Glas.

«Ein bißchen Wasser», sagte Norman, während Elena vorsichtig einen Schluck trank.

«Ein bißchen Wasser mit einem großen Schluck Gin drin», sagte Marcos.

«Ja, gib mir auch so einen, bitte, Norman», sagte Elena.

«Mir bitte auch», sagte Marcos.

«Für mich nichts, danke», sagte ich.

«Oh, ich bitte Sie», sagte Sandra.

«Nein, wirklich», sagte ich. «Vielen Dank.»

«Die beiden wohnen gleich nebenan», sagte Sandra und deutete auf die Hecke, durch die hindurch Mister und das Kaninchen häufig ihre Auftritte begannen. «Und *sie* –» sie klemmte meinen Arm unter ihren – «wohnt oben. Sie kommt von weit her aus – Amerika.» Sandra landete erleichtert auf dem Wort. «Und jetzt steht sie hier in diesem Garten. Sie *haßt* uns, stimmt's?» Sandra zwinkerte Elena zu. «Wir sind schreckliche Nachbarn, und sie haßt uns.»

«Bitte, Sie müssen mir verzeihen», sagte Elena zu mir. «Ich spreche nicht sehr gut Englisch. Marcos, mein Mann, er spricht es sehr gut.»

«Du sprichst Englisch wie eine Prinzessin», sagte Sandra. «Wie eine Prinzessin. Ist es nicht seltsam, daß man direkt neben Leuten wohnt und sie nie zu Gesicht bekommt?» Marcos lächelte und ließ einen Moment lang einen dunklen Glanz zu Sandra hinüberfließen.

«Also», sagte Norman. «Dreimal Wasser, noch einmal Wasser und einmal Nichts.»

«Norman und ich haben diesen reizenden Leuten gerade von einigen unserer anderen Freunde hier in der Stadt erzählt», sagte Sandra. «Also. Ihr sagt, daß ihr Dr. Rafaelson und seine Frau nicht kennt. Skipper und Lillian.»

«Leider nicht», sagte Marcos mit Entschiedenheit.

«Mal sehen», fuhr Sandra fort. «Die Van Kirks, die Geldzahlers, die Murchisons – oh! Die Dawsons müßt ihr kennen. Sie machen viel Wohltätigkeitsarbeit in der Kirche.»

Elenas schwarzes Haar schien sich geschmeidig zu strecken und zu atmen, als sie es zurückstrich. «Ich glaube nicht, oder doch, Marcos?» Marcos nahm einen Schluck von seinem Drink und schüttelte den Kopf, ohne aufzusehen. Ich fürchtete, ohne eigenes Gerichtsverfahren zusammen mit den übrigen Invasoren aus den USA verurteilt zu werden.

«Also, wir können uns alle glücklich schätzen, in einer Stadt mit so netten Leuten zu leben», sagte Norman.

Mister zwängte sich durch das Gebüsch und setzte sich zwischen seine Besitzer. Er sah bewundernd zu Marcos auf und klopfte mit dem Schwanz auf den Boden, und Marcos hob zur Begrüßung ein wenig sein Glas. «Ein Furz auf Mister», sagte Sandra, während Elena sich vorbeugte, um sein Fell zu streicheln.

«Ein Furz auf Mister», sagte Norman. «Mister Furz. Wir lieben Mister», erklärte er mir.

«Mister ist ein sehr guter Hund», sagte Elena. «Um Mister zu kriegen, wir mußten dahin gehen, wo – wie heißt das, wo –»

«Tierheim», sagte Sandra. «Hundezwinger.»

«Da, wo sie die Hunde machen, die die Vergangenheit haben, die gute Familie...»

«Hundezüchter», sagte Norman.

«Ja, und jetzt, wenn Mister gute Kinder hat, sind sie sehr viel in US-Dollar wert.»

«O ja», sagte Norman. «Hinreißende Viecher, Setter. Sandra und ich haben selbst eine Menge wunderbare Tiere gehabt.»

«Aber wir versuchen nicht, wir versuchen nicht, daß er, wie sagt man das?»

«Das ist etwas, was wir nicht sagen.» Sandra stieß mich heimlich in die Seite. «Das sagen wir nicht.»

«Decken», sagte Norman und nickte.

«Ja, daß er deckt», sagte Elena. «Diese Sache interessiert uns nicht.»

«Nein, wen interessiert das schon?» sagte Sandra. «Lüsterne alte Köter. Oh, Mister weiß, daß ich ihn liebe.»

«Ja, wenn sie gesund sind, die Kinder, das ist es, was uns interessiert», sagte Elena.

«Schauen Sie.» Marcos legte behutsam einen Finger auf mein Handgelenk. «Können Sie ihn sehen?» Und dort, wo er hinzeigte, konnte ich ganz schwach die Umrisse eines Gipfels erkennen – so flach, als wäre der wirkliche Gipfel hinter uns und würfe seinen Schatten dorthin –, der die anderen überragte.

«Der Berg», sagte ich glücklich. «Es ist das erste Mal, daß ich ihn sehe.»

«Er läßt sich eben nicht gerne sehen», sagte Marcos.

«Nein?» Ich reagierte unwillig auf seine Sprödigkeit. «Warum nicht?»

«Das ist heiliger Boden», sagte er und zeichnete ein Muster auf sein beschlagenes Glas. «Früher wurden dort oben junge Mädchen geopfert.» Vielleicht hoffte er, mich damit zu schockieren, aber natürlich war ich mit den Tatsachen längst vertraut. «Ihr Blut wurde den Göttern geweiht, die die Sonne aufgehen lassen.»

«Ich weiß», sagte ich. «Die armen Mädchen.»

Marcos zuckte die Achseln. «Die armen Götter», sagte er. «Gezwungen, die Sonne aufgehen, die Tage ihre Kreise ziehen zu lassen.»

«Gezwungen?» sagte ich. «Ich hatte gedacht, Götter könnten machen, was sie wollten.»

«O nein.» Marcos sah zu mir auf. Ich ärgerte mich darüber, wie sehr er und seine Frau ihr gutes Aussehen zum Gegenstand des allgemeinen Interesses machten, war aber unfähig, wegzusehen. «Ich bin sicher, daß es Vorteile hat, ein Gott zu sein, aber das ist keiner. Schließlich zwingt das Gebet die Götter zu reagieren, oder etwa nicht?»

«Ich würde sagen, man kann es so sehen», sagte ich. «Ich sehe es zufälligerweise nicht so.»

«Nein?» sagte Marcos. «Aber der Regen, die Offenbarung, die Vision, die reiche Ernte, die Ausstattung mit Weisheit und Macht – sogar die Erlösung –, all diese Dinge sind immer dann gewährt worden, wenn die Vorbereitung stimmte.»

«Nichtsdestoweniger», sagte ich und wurde in meiner Verärgerung ziemlich undifferenziert, «scheint mir das eine ganz schöne Verschwendung zu sein, finden Sie nicht? All die Mädchen in Stücke zu hacken, damit die Sonne aufgeht, wo sie doch heutzutage ganz von alleine aufzugehen scheint.»

«Vielleicht tut sie das.» Marcos lächelte. Unwillkürlich

stellte ich mir vor, wie er sich vor dem Spiegel anzog, wie er das Hemd über seiner muskulösen Brust zuknöpfte (soweit er es zugeknöpft hatte) und dabei die Augen befriedigt zusammenkniff. «Aber vielleicht profitieren wir auch von den selbstlosen Anstrengungen unserer Vorfahren. Hier lebt die Vergangenheit in uns fort. Sehen Sie das nicht, wenn Sie mich anschauen? Das erhobene Basaltmesser, die gefesselte Jungfrau, das schlagende Herz, das aus der Brust gerissen wird –»

«Bitte», sagte ich. «Das reicht. Außerdem, jeder hat eine Geschichte. Ich nehme an, Sie wollen sagen, ich sei ein... ich sei ein...» Aber seine grausamen Späße hatten mich viel zu sehr verwirrt, als daß mir ein Vergleich eingefallen wäre.

«Ja», sagte er. «Sehen Sie? Sie wissen nicht, wer Sie sind. Sie kommen aus einer Ecke Amerikas, in der man die Ureinwohner ausgerottet hat. Für Sie ist die Vergangenheit etwas Abgeschlossenes, denn Ihre eigene Vergangenheit besteht allein aus einer Ausrottung. Was für eine traurige Sache, denke ich! Sie können nicht zurückschauen und dort Ihre Gegenwart sehen, Sie können nicht nach innen schauen und dort Ihre Zukunft sehen –»

«Das mag schon sein», sagte ich gefaßt, obwohl ich spürte, daß ich rot wurde vor Wut – gewiß war es die Anwesenheit von Sandra und Norman, die diese phrasenhaften Predigten provozierte. «Aber ich bin sicher, Sie wären dankbar, wenn Sie dieses spezielle Kapitel Ihrer Geschichte ausklammern könnten. Es gibt Leute, müssen Sie wissen, die so etwas barbarisch finden. Außerdem habe ich den Eindruck, daß Sie großartige Ansprüche für eine Gegend formulieren, die selbst keine originäre Kultur mehr hat. Die Leute hier kommen heutzutage von überall her.»

«Von überall her», stimmte Marcos erfreut zu. «Und

bringen zivilisierte Sitten und Bräuche mit, ja? Sie kommen von überall dort her, wo man wegen Steuerhinterziehung vor Gericht gestellt werden kann. Oder wegen Kriegsverbrechen. Oder Betrug. Sie kommen wegen des Klimas.» Er sah mich an. «Und warum sind Sie gekommen?»

«Wegen des Klimas», sagte ich, und Tränen brannten mir in den Augen, als er lachte.

«Ich habe Sie verärgert», sagte er. «Aber ich spiele nur.» In dem Moment, da es ihn anfing zu langweilen, mich zu quälen, zog ein beleidigter, muffiger Ausdruck über sein Gesicht. «Meine Familie ist natürlich rein spanischer Abstammung.»

«Es ist außerordentlich beruhigend», sagte ich, «zu hören, daß auch Sie ohne all diese... ‹Vorbereitung›, wie Sie das glaube ich genannt haben, den Sonnenaufgang willkommen heißen.»

«Oh, ich glaube, sie ist uns derzeit ohnehin nicht gemäß – diese Vorbereitung», sagte er. «Denn im entscheidenden letzten Moment muß all das abgelegt werden.»

Jetzt, da ich vollkommen außer mir war, schien Marcos mich gänzlich vergessen zu haben, und er redete, als würde er vor sich hin überlegen. «Ich fürchte, ich kann Ihnen nicht ganz folgen», sagte ich unbeholfen.

«Ja», sagte er. «Das Opfer auszuwählen, das eigene Sein der ersehnten Sache zu unterwerfen, die richtigen Bedingungen zum Gebet herzustellen – im entscheidenden letzten Moment fallen diese Mühen und Kämpfe von einem ab wie zerrissener Stoff, und der Bittsteller wird seinem höchsten Ziel ungeschützt gegenüberstehen. Ich glaube nicht, daß wir derzeit in der Lage sind, das zu ertragen.»

«Was zu ertragen, ihr beide?» sagte Sandra und wandte sich uns zu. «Was, meint ihr, können wir nicht ertragen?» Sie machte eine unbestimmte Bewegung. «Wir können das hier ertragen. Wie auch immer –» Sie nahm meine beiden Hände, als ich aufstand, um zu gehen, und sah mir forschend ins Gesicht. «Die Hauptsache ist, *Amüsieren Sie sich?*»

«Ja», sagte ich. «Natürlich.»

«Gut.» Sie ließ mich los und schüttelte langsam den Kopf. «Weil das die Hauptsache ist.»

Nun begann Marcos in meinen Träumen zu erscheinen. Er war ein höhnischer, aufdringlicher, gewaltsamer Eindringling, aber einmal, kurz bevor ich aufwachte, zeigte er Reue und nahm mich tröstend in die Arme. Ich duschte gleich nach dem Aufstehen, aber das Gefühl, von ihm berührt worden zu sein, klebte den ganzen Tag hindurch an mir und trieb mich zum Wahnsinn.

Wenige Tage später war ich eines Morgens auf dem Weg nach draußen, als Norman und Sandra mich von der Terrasse aus riefen. «Wenn das nicht die Dame ist, über die wir gerade gesprochen haben!» sagte Sandra. «Kommen Sie, frühstücken Sie mit Mr. und Mrs. Unnütz. Dolores –» rief sie und deutete auf mich.

«Wir wollen Sie natürlich nicht aufhalten, wenn Sie etwas zu tun haben», sagte Norman, als ich zögerte.

«Oh, sie hat nichts zu tun», sagte Sandra.

«Nein, der Grund, warum wir hofften, Sie heute morgen zu sehen», sagte Norman, «ist der, daß sehr alte, sehr liebe Freunde von uns, Gerald und Helen Moffat, gerade von Minneapolis eingetroffen sind und wir heute abend eine kleine Party für sie geben. Wir dachten, vielleicht hätten wir vergessen, es Ihnen zu sagen.»

«Sind Sie aus Minneapolis?» fragte ich.

«Nein», sagte Norman. «Aber unsere Freunde.»

«Norman», sagte Sandra, «hast du noch mal mit Skipper und Lillian gesprochen?»

«Also», sagte Norman, «sie werden alles daransetzen zu kommen, aber Skipper scheint es in letzter Zeit nicht sehr gut zu gehen. Nichts Ernstes. Aber», sagte Norman zu mir, «es werden jede Menge reizende Leute dasein, und Sie sind auch eine reizende Person, deshalb sind wir sicher, daß die anderen Ihnen gefallen werden.»

«Danke», sagte ich. Erst mein Vormittag und jetzt mein Abend. «Ich werde ganz bestimmt kommen, sofern nicht –»

«Ja, wo –» Sandra drehte sich in ihrem Stuhl um. «Oh, da», sagte sie, als Dolores mit einem Glas Saft und einem Teller mit Spiegeleiern und Speck für mich erschien.

Norman brach von einer Pflanze neben sich eine Gardenie ab und legte sie auf meinen Teller. «Ist nicht alles wundunderbar für Sie zubereitet?» sagte Sandra.

«Wundunderbar, wundunderbar», sang Norman.

«Und werden die Moffats bei Ihnen wohnen?» fragte ich.

«Nein, nein», sagte Norman. «Sie haben ein hübsches Häuschen hier in der Stadt. Ganz in der Nähe von unserem alten. Gleich auf der anderen Seite vom Golfclub.»

«Golfclub», sagte Sandra. «Golfclub, Golfclub. Weiß jemand, wovon eigentlich die Rede ist, von Golf*clubs* oder von *Golf*clubs? Wie auch immer, der Tonfall scheint etwas zu bedeuten, nicht wahr?» Ich sah sie höflich an. «‹Die Leute wohnen gleich auf der anderen Seite eines Golfclubs.› Das könnte zum Beispiel bedeuten: ein kleines bißchen dahinter, aber zu weit. Gleich hinterm Zaun, sozusagen.» Sie lachte und klatschte in die Hände. «Man würde sagen: ‹Oh, die beiden? Das sind reizende Leute, aber sie sind auf die andere Seite vom Golfclub gezogen.›»

«Ach so», sagte ich.

«Dolores», sagte Sandra, «wir *warten* auf unseren Kaffee.»

Norman wandte sich ab, um die Gardenie zurückzuschneiden. «Sie haben einen traumhaften Pool», sagte er. «Sagen Sie uns Bescheid, falls Sie ihn mal benutzen möchten. Sie werden mit Freuden zustimmen.»

«Machen Sie das, damit sie blüht?» fragte ich ihn.

«Ja», sagte Norman. «Ich weiß nicht. Die blöden Dinger blühen in diesem Klima, ganz gleich, was man mit ihnen macht.» Er stand auf, um ein paar Pflanzen zu inspizieren, die die Hecke säumten. «Das verfluchte Karnickel hat ziemlichen Schaden angerichtet, Sandra», sagte er wehmütig. «Wir müssen dem Jungen sagen, daß er die hier durch andere ersetzen soll.»

«Nun, immerhin», beruhigte ich ihn, «habe ich es in letzter Zeit nicht mehr hier gesehen.»

«Ich wette, Sie lechzen schon nach Ihrem Kaffee», sagte Sandra. «Ich tue es jedenfalls, das steht fest.»

«Wo, meinen Sie, ist es geblieben?» fragte ich. «Das Kaninchen.»

Sandra verzog das Gesicht und fegte ein paar Krümel vom Tisch. «Man sehe sich nur mal diesen Schweinkram an», sagte sie.

Norman richtete sich auf und seufzte. «Er mußte es aus dem Verkehr ziehen», sagte er und sah zu Boden. «Ich weiß nicht warum.»

Während Norman weiterschlenderte und an den Pflanzen herumzupfte, redete Sandra hastig mit leiser Stimme auf mich ein. «Ich glaube, die Leute nebenan haben das Kaninchen gegessen», sagte sie. «Aber ich will Norman das nicht sagen. Er würde einen Anfall bekommen. Er liebt Kaninchen. Dabei war dieses Kaninchen eine solche Pest, stimmt's, hat all die Pflanzen abgefressen. Aber es war niedlich. Bei uns zu Hause gibt's die nicht. Na ja, es gibt sie wohl schon, nehme ich an, man könnte sie kriegen, aber hier essen die Leute sie.» Gedankenverloren beobachtete sie, wie Dolores sich näherte, doch dann fuhr sie erregt fort. «Oh, na ja, warum auch nicht? Der Mensch muß schließlich essen.» Als Dolores uns Kaffee einschenkte, sah Sandra mich an und hob eine Augenbraue. «Danke, Dolores», sagte sie mit übertriebener Freundlichkeit.

Es war mir peinlich, aber Dolores schien den plötzlichen schroffen Gemeinheiten, die Sandra gelegentlich entfuhren, keine Beachtung zu schenken. «Wir essen Kühe», sagte ich.

«Sie haben nicht zufällig so etwas wie – Valium, oder?» fragte Sandra. «Vielleicht oben?»

«Habe ich nicht», sagte ich. «Nein.»

«Na, gut für Sie. Wer braucht solches Zeug schon? Ja», sagte sie nach einer Weile, «das ist wahr. Wir essen Kühe. Und Hühnchen. Und Ferkelchen. Aber die sind alle widerlich.»

Wir saßen da und beobachteten Norman, wie er zwischen den Pflanzen herumlinste. «Der Kaffee ist köstlich», sagte ich.

«Oh! Wenn Sie etwas Köstliches –» sagte Sandra und sprang auf. Sie ging hinein und kam mit einer Flasche zurück. «Probieren Sie mal», sagte sie.

«Was ist das?» fragte ich. Ich sah von Sandra zu Norman, der zurückgekommen war und über mir stand.

«Fühlen Sie sich nicht verpflichtet, wenn Sie nicht in der Stimmung sind», sagte er.

«Oh, Norman. Das ist quasi das *National*getränk», sagte Sandra.

«Aber wenn sie nicht will –» sagte Norman.

Sandra öffnete die Flasche, und wir alle lauschten, wie sie etwas in meinen Kaffee goß. «Es ist nur für Sie. Zum Probieren.»

Ich nahm einen Schluck. «Wunderbar, nicht wahr?» sagte ich, obwohl ich es zu stark und ziemlich eigenartig fand.

Sandra sah mir, das Kinn auf die Rücken ihrer gefalteten Hände gelegt, beim Trinken zu. «Ja», sagte sie.

Sie schüttelte sich wie beim Aufwachen und goß etwas aus der Flasche in Normans Tasse und dann in ihre eigene. «Sandra –» sagte Norman. Aber sie sah ihn nicht an, und wir alle tranken mit niedergeschlagenen Augen.

«Nun denn...» seufzte Norman. Er erhob sich und trottete zurück zu den Pflanzen an der Grundstücksgrenze.

«Er kann nicht stillsitzen», sagte Sandra. «Das beunruhigt mich.»

Norman schüttelte über den Pflanzen noch einmal den Kopf und wandte sich wieder uns zu, wobei er zum Schutz gegen die Sonne eine Hand über die Augen legte. «Kann ich Sie irgendwohin mitnehmen?» fragte er mich. «Ich muß auf eine kurze Partie runter zum Golfclub.»

«Sehen Sie?» rief Sandra heiter. «Aber bleiben Sie auf dieser Seite!»

«Ich will in die Stadt», sagte ich. «Ich glaube, das liegt für Sie nicht auf dem Weg.»

«Ich muß sowieso fahren», sagte Norman. «Springen Sie einfach in den Wagen, hopphopp.»

An jenem Abend schimmerte die Party unter mir im Licht von Kerzen und Laternen. Mein Zimmer schien dazuzugehören, und während das laute Gemurmel zu mir heraufdrang, beobachtete ich Dolores und einen Jungen, beide ganz in Weiß, mit hiesigen Webereien über ihren Kleidern, wie sie ihre Runden drehten und Tabletts von Gast in Gast trugen. Als ich die Tür hinter mir schloß, um nach unten zu gehen, spürte ich, wie mein Apartment sich mit Träumen füllte, die darauf lauerten, bei meiner Rückkehr über mich herzufallen.

Ich machte eine rasche Runde durch den Garten – Marcos und Elena waren natürlich nicht da – und bemerkte Simon Peter, der sich in meine Richtung in Bewegung setzte. Ich konnte mich gerade noch rechtzeitig umdrehen und stand einer stupsnasigen Frau in Rüschenkleid und mit klebrig aussehenden gelbbraunen Haarrollen gegenüber, die an lackierte Hobelspäne erinnerten. «Sie haben ja gar keinen Drink!» sagte sie. «Na, ich hoffe, daß Sie ein Stündchen durchhalten. Am besten, man geht einfach rein und schenkt sich selbst was ein, aber wenn Norman das mitkriegt, wird er ganz unglücklich. Wie lange ist es her, seit sie aus dem großen Haus ausgezogen sind? Neun Jahre? Zehn Jahre? Trotzdem, ich glaube, es fällt ihnen schwer, sich umzugewöhnen. Sandra sieht allerdings recht gut aus, finden Sie nicht?»

«Ja», sagte ich.

«Manchmal ist es schlimmer, wenn sie gerade frisch aus der Klinik kommt», sagte die Frau. «Man kann sich kaum vorstellen, nicht wahr, daß sie diejenige war, die all die Jahre den ganzen Laden geschmissen hat, während Norman an der Flasche hing. Oh, sie war tüchtig wie nur irgend jemand! Andererseits, er war immer einfach... *liebenswert*, finden Sie nicht? Ein *gütiger* Mann, wie Bob immer sagt.»

Wie kann sie es wagen, dachte ich. Wie kann diese Fremde es wagen, mir die Geheimnisse ihrer Freunde auszuplaudern. Aber während ich das dachte, wurde mir klar, daß Sandra und Norman mir diese Informationen über sie bereits selbst angeboten hatten, und ich sah zu Boden, um dem Spiegelbild meiner eigenen Brutalität und Feigheit im Gesicht dieser Frau auszuweichen.

«Ein Jammer, dieses Wetter», sagte die Frau. «All der Dunst. Oder Smog, was immer es ist. Früher hatten wir das nie.» Sie tätschelte ihre sorgfältige Dauerwelle. «Oh, ich sehe, daß Sie meine Schärpe bewundern», sagte sie. «Guatemala. Alt, hat das Mädchen gesagt, und sie machte einen ehrlichen Eindruck. Ich glaube, sie war Deutsche.»

«Bestimmt», sagte ich, während ich mich nach Norman und Sandra umsah. Ich würde gute Nacht sagen und dann gehen.

«Wie bitte?» sagte die Frau.

«Verzeihen Sie», sagte ich. «Ja, sie ist gewiß echt.»

«Nun, zumindest hat man mir gesagt, sie sei es», sagte die Frau. «Sie machen natürlich auch heute noch hinreißende Sachen, aber ich würde das nicht empfehlen. Bob und ich waren vergangenes Jahr entsetzlich enttäuscht. Wir hatten zwar einen herrlichen Blick über den See, aber alles andere war vollkommen unmöglich. Und das Essen! Also, es tut mir leid, Ihnen sagen zu müssen, daß es im Grunde überhaupt kein richtiges Essen war.»

«Ich gehe vielleicht mal hinein und hole mir etwas», sagte ich, doch im gleichen Moment erschien der Junge mit einem Tablett voll kühler Drinks. Er war sehr jung, im Grunde noch ein Kind, und er strahlte. Er schien glücklich zu sein mit seinem Tablett und seiner Uniform.

«Hehe», sagte die Frau laut, als der Junge sich davonmachen wollte. «Bleib mucksmäuschenstill hier stehen.» Während die Frau ihr Glas leertrank und es gegen ein volles eintauschte, bemerkte ich, daß der Junge genau wie Dolores aussah – er mußte ihr Sohn sein.

«Hallo, hallo», sagte Norman. Er ging an uns vorbei über den Rasen, und er hielt eine Frau fest beim Ellenbogen, die auf ihren hochhackigen Sandaletten unsicher einherschritt. «Alle versorgt, wie ich sehe. Gut.»

«Muriel», sagte die Frau neben Norman. «Kein Mensch hat mir gesagt, daß du schon da bist.»

«Gerade angekommen», sagte die Frau, mit der ich mich unterhielt. «Vor knapp einer Woche.»

«Wundervoll», rief die andere Frau über ihre Schulter zurück, während sie und Norman ihren Weg fortsetzten. «Und wie geht's Bob?»

«Na ja, weißt du.» Muriel beugte sich an mir vorbei, um ihrer entschwindenden Freundin zu antworten. «Er war den ganzen Tag draußen auf dem Golfplatz.» Beide Frauen lachten und winkten. «Offen gestanden», sagte Muriel zu mir, «kann er es einfach nicht mehr ertragen, zu ihren Parties zu kommen. Er war so eng mit Norman befreundet, und seit sie das Haus in Fort Lauderdale verloren haben, bringt Bob es kaum noch übers Herz, sie zu besuchen. Aber ich finde, wir müssen einfach kommen, wegen Gerald und Helen, finden Sie nicht? Wissen Sie –» sie machte eine Pause und musterte mich mit einem Radarblick – «ich kann mich von Fort Lauderdale her gar nicht an Sie erinnern –»

«Ist es nicht herrlich», sagte Sandra, die mit schwingenden Röcken herbeikam. Sie legte einen bloßen, etwas schlaffen Arm um Muriel. «Alle beieinander.»

«Einen Augenblick, Liebe», sagte Muriel und machte sich mit einem Stück Kleenex an Sandra zu schaffen, um ihr ein bißchen Lippenstift vom Zahn zu wischen. «So. Ich habe deiner jungen Freundin hier gerade von eurem wunderwunderschönen Haus in Fort Lauderdale erzählt.»

«Wir hatten soviel Spaß, nicht wahr?» sagte Sandra.

«Woher kennt ihr beide euch?» sagte Muriel.

«Oh, sie ist mein Schätzchen», sagte Sandra. «Ist sie nicht entzückend? Aber sie ist so beschäftigt. Lauter wichtige Dinge zu tun.» Sie rümpfte die Nase und legte sie einen Augenblick lang gegen meine. «Ich hasse Sie, wenn

Sie so beschäftigt sind», sagte sie. Sie wandte sich Muriel zu. «Wo ist Bob?» sagte sie. «Ich habe Bob den ganzen Abend nicht gesehen.»

«Er war ganz deprimiert, weil er nicht mitkommen konnte», sagte Muriel. «Aber er war einfach zu erschöpft. Er hat den ganzen Tag mit Dr. Skip auf dem Platz verbracht.»

Mir wurde klar, daß ich Sandras Gesicht noch nie zuvor entspannt gesehen hatte. Sie sah Muriel ruhig an, während diese vorsichtig eine herabgefallene Blüte von ihrem Kleid klaubte, und als Muriel wieder aufsah, starrte Sandra sie immer noch an. «Er wird schnell müde», sagte Muriel und sah flüchtig zu mir herüber, um sich meine Unterstützung zu sichern. «Er ist nicht mehr so jung wie früher.» Aber ich sah sie genauso an, wie Sandra sie angesehen hatte, und Sandra ihrerseits drehte sich um und ging davon.

«Da!» sagte Muriel. «Na, ich fürchte, jetzt habe ich etwas angerichtet, aber das ist genau die Sache –» Ein Ausdruck faden Triumphes breitete sich über ihr Gesicht aus. «Sie gibt uns die Schuld. Sie gibt Norman die Schuld. Aber was soll Norman anderes machen? Er ist der einzige, der die Autorität hat, sie bei der Stange zu halten.»

Aber drüben auf der Terrasse geschah etwas. Genau in dem Moment, als Norman die Hand ausstreckte, um von Dolores' Sohn einen Drink in Empfang zu nehmen, kam Sandra angelaufen. Norman schien unfähig, sich zu bewegen, während er zusah, wie Sandra das Kind bei der Schulter faßte, mit der freien Hand einen Drink vom Tablett nahm und ihn hoch über ihren Kopf hob. Das Kind starrte mit seinen vor Angst glühenden riesigen Augen hinauf, und das Glas schien dort zu verharren, wo Sandra es losließ, und einen Moment lang träge in der Luft zu funkeln, ehe es auf dem Schiefer zersprang. Das Geräusch schien ein Zeichen zu sein, daß die Party noch lauter als vorher weitergehen konnte, und das ganze Ereignis wurde im Spalt der Stille verschluckt, der sich hinter uns schloß, während Sandra die Gläser eines nach dem anderen vom Tablett des Jungen nahm und fallen ließ.

Als ich über den Rasen ging, grapschte eine schwabbelige Hand nach meiner. «Sie sind jetzt hoffentlich nicht vollkommen entsetzt, oder?» sagte eine Stimme. Die Stimme und die Hand gehörten einem großen Mann in Bermudashorts. «Die Sache ist vorbei und erledigt», sagte er. «Morgen wird sich kein Mensch mehr daran erinnern.» Ich zog heftig meine Hand zurück und setzte meinen Weg über den Rasen fort.

Ich fand Sandra im Wohnzimmer, an Dolores gelehnt, die sie wie ein kleines Kind tröstete. Ihr Weinen hörte sich an wie ein klägliches, stoßweises Husten. Norman stand ein paar Schritte entfernt und schaute zum Mond hinauf. Ich sah, daß sein Gesicht tränennaß war, und wie das Gesicht, das vom Mond auf ihn zurückschaute, war es verschwommen, als würde es langsam ausgewaschen. Es gab hier nichts für mich zu tun.

In der Nähe des Tores trat Dolores Sohn teilnahmslos gegen die Wand. Als ich hinausging, taten wir so, als bemerkten wir uns nicht.

Als ich auf dem Platz kam, war er fast leer. Vier Männer standen noch an verschiedenen Punkten in gleicher Entfernung um den Musikpavillon herum und zauberten Ströme von Blasen aus ihren Flaschen mit farbiger Flüssigkeit, aber die anderen Händler und die Mehrzahl der Leute waren verschwunden, und die letzten noch verbliebenen mußten, als ich mich auf eine Bank setzte, annehmen, daß ich auf jemanden wartete.

Waren Sandra und Norman sich je bewußt gewesen,

was für ein Leben sie führten? Wahrscheinlich nicht. Es schien, daß man einfach jede Frucht in Reichweite aß, die Samen achtlos verstreute und sich dann Jahre später vom Wildwuchs umzingelt sah. Ich lenkte meine Gedanken zurück in meine eigene Vergangenheit und wollte dringend wissen, ob es irgendeinen Scheideweg, irgendeine aufschlußreiche Entscheidung gegeben hatte, die das Ziel erkennen ließ, auf das ich mich zubewegte, aber da waren nur das zarte Geplapper der Blätter über mir und ein milder Rosenduft, der durch die Nachtluft zog.

Wenn ich mich nur emporheben und an einen Ort in der Zukunft tragen lassen könnte, zu dem sich die Stunden in einer huldvollen, stetigen Prozession hinbewegten und an dem ich die billige Münze des Alltagslebens unter angenehmen Menschen ausgeben könnte. Ich schloß einen Moment lang erschöpft die Augen, und als ich sie wieder öffnete, schien ein Stück Chiffon mich zu umhüllen, ein wogendes Etwas, das der Mutter meiner Mutter gehört hatte. Ich betrachtete es genau und vertiefte mich in die faszinierenden Farben, die, obwohl schon früher der Erinnerung ausgesetzt, nicht verblichen waren. Ich hielt es empor, und es filterte ein kaltes Nachmittagslicht durch sein hinreißend zartes Gewebe. Die Muster wurden größer, und auch die Fäden und die dunklen Lücken zwischen ihnen, und dann war es verschwunden, und die Nacht umgab mich wieder. Und doch hatte ich jenes vergessene Tuch so deutlich gesehen, als habe sich ein Globus unter meinen Füßen dreißig Jahre rückwärts gedreht und mich direkt neben ihm landen lassen.

Und nun kam es zu einer weiteren Drehung, und ich kauerte in der Gasse, wo Mülleimer wie Pilze zusammenstanden und die Apartmentgebäude aus Backstein endlos in die Höhe wucherten und eine häusliche Atmosphäre um mich verbreiteten. Die meisten Fenster waren dunkel und leer, aber in manchen waren weiße Rollos halb heruntergelassen. Eine Schnur mit Ring drehte sich ziellos und unheilvoll in einem geisterhaften Windhauch. Ich schaute und schaute, bis sich ein enger werdender Ring von Dunkelheit um alles schloß.

Ich saß bibbernd und elend am Beckenrand eines Hallenbades, in das mich meine Mutter samstags zum Baden schickte. Lichter, die unter Wasser reflektiert wurden, kräuselten sich an den dunklen Wänden und an der Decke, und in dem gekachelten Raum hallten wirre, dumpfe Geräusche wider. Das Chlor stank und brannte mir in Nase und Augen.

In der Pause lehnte ich an einem Zaun, während Klassenkameraden Völkerball spielten – ein schreckliches Spiel, verbissen und sinnlos. Sharon, ein rechthaberisches fettes Mädchen, kam herbei und stellte sich neben mich. Sie hatte noch nie mit mir gesprochen, aber jetzt fragte sie mich, ob ich nach der Schule mit ihr Rollschuh fahren wolle. Ich sah sie beklommen an. Hatte sie Mitleid mit mir gehabt? Als ich eine ausweichende Antwort gab, sah ich, wie die Angst ihre Selbstsicherheit zerfraß, und ihre Absicht wurde klar – sie hatte gedacht, ich sei leicht zu erobern. «Sharon hat jetzt auch Freunde», würden ihre erleichterten Eltern sagen können. Nun, ich mußte nicht ihr Rettungsring sein. «Nein, danke», sagte ich. Meine Kräfte waren zurückgekehrt. «Ich muß nach Hause zu meiner Mutter.»

In der Universitätsbibliothek unterhielt ich mich mit einem Mann aus einem meiner Seminare. Mich überkam die Angst, er könnte mich bitten, einen Kaffee mit ihm zu trinken, und während ich auf die gefürchtete Frage wartete und gleichzeitig versuchte, mich auf das zu konzentrieren, was er sagte, wurde sein Gesicht immer weniger und weniger vertraut. Plötzlich sah er auf die Uhr, wandte sich ab und ließ mich verwirrt zurück.

Meine Freundin Pamela und ich saßen nach einem frühen sonntäglichen Abendbrot in unserem Lieblingscafé und studierten die Rechnung. Wir öffneten unsere Portemonnaies, und jede von uns zählte gewissenhaft auf den Tisch, was sie zu zahlen hatte. Die Scheinwerfer der vorbeifahrenden Autos waren schwefelgelb in einem kalten herbstlichen Nieselregen. Zeit zu gehen – morgen mußten wir ins Büro.

Nun. Ja. Das war erst einen Monat her. Blinzelnd betrachtete ich die Umrisse des Laubwerks, das sich gegen den samtenen Nachthimmel abhob. Was für zufällige, ereignisarme Erinnerungen. Wie auch immer, es mußte entsetzlich spät sein, und ich hätte schon längst schlafen sollen, doch als ich gerade aufbrechen wollte, überkam mich jäh das Gefühl, in einem Tunnel zu verschwinden, und ich saß bei meiner Mutter und hielt eine ihrer Hände. Ich ertastete mit meinen Fingern die riesigen Erwachsenenknochen, die faszinierenden Adern, die die Hand durchzogen wie geheimnisvolle Flüsse; ich konzentrierte meine gesamte Aufmerksamkeit auf die Buckel ihrer Knöchel, auf den Ehering, auf ihre blassen, flachen Nägel. «Deine Hand ist so wunderschön», sagte ich.

«Meine Hand ist häßlich», sagte sie und entzog sie mir. «Ich habe häßliche Hände. Sie sind alt.» Später, als ich allein war, weinte ich, bis es schmerzte. Wie alt war ich damals gewesen? Nicht älter als sieben, nehme ich an, aber wie gut kannte ich diese Hände, als ich sie auf der Krankenhausbettdecke liegen sah, nun wirklich alt, zart wie Papier. Das Licht vom Fenster fiel auf die Hände und auf das schlafende Gesicht meiner Mutter mit der weichen Haut, die wie abgewetzter Stoff wirkte, und ich stand in der Tür und überlegte, ob ich ein leises Geräusch machen sollte, um zu sehen, ob sie bereit war aufzuwachen. Doch nun drang durch die Wände des Krankenhauszimmers

Licht, und die Hände verschwanden, und auch meine Mutter verschwand in der funkelnden Dämmerung.

Himmel. Verschwunden. Wie rasch die lange Nacht sich in den Morgen verwandelt hatte. Wie wenig hinter mir lag. Ich erhob mich von der harten Bank und stampfte ein bißchen auf, damit meine Füße wieder durchblutet würden. Farben begannen in den Tag hineinzuströmen, und mich befiel Entsetzen darüber, daß ich hier draußen im Freien war, während mit jedem Pulsschlag Farben tiefer und untrüglicher die Blätter erfüllten, die Blumen und die steilen, von Mauern gesäumten Straßen, den Ring von Bergen, der mich umschloß, und auch den Himmel, an dem eine runde gelbe Sonne emporstieg.

Menschen erschienen auf dem Platz und bereiteten sich friedlich auf ihre Geschäfte vor, und ich sah, daß bereits eine Reihe Frauen mit übergeschlagenen Beinen auf dem Gehsteig saßen und auf Kleingeld warteten. Als ich das meine rasch unter ihnen verteilte, sagte eine der Frauen etwas zu mir. Wie dünn sie war, diese Frau – es war praktisch nichts von ihr übrig. Im richtigen Augenblick würde sie lediglich mit einem Schulterzucken ihr zerlumptes Tuch abwerfen müssen, um schwerelos vom Gehsteig emporzuschweben.

Als ich am Zeitungskiosk vorbeikam, war nur der kleine Junge da. Mein Entsetzen wuchs; wo war der Bruder des Jungen? Ich wollte unbedingt fragen, aber natürlich konnte ich es nicht, und als das Kind mir zuwinkte, erhaschte ich einen kurzen Blick auf jenes Szenario, das Marcos' Götter erblickt hätten, wenn sie in diesem Augenblick auf ihre frühere Versammlungsstätte hinabgesehen hätten: eine sterbende Bettlerin; ein kleiner Junge, der mit ernster Miene sein Arbeitsleben beginnt; eine Gemeinde von Versagern auf der Flucht, zerstört durch ihre Vorliebe für ein tödliches Spektrum von Vergnügungen;

eine einsame Frau, die auf die mittleren Jahre zusteuerte. Wir wären ein hübscher Anblick, dachte ich, wie wir auf unseren unterschiedlichen Kursen dahinflogen – winzige Sternschnuppen, die im All verglühten. Aber sie würden nicht herabsehen, diese Götter. Sie waren entlassen worden, und nun waren sie frei hinter jenem Vorhang aus Smog und Schmutz, der sie vor dem Klagegesang ihrer neuen, ungelernten Bittsteller schützte, und während der Tag die Menschen um mich herum jenen Positionen entgegentrug, die sie an diesem Abend auf dem Platz einnehmen würden, würde ich ohne fremde Hilfe meinen aufgekratzten Schlaf nach jenem Traum durchstöbern müssen, in dem meine Mutter mich bei der Hand nähme und mit mir in den fließenden Strom hinausträte.

Überall um mich herum wurden die Blechrolläden hochgezogen, das Treiben auf den Straßen wurde dichter und lärmender, und Menschen mit Bündeln voller Waren strömten hinab in die Stadt wie Sturzbäche von Schmelzwasser. Und wie im Nu wurde ich auf diesem Strom zurück zum Gartentor getragen, wo ich atemlos und zerzaust ankam. Doch als ich der sicheren Zuflucht meines Apartments entgegeneilte, zog mich ein Glitzern inmitten des schalen Schmutzes von Aschenbechern und Geschirr hinüber auf die Veranda. Oh, so viele von den wunderschönen Gläsern – ein kleines Häuflein, dachte ich, von etwas, das vorbei und erledigt war. Wie leid es Sandra tun würde, wenn sie aufwachte!

Ich beugte mich über die funkelnden Scherben, und als ich den Blick wieder hob, sah ich zu meiner Überraschung, daß die Wohnzimmervorhänge offen und Norman und Sandra schon auf waren. Ich spähte vorsichtig in den halbdunklen Raum und hielt mir eine Hand über die Augen, um zuzusehen, wie sie langsam hin und her gingen und sich kraftlos bemühten, nach der Party aufzuräumen. Als sie auf mein Klopfen hin an die Tür kamen, bemerkte ich entsetzt, wie alt sie im Morgenlicht aussahen und wie elend in ihren abgewetzten Morgenmänteln – wie Leute, die gerade aus dem Krankenhaus entlassen worden sind. Sie sahen mich verwirrt an, als könnten sie mich nicht richtig einordnen – und ich war weiß Gott noch nie zuvor von mir aus zu ihnen gekommen –, aber ich war nicht in der Lage, mich zu erklären oder überhaupt ein Wort zu sagen. Und während wir dastanden und uns anstarrten, sah ich auf ihren Gesichtern, wie direkt vor meinen Augen die Zeugnisse zahlloser Herausforderungen, die sie angenommen hatten und an denen sie in der Regel gescheitert waren, einander in rascher Folge ablösten, und dann, als sie erkannten, was sie zu tun hatten, faßten sie sich und baten mich herein.

Tania Blixen

«Jenseits von Afrika», der Film nach ihrem 1940 erschienenen Roman «Afrika – dunkel lockende Welt», hat **Tania Blixen** weltberühmt gemacht. Geboren wurde die Dänin Karen Christence Dinesen 1885 auf dem Familienbesitz Rungstedlund. Mit ihrem Ehemann ging sie 1914 nach Kenia. Dort verliebte sie sich in den gutaussehenden Denys Finch-Hatton – ihre große Liebe, die tragisch endete. In Afrika entdeckte sie auch ihr literarisches Talent und begann zu schreiben. Tania Blixen starb im September 1962.

Schicksalsanekdoten
Erzählungen
(rororo 15421)
«Es ist eine kleine Kostbarkeit, die dem Leser da an die Hand gegeben wird. Es ist eine Lektüre, wie man sie selten findet ...»
Stuttgarter Zeitung

Schatten wandern übers Gras
(rororo 13029)

Wintergeschichten
(rororo 15951)

Briefe aus Afrika *1914 –1931*
Herausgegeben von Frans Lasson
(rororo 13224)

Sieben phantastische Geschichten
(rororo 22246)

Motto meines Lebens *Betrachtungen aus drei Jahrzehnten*
(rororo 22172)

Gespensterpferde *Nachgelassene Erzählungen*
(rororo 22682)

3204/7

rororo Literatur

Jenseits von Afrika
(rororo 22222)

Karneval *Erzählungen*
(rororo 22172)

Rache der Engel *Roman*
(rororo 22701)

Judith Thurman
Tania Blixen *Ihr Leben und Werk*
(rororo 13007)
«Eines der besten Bücher der letzten Jahre.» *Time*

Tanja Blixen
dargestellt von Detlef Brennecke
(bildmonographien 50561)

«**Tania Blixen** ist eine verdammt viel bessere Schriftstellerin als sämtliche Schweden, die den Nobelpreis je bekommen haben.» *Ernest Hemingway* anläßlich seiner eigenen Verleihung des Nobelpreises für Literatur 1954.

Weitere Informationen in der **Rowohlt Revue**, kostenlos im Buchhandel, und im **Internet: www.rororo.de**

Rita Mae Brown

«**Rita Mae Brown** trifft überzeugend und witzig den Ton ihrer Protagonistinnen und schreibt klug ein Stück Frauengeschichte über Frauen, die ihr Leben selbst bestimmt haben.» *Die Zeit*

Venusneid *Roman*
(rororo 13645)

Herzgetümmel *Roman*
(rororo 12797)

Jacke wie Hose *Roman*
(rororo 12195)

Die Tennisspielerin *Roman*
(rororo 12394)

Goldene Zeiten *Roman*
(rororo 12957)

Rubinroter Dschungel *Roman*
(rororo 12158)

Wie du mir, so ich dir *Roman*
(rororo 12862)
In Montgomery scheint die Welt zwar in Ordnung, aber was sich da alles unter der puritanischen Gesellschaftskruste tut, ist nicht von schlechten Eltern...

Bingo *Roman*
(rororo 13002)

Galopp ins Glück *Roman*
(rororo 22496 und als gebundene Ausgabe)

Rubinrote Rita *Eine Autobiographie*
Deutsch von Margarete Längsfeld. Illustrationen von Wendy Wray
288 Seiten. Gebunden

rororo Unterhaltung

Rita Mae Brown / Sneaky Pie Brown
Tödliches Beileid *Ein Fall für Mrs Murphy. Roman*
Deutsch von Margarete Längsfeld.
416 Seiten. Gebunden

Herz Dame sticht *Ein Fall für Mrs. Murphy. Roman*
Deutsch von Margarete Längsfeld.
Mit Illustrationen von Wendy Wray.
320 Seiten. Gebunden

Ruhe in Fetzen
Ein Fall für Mrs. Murphy. Roman
(rororo 13746)

Schade, daß du nicht tot bist
Ein Fall für Mrs. Murphy. Roman
(rororo 13403)

Mord in Monticello *Ein Fall für Mrs. Murphy. Roman*
(rororo 22167 und als gebundene Ausgabe)

Virus im Netz *Ein Fall für Mrs. Murphy Roman*
(rororo 22360 und als gebundene Ausgabe)

3211/7

Louise Erdrich

Philip Roth bezeichnete **Louise Erdrich,** deren Mutter eine Chippewa-Indianerin war, als «die interessanteste amerikanische Erzählerin seit langer Zeit». Louise Erdrich studierte Amerikanische Literatur und lebt heute als freie Schriftstellerin mit ihrem Mann, drei adoptierten und zwei eigenen Kindern in Northfield/ Minnesota.

Liebeszauber *Roman*
(rororo 22446)
«Abenteuerlust, Freiheitsdrang, Sinn für Komik, Phantasie und Freude am Spiel mit den Resten der indianischen Tradition. Diese Mischung macht den Roman schon nach wenigen Seiten unwiderstehlich.» *Neue Zürcher Zeitung*

Elisabeth Trissenaar liest aus Liebeszauber
Die größten Angler der Welt
2 Toncassetten im Schuber (Literatur für KopfHörer 66013)

Die Rübenkönigin *Roman*
(rororo 12793)
«Ein wunderbares Buch – ursprünglich, ideenreich und sehr ergreifend.» *Vogue*

Spuren *Roman*
(rororo 13148)
Die schöne Indianerin Fleur ist der Zauberei mächtig, aber ihre Kraft reicht nicht aus, den Wald zu retten, in dem ihr Stamm lebt. Louise Erdrich erzählt, wie die einst so lebendige indianische Kultur am «American way of life» zugrunde ging.

rororo Literatur

Der Bingo-Palast *Roman*
(rororo 13394)
«Ein Roman wie eine Halluzination – knallbunt, verrückt und poetisch ... Eine amüsante, bittersüße Liebesgeschichte aus einer Welt zwischen mystischer Tradition und aufgeklärter Moderne.» *Cosmopolitan*

Geschichten von brennender Liebe *Roman*
Deutsch von Adelheid Zöfel
576 Seiten. Gebunden

Michael Dorris / Louise Erdrich
Die Krone des Kolumbus *Roman*
(rororo 13366)
Fast 500 Jahre nach der Ankunft Kolumbus' in Amerika findet die indianische Dozentin Vivian Twoster zwei alte Handschriften. Ein spannender Abenteuerroman über ein historisches Ereignis.

Weitere Informationen in der **Rowohlt Revue**, kostenlos im Buchhandel, und im **Internet: www.rororo.de**

3219/6

Marilyn French

«Mit heißen Ohren am Ende angelangt, nach immerhin 640 Seiten, reiben wir uns die Augen: Gab es denn nicht einen einzigen Mann, der bestehen konnte in dieser Welt voller verletzter, enttäuschter, verbitterter, tapferer, großmütiger und liebenswerter Frauen?» schrieb Maria Frisé über **Marilyn Frenchs** Roman «Frauen», den die *New York Times* zum «Meilenstein der Frauenliteratur» erklärte. In ihren Büchern hat eine ganze Generation von Frauen ihre Erfahrungen wiedergefunden: Verletzung, Liebe, Macht und Selbstbehauptung. Marilyn French, geboren 1929, lebt heute in New York mit ihren zwei erwachsenen Söhnen.

Das blutende Herz *Roman*
(rororo 15279)
Im Zug von London nach Oxford begegnen sich Dolores und Victor. Beide sind Amerikaner, verheiratet, haben Kinder. Sie verlieben sich heftig ineinander, und ebenso heftig sind die Auseinandersetzungen und die Machtkämpfe, die sie austragen.

Frauen *Roman*
(rororo 14954)
«Es ist viel über Frauen und Frauenbewegungen geschrieben worden, aber kein Buch läßt die Lebens-, Erfahrungs- und Empfindungswelt von Frauen so sinnlich nachvollziehen, macht in diesem Nachvollzug so betroffen.»
Westermanns Monatshefte

rororo Literatur

Tochter ihrer Mutter *Roman*
(rororo 13011)
«Ich wollte immer schon über das Leben meiner Mutter schreiben – und dabei untersuchen, warum Frauen Mütter werden und alles zu opfern bereit sind, um es zu bleiben.»
Marilyn French

Jenseits der Macht *Frauen, Männer und Moral*
(rororo sachbuch 18488)
«Marilyn French hat die komplette Menschheitsgeschichte auf den Kopf gestellt. So radikal wie sie hat bisher noch keine Feministin versucht, den Gegenbeweis anzutreten zum ‹Naturereignis Patriarchat›.»
Bayerischer Rundfunk

Ein Gesamtverzeichnis aller lieferbaren Titel der *Rowohlt Verlage, Wunderlich* und *Wunderlich Taschenbuch* finden Sie in der *Rowohlt Revue.* Vierteljährlich neu. Kostenlos in Ihrer Buchhandlung.
Rowohlt im Internet: www.rowohlt.de

3224/4

Petra Hammesfahr

Petra Hammesfahr, 1952 geboren, lebt als Schriftstellerin und Drehbuchautorin in Kerpen bei Köln. Ihr Roman *Der stille Herr Genardy* wurde in mehrere Sprachen übersetzt und erfolgreich verfilmt.

Die Sünderin *Roman*
416 Seiten. Gebunden
Wunderlich und als rororo 22755 ab September 2000
Ein Sommernachmittag am See: Cora Bender, Mitte Zwanzig, macht mit ihrem Mann und dem kleinen Sohn einen Ausflug. Auf den ersten Blick eine ganz normale Familie, die einen sonnigen Tag genießt. Doch dann geschieht etwas Unvorstellbares ...
«Ein Buch, das auch nach der letzten Seite noch in der Seele schmerzt.» *Freundin*

Der Puppengräber *Roman*
(rororo 22528)

Lukkas Erbe *Roman*
(rororo 22742 / Juli 2000)
Der geistig behinderte Ben, der «Puppengräber», wurde im Sommer '95 verdächtigt, vier Mädchen aus seinem Dorf getötet zu haben. Nach einem halben Jahr Klinikaufenthalt kehrt Ben verstört zu seiner Familie zurück. Sofort breitet sich Misstrauen unter den Dorfbewohnern aus. War Ben dem Mörder Heinz Lukka bei seinen Greueltaten vielleicht doch behilflich? Dann taucht plötzlich Lukkas Ziehtochter Miriam auf und zieht in das Haus, wo die Spuren des Verbrechens noch frisch sind ...

Literatur

Die Mutter Roman
400 Seiten. Gebunden
Wunderlich
Vera Zardiss führt ein glückliches Leben: Mit ihrem Mann Jürgen ist sie vor Jahren in eine ländliche Gegend gezogen. Mit den Töchtern Anne und Rena wohnen die beiden auf einem ehemaligen Bauernhof. Die heile Welt gerät ins Wanken, als Rena kurz nach ihrem 16. Geburtstag plötzlich verschwindet ...

Der stille Herr Genardy *Roman*
(Wunderlich Taschenbuch 26223)

«Eine deutsche Autorin, die dem Abgründigen ihrer angloamerikanischen Thriller-Kolleginnen ebenbürtig ist.»
Welt am Sonntag

Weitere Informationen in der **Rowohlt Revue**, kostenlos in Ihrer Buchhandlung, oder im **Internet: www.rowohlt.de**

3709/3